彼岸花

2023
中国年度微型小说

作家网 ▣ 选编 ｜ 冰峰 ▣ 主编

BI
AN
HUA

漓江出版社
·桂林·

目 录
contents

请不要越过微型小说的边界（代序）

冰　峰（作家网总编辑）

微型小说，虽然很小，但就其本质而言，它还是小说，应该具有小说的基本元素和特征。就当下文坛而言，微型小说的泛散文化写作、思想性写作、纪实性写作，已经让一些微型小说越过了小说的边界，成为似是而非的"小说"，这值得警惕，也值得探讨。

在网络和各类报刊发表的大量微型小说作品中，越界之作主要呈现出三种特性，概述如下。

一是过分追求修辞手法的运用和词汇的雕琢，使得文字表达失去了叙述上的自然流畅。许多作者认为，文学语言是唯美的，含蓄的，柔媚的，不能没有修辞的包装。有了这样的认知，其作品便出现了塑料花一样的审美呈现，虽然文字貌相优美，但就其内涵而言，却是伪装的，雕琢的，经不起推敲和深究。整篇作品，看似美貌出众，但用手去摸，用心去感知，用鼻子去品闻，用情感去互动，却发现是假的，没有生命的。即使我们读懂了作者的语言，但总感觉不舒服，就像听一个嗲声嗲气的人说话，顿时让人惊出一身鸡皮疙瘩。

我这样说，并不是否认作者在词汇上的唯美追求，而是提醒作者要顺其自然，不要刻意雕琢，不要因辞害义，更不要装腔作势、故弄玄虚、卖弄才艺。小说语言要符合小说场景的情绪和氛围，不能出现不分场合的"之乎者也"或满口洋话。

换句话说，小说语言明了、自然、亲和就好，没必要化妆，更没必要化浓妆。否则，涂脂抹粉的作品反而会让读者不舒服，甚至生厌。

二是过多地加入作者的思想表达和哲学阐释，从而改变、扭曲了小说情节和细节的自然流动。有些微型小说的结尾，本来很好，淡然而去，给人以无限遐思，而有的作者却担心读者读不懂自己的心思，偏偏加上一笔自己的"哲学思考"。以为是画龙点睛，却变成了画蛇添足，好好的一篇文章，被硬生生地涂上了一片污渍。小说的结尾，就是小说的结尾，人物远去，万物空灵，把思考留给读者才是，仁者见仁，智者见智，大可不必将自己的想法强加给读者。有的作品，在自然流畅的叙述中，却突然停顿，加入了作者的一段想法，谓之夹叙夹议。我以为，这样的写法，是荒谬的。微型小说本来就小，只能刻画出一两个人物，叙述一段陌生的故事，留下一片空白的想象空间，如此足以。大可不必停下脚步，东张西望，左顾右盼，最后抒发一些莫名其妙的感叹。

总之，微型小说不能直白地添加作者的情绪、想法和判断，应该以鲜活的故事和生动的人物说话。否则，流畅自然的小说会出现"脑梗阻"或"肠梗阻"的病态。

三是作者受长期阅读新闻、通讯类文章的惯性影响，写作语言变得过分干净、简单，缺失了文学语言的温润魅力。小说语言虽然不宜过分雕琢，但也不能干枯苍白。小说语言应该像自然生长的植物，该长叶子时长叶子，该开花时开花，该结果时结果，不能逆自然之规律，更不能揠苗助长。而在大量已发表的微型小说中，新闻写作的影子时隐时现，干扰着小说写作的生态。有一些微型小说作者，已经不会用叙述语言写作了，简约干净的语言让微型小说的身材瘦弱了很多。嫩绿的叶子干瘪了，宛如被风刮走了灵魂，只有枝干在读者的视线中摇晃。这样的小说语言，虽然能让读者读懂，却少了许多趣味和审美。

简单说，小说语言不是枯干的树杈，不是只有线条没有墨迹的国画，它是有血有肉的微小生命，是灵动的河流，是起伏无序的山峦，是漫山遍野自由生长的草木，是作者不经意间流露出的情怀和期待。

综上所述，目前微型小说创作中出现的越界写作态势应该受到关注，不应该让其肆意生长。否则大量越界的微型小说将充斥网络报刊，就会误导读者，从而伤害到微型小说的本体。不过，就当下而言，大部分微型小说作家还是守本分的，"出轨"的只是少数，不足以改变微型小说写作的主体流向。

本文所述观点，只是对微型小说作者的提醒，仅供方家参考与商榷。

彼岸花

凌鼎年

艾一花出身书香门第，是大家闺秀。

从小受到良好的教育，琴棋书画样样拿得出手。尤喜花鸟画，她的工笔凤仙花、鸡冠花、海棠花等真是画得又细腻，又逼真，人见人爱。

父亲知道她对花鸟画情有独钟，因此，只要看到好的花鸟画谱，或精彩的花鸟画，总会不论价钱买下来。

一次，父亲带回一幅古画，画面上是一丛红艳艳的花，题着两句诗："一见彼岸花，羡煞识花君。"

艾一花识得牡丹花、芍药花、月季花、玫瑰花、栀子花、百合花、迎春花、水仙花、金银花、杜鹃花、石榴花、蜡梅花、含笑花、白兰花、茉莉花、兰花、菊花、梅花、茶花、荷花、桂花、桃花，以及睡莲、丁香、紫藤、木芙蓉、美人蕉、一品红、仙客来等不少花卉，大部分还见过、画过，但这彼岸花连名字也是第一次听说，更不要说见过了。

这花以色泽而言，红得亮眼，红得滴血；以花型而言，硕大而精巧，你看看，整体比一个手掌还大，可每一个花瓣纤细而娇弱，该弯曲的弯曲，该舒展的舒展，或向上，或向下，花瓣外配以虎须似的花须，硬柔相间，和谐统一。艾一花打心眼里喜欢这花的形状、颜色，以及这花的名称。

艾一花反复琢磨着彼岸花这名词，以她的理解，彼岸既可以是超脱生死的境界，也可以是彼此向往的境界。艾一花喜欢这花名，但就是不知道人间有没有这花的真实存在，她甚至祈祷过这彼岸花不是画家一时心血来潮虚构画出的。

艾一花问了多位画家，都说没有画过此花，也不认识此花系什么花。

艾一花又问了多位花匠，也都说没有种过此花，也叫不出此花是什么花名。

后来，有位偏爱游山玩水的亲戚说：此花好像叫蟑螂花，在江南见过。

艾一花一听又喜又恶心。喜的是总算有了线索，恶心的是这么漂亮的花，竟然被叫作蟑螂花。

也是奇了怪了，问彼岸花无人知晓，说蟑螂花竟有乡下老农说见过，还介绍说：这花俗称鬼滴血，又名灯檠花、魔术花、幽灵花、忘川花、龙爪花、平地一声雷等。

艾一花越听越糊涂，这么鲜艳夺目的花，怎么会有如此多的名称，而且花名与花名之间，反差怎么那么大。龙爪花这名多美，鬼滴血这名多俗。艾一花决心寻找到这种花，亲眼见识一番。

老农告知：这花很神秘，一般长在人少的荒野，根茎在地下，有茎无叶，仿佛突然开花，又很快谢去，故平时不易发现。而开花时，正是农忙阶段，谁有闲工夫去关心一两株野花的自生自灭呢。

艾一花几次在梦里见到此花，有红的，有白的，有黄的，有粉的，特别是有一次梦见那湖边密密匝匝的全是彼岸花，成片成片的，美得令人陶醉。她幻想，如果在那湖边盖一小院，那岂不就等于是陶渊明笔下的世外桃源了？

梦醒后，艾一花迫不及待地抓起画笔，画了《梦中的彼岸花》：一幅全是红色的彼岸花，一幅全是白色的彼岸花，一幅全是黄色的彼岸花，一幅全是粉色的彼岸花。

凡见过这四幅画的，懂或不懂画的，都无不夸赞，都说美得过目难忘。

艾一花已到了婚嫁年纪，来提亲的不是一家两家，或朝廷大员后代，或富商乡绅之子，或进士秀才，可艾一花主意大着呢，她提出：谁能为她觅得梦中的湖景与彼岸花，她就嫁给谁。

这可难倒了那些有权有势的父母和有钱有才的青年，一个个都打了退堂鼓。

艾一花的父母急得抓狂，但艾一花不为所动，一直单着。

那一年秋天，艾一花表姐结婚，请她做伴娘。一个秋高气爽的丽日，艾一花在父母的陪同下第一次去了江南。途中，在经过弇山脚下时，艾一花意外地看到了一块牌子，上书“彼岸山庄”四个大字。艾一花心里兀自一动，她提出停车，说想进去看一看。艾一花在好奇心驱使下进了彼岸山庄。原来庄内有天境湖，湖面不算大，但湖的四周竟然长满了，不，开满了彼岸花，红得灿烂，白得素静，黄得耀眼，粉得温馨。湖畔，一幢木屋边，有一位书生模样的青年在吹箫，那音色圆润、轻柔、悠长、恬静，艾一花听出来是《春江花月夜》，是她喜欢的曲调之一。

吹箫的青年叫常若水，系山庄的主人。他对艾一花说：“我等待有缘人，已等了很久了。”

艾一花望着这位相貌文静、气质不俗、一脸真诚的青年，望着湖边开满的红的、白的、黄的、粉的彼岸花，疑在梦里，这是真的，这是真的吗？世界上有这么巧的事吗？！

常若水把竹箫当作了定情的礼物，艾一花则准备把《梦中的彼岸花》那四幅画作为回赠的礼物。

原载《北京文学》2023 年第 11 期

最后的相遇

冷 江

入秋后的秋浦河，水瘦山寒。石郡太守崔中琪心里一直牵挂着秀山书院，恨不得连夜赶出最后一版文选的审定稿，因为那是太子最后的心愿。

五年前，太子第一次来石城，崔中琪亲率文武官员和地方名流出城迎接。他来了，远远就从马车上下来，健步走向人群。他身材并不高大，微微有些发胖。虽然旅途疲惫，但神采飞扬。崔中琪见惯了达官显贵，接下来的一幕让他不可思议。只见太子并没有立即过来接见文武官员，而是直接走到路两边跪伏的百姓面前，大声说：石城的父老乡亲们，请大家平身！父王将石郡封赐于我，实乃我之幸也。我定当与诸位同甘共苦，不负大家的期待！

进城后，接见完各路官员和地方要人，崔中琪安排了丝竹管乐和美酒佳肴。然而太子微微一笑说：丝竹无颜色，山水有清音！明日你们随我去秀山射猎，去玉镜潭垂钓，自食其力，岂不乐哉？

次日，崔中琪陪太子登秀山，太子亲手射猎了一只野兔；又垂钓玉镜潭，太子第一钩就钓上来一尾活蹦乱跳的鳜鱼。当即命人在秋浦河边结灶烹调，野兔之鲜，鳜鱼之肥，令太子赞不绝口。他指着一汪清澈的河水赞叹道：此真乃贵池也！从此，秋浦更名为贵池。

三年前，江南大旱，烈日炙烤着山川大地，庄稼一片焦枯。下乡察访灾情，令人心惊，全县民众十种九空。崔中琪连夜撰写公文，命人火速送往京城。全郡百姓翘首企盼。然而，各方传来的消息，雪上加霜。据说朝廷众多官员认为，江南旱情，并无地方官上报那般严重。地方官习惯了夸大其词，无非是套取朝廷税费。半个月过去了，没有消息；一个月过去了，还是没有消息。崔中琪夜不能寐、心急如焚。若朝廷不能尽速出台赈济之策，江南十八县百姓将民不聊生！苦思冥想后，决定铤而走险：修书一封，派心腹之人连夜赶往京城。

送出信后，崔中琪长吁了一口气。他对这封信送出后的后果十分清楚，很大可能性为夺冠去职！可是只要有一分希望，他也愿意冒死去做。十五年前自己进士及第，被任命到石郡为官时，他就暗中发誓，要与石郡百姓共患难，做一个造福一方的好官。十五年来，石郡的一草一木都装在自己心里。如今草木凋敝，百姓蒙难，他如何能心安？但他也很清楚，地方官私自与亲王通信，那是大罪，甚至是死罪！但从两年前太子首次巡视时的言行来衡量，他又觉得值得赌一把，输了无非是罪己一人，而倘若赢了，则是救全郡百姓，功在千秋。为此，他做好了最坏的打算，他将遗书封好，交给僚属，一旦自己遭遇不测，让其将遗书送往远在数千里之遥的关中老家。

崔中琪几乎每天都要到城北门眺望，看有无塘报送至。接连数日，烈日如常，身边众多官员和幕僚多次相劝，可他心里的希望之火始终不灭。第七天，就在他失望至极时，突然听到远处传来马蹄声。大喜，忙命人备马，出城迎候。

前方滚滚烟尘，十余骑飞奔而来，他用力眨了眨自己的双眼，不敢相信眼前的景象，十余骑的最前面一匹高大的红鬃马的马上之人，不正是太子吗？！

崔中琪连忙下马，匍匐于地，叩拜道：下官崔中琪罪该万死，劳动太子殿下！

太子满脸疲惫，摆了摆手，让崔中琪上马，一行人未及休息，就赶往周边田庄查看灾情。次日，太子令崔中琪开仓放粮赈济百姓。全郡男女老少无不泪流。那次大旱，江南十八县普受重灾，多县百姓外出乞讨。唯有石郡无一人饿死，无一人外出逃难。

两年前，太子广邀江南各地大儒名流，齐聚池州。他要在这青山秀水之间，组织编撰一部古今罕见的文章选粹，以教化国人，传承千古。崔中琪受命领衔赞画。太子终日参与其中，劳累过度，身体常有病痛。崔中琪苦劝不止，最后还是皇上圣谕，太子才于秋凉时离开石郡返回京城。不想，这一别后，传来的消息说太子病情日益加重。崔中琪焦虑难安。

这日，他在府衙中审校完最后一篇文章，令人封存文档，立即解赴京城送太子殿下裁断。忽有快马来报，说太子殿下一行已至城东十里之内！崔中琪大惊！忙率众官员往城东迎接。满城百姓听说了，也纷纷赶来，成千上万的百姓挤满了城东官道。半个时辰过去了，所有人都在烈日下汗流浃背，迟迟不见太子的车队和马队过来，崔中琪隐隐感到了一丝不安。终于快一个时辰时，看见了前方缓缓而来的车队和马队。

崔中琪急忙抢上前去，跪伏于地，哽咽着说：石郡太守崔中琪率文武官员和全城百姓迎候太子殿下！

马车珠帘低垂，没有回应。崔中琪斗胆上前揭开珠帘，大吃一惊，车内空无一人，只有太子当年来视察时所着衣冠。

队伍中一名官员来到崔中琪身前，下马扶起崔中琪，哑着嗓子道：崔大人请起！太子殿下他，他已于三日前薨了！临去世前留有口谕一封，要我等亲自送来。

崔中琪顿觉天旋地转。众人齐齐哭拜于地。来人大声宣谕道：太子殿下口谕，石郡乃江南福地，幸蒙父皇恩赐，又赖全郡百姓厚爱，上下官员齐心，方能有今日之福祉。我无以为报，送来衣冠，葬于山水之间。望我去后，诸位仍能一如从前，勤俭立业，心系百姓，我当含笑九泉矣！

本能成为一代明主，却英年长逝。全郡官民无不痛哭。次年春天，崔中琪也一病不起，撒手人寰。他们共同编撰的文选经皇上恩准，命名为"昭明文选"。

原载《微型小说选刊》2023 年第 6 期

挽 救

孙毛伟

"不错！"我脱口而出。房子我几乎第一眼就看中了。两室一厅，南北通透，客厅明亮，户型合理，地理位置也好，距地铁站也就十分钟路程，附近超市菜场饭店各类生活设施一应俱全。更让我有意外之喜的是，阳台前面正对着公园，窗外一片葱绿。想想空气中必定是满满的负离子，立时觉得呼吸也欢畅了。我有点喜不自禁，对带我看房的中介公司业务员林子连连点头。倒是林子给我泼了点冷水，说："这房子也有缺点，西面紧挨着大路，可能会有点吵。另外一梯四户显得挤了些。你要考虑好。"嗨，这人怪啊。我心想，中介带客户看房子，哪怕是套老破小，也能夸成一朵花，哪有挑房子毛病的。林子姓林，都叫他林子，是同事大刘介绍的。大刘是很靠谱的人，他介绍的人肯定错不了。

其实林子说的这两处短板在我看来根本不是问题。看完房我就表示，这房子可以，如果卖方能在价格上做点让步我就要下了。其实卖方要价也不高，我完全可以接受。只是讨价还价是必不可少的，能再少花费些岂不更好。眼看一套一百多万的房屋接近成交，一笔不菲的佣金就要到手，林子却没显得多么兴奋，只说改天和房主直接见面谈吧，让我等他电话。

我满心欢喜地期待和房主尽快见面成交。可等了一个多星期也没等来林子的电话，我催促了他几次，他不是说没和房主联系上，就是说房主这几天没时间。最后说房主出差了，还要等几天。我急得火急火燎，他却不慌不忙稳坐钓鱼台的样子。我是真看中了这套房子，生怕夜长梦多，房主改变了主意，或者房子被别人买去。于是我干脆对林子说，我不砍价了，就按卖方要的价，如果能确定下来，我立马交定金。林子还是不慌不忙，说："交定金前要先签合同，还是要等房主回来。"看来除了等没别的办法。

那天，我又到那个小区里溜达，在院子里转了转，下意识地上了电梯去看那套房。到了楼层，刚出电梯门，就看到那房的房门开了，一个男人从屋里出来——显然是房主。

　　房主并没有出差。林子在撒谎。他为什么撒谎？为什么迟迟不让我和卖方见面？他到底是什么用心？难道他不想成交这套房？都说房屋中介水很深，看来真的如此。我抑制不住心中的怒火，立即去林子的房屋中介公司找他问个究竟。

　　林子见我怒气冲冲地来，似乎知道了我的来意，他把我带到公司外一僻静处。耐心地听完我的质问，他平静地回答："你说的不错，我确实不想成交这套房。"他的话让我吃惊不小，我气愤地质问他为什么。他说："你消消气，听我给你解释，这套房的男主人和女主人是因为闹离婚才要卖房的。两人都来找过我，都说对方的不是，其实我听得出来两人根本没有多大矛盾，都是因为生活琐事产生的纠纷。只是两人都太偏，不想先做出让步才走到这一步。我想也许过段时间两人冷静下来可能就会和好，可如果把房子卖了，这个家可能就真的没救了。我有点为两人惋惜。不过这还没什么，如果不是那个孩子，我可能就事不关己地做好本职工作，尽快帮他们把房子卖了，我还能拿到一笔不小的提成。可是那天女主人带他们的孩子，一个五六岁的孩子来店里。你不知道，那孩子可怜啊，用小拳头死命捶打他妈妈，哭着喊着不让卖房子。孩子可能是觉得房子没了这个家就没了，那又失望又伤心的眼神，谁看了都会心疼啊！我也是单亲家庭，我知道家庭破碎对一个孩子的打击有多大。从那一刻我就想能不能挽救这个家庭。想想我能做什么呢？我能做的只有尽量拖着让房屋不成交，没准过些天孩子爸妈冷静下来能重归于好……"说着，他眼里竟带了泪。

　　我的鼻子也有些发酸，不是被林子的悲悯情怀所裹挟，是早已存在心中的那颗多棱的石子忽然硌疼了我。来时的一腔怒火已化为乌有。我在林子的肩上轻轻拍了一下，什么都没说。

　　一个星期后，林子给我打来电话，话语中洋溢着抑制不住的欣喜之情："那家夫妻和好了，房子不卖了。"转而声音又低沉下来："只是对不住你了。本来是你看中的房子……要不，我再给你找。你放心，我一定给你找到满意的房子……"我打断他："别，房子我暂不买了。"那边林子迟疑了一下，有些遗憾地说："哦。我理解。都怪我不好。以后有机会还希望能为您服务。"你理解什么呀？我心里说，其实这次买房不成我不怪他，对他的良苦用心我还挺赞赏。暂不买房也是真的，当然原因我没告诉他。

我的婚姻半年前就亮起了红灯。离婚是我提出的，她死活不同意。我买房就是为了和她分居。可是现在我犹豫了，因为，我也有个六岁的儿子。

原载《南方农村报》2023 年 4 月 1 日

阿九出书

陈修平

同城不少诗人先后出了诗集，有的还出了两三本，阿九心里也痒痒的。在阿九看来，这些人的诗，有的确实比自己写得好，有的却实在不咋地，但诗集印制出来都显得蛮漂亮的，收获的喝彩也是蛮怡人的。而在外行看来，出了诗集的诗人就代表着有了成果，而少有人认真品读里面的诗歌质量究竟如何。即使有内行看出不少诗集内容低劣，但往往也只是一笑了之，而不会去公开批评。于是，大量的诗集撑起了诗坛虚假的繁荣。

自认为诗歌写得还不错且在全市诗歌界小有名气的阿九，自然也想出一本属于自己的诗集。

听说一位校长诗人出诗集印了三千本，一位局长诗人出诗集印了五千本，都不够卖，阿九就想，那我怎么着也要印上两千本吧。出诗集，阿九不敢告诉老婆，如果听说要花五万元出书，整天柴米油盐的老婆肯定会骂得他狗血淋头。阿九拿出自己多年来偷偷积攒的两万元私房钱，又四处找亲友借了三万元，心想等诗集卖出去，就能马上把钱还了。阿九不想长时间欠债，他自认为还算得上一个讲诚信的人，诚信之人，就不应该欠债不还；且他觉得，真正的诗人就应拥有一颗纯净的心，不能变成社会上所说的那样：借钱的成了大爷，出借人反而成了孙子。

经过一段时间的封面设计、内容审核、书号申请、印刷装帧，出版社通过物流送来了阿九的诗集。两千本，高高大大的一堆。阿九取出一本诗集轻轻翻开，宛如抚摸自己的孩子，心间流过阵阵暖流。然而，这么一大堆书，存放在哪儿呢？家里两室一厅，挤得满满当当，肯定不能放进去。就算是大房子，阿九也不敢放在家里。阿九想先把诗集存放在物流公司，再逐步销售出去，但物流公司的负责人指着屋子里堆得高高的物品说，按照规定，最多给你三天。三天一到，必须取走。否则就只能作为无人领取的物品而清到外面去了，不然我们的生意就没法做了。

尽管心里责怪物流公司不近人情，但人家有规定，那也没办法，阿九还没燃烧多久的兴奋劲，一下子降温了不少。不过，阿九心中还是有希望的，他盘算着，凭自己的诗歌作品，凭自己在市里诗歌界的名气，如果两三天之内能把诗集销售出去，或者能把大部分销售出去，剩下少量，那就好办点。

第一天上午，阿九骑着电动车，载着五十本诗集去了市文联。一位主席，四位副主席，阿九一一写上"敬请雅正"并签名送上诗集，主席们均顺口说了句祝贺诗集出版。但对于阿九提出希望文联购买一些诗集，主席说文联都靠财政供养，哪有闲钱买书呀？阿九只好带着剩下的四十五本书离开了。

第一天下午，阿九带着诗集去找局长诗人。阿九曾受邀参加过局长诗人的作品研讨会，当时还说了不少溢美之词，心想局长诗人应该会给点情面吧。奉上签名诗集后，局长诗人也说了声祝贺。阿九羞羞涩涩说明来意，局长诗人沉默片刻后，答应让办公室购买五本诗集放在局里的阅览室，但公费支出需要开发票报账。阿九连声道谢，留下五本书，去税务部门开了发票，又送到了局里。

一天送了六本书，卖了五本书，阿九尽管有点心灰意冷，但还得找地方销售。第二天上午，阿九带着书去了校长诗人所在的学校。阿九曾受邀参加过学校的诗会，心想校长诗人多多少少总会给点面子吧。奉上签名诗集，校长诗人也说了声祝贺。阿九硬着头皮说明来意，校长诗人颇为难地说，升学压力大，教师也好，学生也好，哪有工夫去读诗集呀？阿九本想说点什么，但终究还是没说出来，道了声打扰，离开了。

第二天下午，阿九没有再去找一些有过交往的单位，但思来想去，还是在市作协微信群里发了则诗集出版信息，末尾加了句：如欲购买，欢迎联系。虽然祝贺的不少，但只有三四位初学诗歌的写作者私聊发了红包购书……

晚上，躺在床上，回想两天来的经历，阿九心里挺不是滋味，感觉自己有点像要饭的。

第三天上午，阿九没有心情再去卖书，带了本签名诗集送给一位要好的朋友。听了阿九倾诉，朋友安慰他，出诗集是你多年的愿望，如今终于圆梦，也别想太多，顺其自然吧。

阿九说，不想不行啊，还有那么多书等着找地放呢。

朋友沉思一阵后，建议阿九买个车库放书：一是这么多书一时肯定销不出去，只能慢慢销；二是车库不用那么多钱，且不用担心亏本。朋友告知所在单位正好有人要调去外地，想卖车库，只卖五万。

听阿九说没钱，朋友借了两万，并担保余下三万打欠条，待贷款申请下来后即付清。

当日下午，朋友开车帮阿九运书。所有诗集放进车库，拉下卷闸门之后，阿九终于松了口气。

接下来一两年时间里，阿九虽然零零散散卖了几十本书，但绝大多数仍静悄悄地躺在车库里。日子久了，阿九对此事也渐渐麻木了，似乎淡忘了车库和诗集的存在。

又过了两三年，朋友打电话给阿九，说有人想买他的车库。阿九这才意识到，还有一个多年的梗，确实该处理了。

经过一番讨价还价，车库卖了十二万，但阿九心里并没有赚了钱的舒畅。

接过钥匙，新主人问，一大堆书怎么处理？看阿九为难的表情，新主人随口一说，要不让收废品的拉去吧。

阿九觉得非常刺耳，刚想发作，可转念一想，这家伙说得虽难听，但却很现实，便丢下一句，随你怎么处理吧，然后头也不回地走了。

原载《小说月刊》2023 年第 2 期

宫门刀影

蒙福森

近来，楚国相国黄歇经常做梦。

他的梦大部分都跟蛇有关，梦境逼真。有时，梦见在渺无人迹的荒野里行走，忽然草丛中蹿出一条大蛇，吐着猩红的信子，嘶嘶发声；有时，梦见大蛇爬着爬着，突然飞起来，越飞越远，最后消失在云端里；有时，梦见他被大蛇一口吞噬了……

有一天，黄歇在散朝时遇到原先的门客，当今国舅李园。李园擅长占卜和星象，黄歇便邀李园到府上喝酒，聊起近来经常梦见大蛇的情景，请李园解梦。

"恭喜相国，此乃吉兆也！蛇者，龙也，王者之象，九五之尊。其形独特，角似鹿、腹似蛇、鳞似鱼、足似凤、须似人，升则飞腾于九天之间，隐则蛰伏于波涛之内。方今春深，龙乘时变，不日，必有结果。"李园低声说。

黄歇闻言，心里顿时涌起一阵无法言表的激情，当年他和李园暗中布下的局，看来就要成功了。近日，楚王病重，药石无效，难道真的到了"龙乘时变"之时了？

果然，三天后，宫中传来消息——楚王病逝，太子继位。太监来到黄歇府邸宣读遗诏，曰："相国黄歇运筹帷幄，护国有功，今君上宾天，太子继位，命相国立刻入宫议事，辅助新君，主持朝政。"怪不得近段时间经常梦见大蛇，蛇者，龙也，龙乘时变，原来本相的高光时刻到了。

黄歇迈着轻快的步伐，出门乘车进宫去。往事历历，多年前的那一幕情景如闪电般浮现在脑海中。

作为楚国的相国，黄歇权倾朝野，富甲天下，仗义疏财，广招门客，世称春申君，与魏国的信陵君、赵国的平原君、齐国的孟尝君一起，并称"战国四公子"。

有一天，黄歇出门时无意中看见李园。李园是黄歇的门客。那时，李园身后跟着一女子。那女子楚楚动人，冰肌玉骨，顾盼生辉。黄歇不认识李园，他的门客太多了，有三千多人，哪认得那么多啊。黄歇看了看李园，问随从："那人谁啊？"随从也不认识李园，很快有人跑过去问了，回话说，那人叫李园，赵国人，几个月前来到楚国，投到相国门下，做了门客。

黄歇没说什么，出门上车，进宫去了。

几天后，黄歇再次遇见李园。这次，是李园一个人。黄歇突然想起那天李园身边的女子，便问："那天跟在你后面的女子是谁啊？"李园深鞠一躬，说："李嫣，是舍妹。"

黄歇"哦"了一声。

李园多精明啊，当晚，他就把李嫣送到了黄歇的床上。

不久，李嫣怀孕了。随后，一个窃国的惊天阴谋随着李嫣的怀孕出笼了。

有一天晚上，李嫣和黄歇一番温存之后，李嫣叹息一声，在黄歇耳边轻声说："相国权势虽盛，却成为不少王公大臣的眼中钉，万一楚王驾崩，形势有变，相国如何应对？"黄歇想了想，问："爱姬有何良策？"李嫣的脸上泛起一阵红晕，说出一计："坊间传闻，楚王患有不孕症，近日正由秦国名医王弯医治，我刚刚怀孕，没人知道，不如将我献给楚王，我生下孩子，将来继承王位，相国岂不是太上王了？楚国就是相国的了！"

黄歇闻言，不由得倒抽了一口凉气，彻底破防了——如此惊天完美的窃国奇谋，完全突破了他的下限。经过一番激烈的思想斗争之后，长久以来埋在黄歇心里那股野心瞬间被激活了。

黄歇决定铤而走险。他和李园反复谋划后，把李嫣送到外面居住，漂白了身份后，献给楚王。

九个月后，李嫣生下了儿子，取名"熊悍"。楚王老来得子，高兴极了，封李嫣为王后，立熊悍为太子，李园为国舅。

同时，李园隐忍蛰伏，暗中积聚力量，蓄养死士，准备谋夺相位。冬去春来，一转眼，多年过去了，如今，楚王病逝，熊悍继位，机会终于来了。

黄歇接旨后，一身缟白，带领随从，意气风发地乘车进宫去，脸上装出来的悲伤，却掩盖不住他心头的狂喜——太子继位，不，应该是黄歇的儿子继位。他要开创一个属于自己的时代，他还要告诉新王，我才是你的亲生父亲。

王宫越来越近了，咫尺之间。

此时，夕阳西下，天已黄昏，一阵大风吹过来，道路两边树木上枯黄的落叶簌簌飘下，四周悄然无声。

黄歇下了车，抬头看了一眼巍峨壮观的王宫，加快了步伐。

厚重的王宫大门缓缓打开。

一步，二步，三步，突然，黄歇感觉到有一阵冷飕飕的杀气迎面扑来。

没等黄歇反应过来，几百个手持利刃的蒙面杀手骤然杀出，仿佛从天而降。"大胆狂徒，竟敢刺杀相国……"话音未落，嗖嗖嗖，一阵乱箭，黄歇的随从全部倒在血泊中。随后，杀手们的利刃一齐砍向黄歇，刀光闪过，黄歇的喉咙被利刃一划而破，殷红的鲜血刹那间喷涌而出，染红了宫门外的地砖。

在黄歇渐渐失去意识，临死前的那一刻，宫门处，出现了一个面目狰狞满脸杀气的面孔——李园，他的身后，是面无表情的李嫣。

熊悍继位，史称楚幽王。李园出任相国，权倾朝野，炙手可热，不可一世。

不久，楚国郢都的大街小巷，到处流传着一首童谣："天苍苍，野茫茫，臣非臣，王非王，李树开花，王死臣亡。"晨风中，童谣飘荡在金碧辉煌的王宫上空，久久不散。

原载《微型小说选刊》2023年第13期

急　送

张　弯

在一环路高架桥下等红绿灯时，他的电瓶车忽然断电无法启动了。手机铃声又响起，他瞄一眼，还是那个急等着要货的女货主。

他习惯地朝电瓶车坐垫处狠拍几下，将左右手的挡位和刹把旋几旋，依然一点反应都没有。

手机铃声刚停，紧接着又响起。他无奈地腾出手，滑开绿色接听键。

"师傅你到底怎么回事，二十分钟可到的路程，这都快一个小时了！"听得出，女货主的语调火辣辣的，态度不那么友好。

"实在对不起，这闹心事都赶到了一块，我的电瓶车刚才又坏了，正在想办法。"他用尽量平和的语调解释。

"不会是又在扯吧？我之前问你，你说货物拿错了，返回去调换，大约迟十分钟送到。现在呢，已迟半个小时还不见你人影，你这一趟带多少家货我不管，可你偏偏把我急着赶时间这单货一直往后拖。这样吧，师傅，你电瓶车不是坏了吗，你打个车过来，赶紧将我那两箱货送到，我也不投诉你了。"看样子，女货主是真着急。

等到绿灯了，他将电瓶车推到对面一个单位门口，面向门口保安："大哥，我是'同城急送'送货的，我这车坏了，能不能推到你们院子里放一放，我打车把客户的货送过去，晚点再回来将车子推走？"

"电瓶车啊，在路边绿化带随便找个空地一放不就行了，反正是坏的，别人也开不走。"保安没明说不同意，而是用调侃的语气出主意。

他知道这不行。如果城管看见，会被拖走的。

"大哥，这货主要得急，如果只是被投诉我就认了，但万一误了人家正事，毕竟心里过不去。"他继续向保安央求。

"这样吧，你就将车靠到我们单位围墙边，我这边捎带帮你瞅着。七点之前能拿走吧？过了七点我交班可就不管啦。"保安看到他额上的汗，动了恻隐之心。

还好，出租车用了不到十分钟时间便到达。他理亏地将两箱货搬进女货主的后备厢，再将箱子打开，让女货主查看。验完货，他问：要封起来吗？女货主嗯了一声。于是，他又将箱子搬出，拿后备厢里的胶带，封严再搬进去，码放好。看到他被汗珠浸潮的蓝色外衣，女货主噘着的嘴努了几努，还是将想说的话压下，发动油门走了。

他这才想起，自己预备换穿的衣服还在电瓶车后座箱子里。看一下手机时间，离女儿通知的家长会开始时间已过去五分钟，现在打车过去，怎么也得迟到二十分钟。这是女儿上初中后的第一次家长会，孩子要求一定要准时。唉，本来他不打算接这趟单，可看这路程与方位，依照通常派送时间计算，基本不会耽误。谁料，提货出来遇上这么些不顺利的事。

算了，就这身衣服吧，反正女儿和她同学都提前放学了，一会儿教室里都是家长，第一次家长会，熟人不会太多。他将自己的上衣拍打几下，拉链拉好，继续拦出租车。

没想到，他进教室时，班主任老师还未到，家长们在低声交谈着。他走向女儿的位子，看到课桌上贴有女儿小名"小雅"字样的心形纸片，他的心平静了许多。坐定，他想起什么，赶紧掏出手机，关了接单 App，又调成静音。

这时，他忽然看见，刚才收货的女货主也走进教室，并径直走向他的右边——这个教室里最后一个空座位。

弯腰坐下那一瞬，女货主也认出了他。他只好朝她尴尬地笑笑。

"这么巧？"女货主也轻轻嘀咕一句。

班主任随后匆匆进来，对着讲稿，依次将家长会各项事项按部就班主持。一个半小时后，班主任做总结："……最后说个事，有位不愿公开姓名的家长，想给班上每位同学赠送一套文具。在此，我代表本班所有老师和同学，向这位爱心家长致以真诚的感谢！"

他当即明白，那位家长正是他身边这位女货主。那两箱文具就是他刚刚送的货。他向她笑笑，并投去敬佩、赞许的目光。

当大部分家长离开教室时，他们才从座位上站起。

"谢谢您，没有给我差评和投诉我；谢谢您，给孩子们的……爱心！"他轻声说。

"不，不，先前我脾气不好，还请你别见怪。我得谢谢你和你家小雅同学，我女儿因身体原因休学过一年，学习上有很多地方跟不上。她回家说，班上同学都很关心她，特别是邻桌的小雅，总是不厌其烦地给她讲解……这也是我要给同学们赠送文具的起因。这事还请你不要说出去，我女儿也不知道是我买的。我希望这个班级永远保持这种融洽互助的美好氛围……我能加你微信吗？"他腼腆地点点头，点开自己的二维码。

原载《羊城晚报》2023 年 2 月 1 日

鹩　哥

戴　涛

住在南方靠海的城市，每年的夏天总要经历几场台风。

这天汪泓下班坐地铁回家，刚从地铁站钻出来，便感觉自己的身体不由自主地依着风移动。

忽然又一阵狂风吹来，伴随着树枝树叶，有一只黑色的鸟跌落到他跟前。他认识这鸟，叫鹩哥，因为有一次在公园里听到这鸟在说人话，他便好奇地问过提鸟的老人。

鹩哥在地上有气无力地扑棱了几下，眼睛半开半闭要昏死过去，汪泓于心不忍，便将鸟揣在怀里带回了家。

到了家里，他找来一只纸盒，又找来一块干净的毛巾铺在盒子里，然后把鹩哥放了进去，鹩哥趴在那里一动也不动。他草草地吃了点东西再去看，鹩哥还在昏睡，他想自己平日里遇到什么不舒服的时候都是蒙头睡一觉就好了，于是他决定电视也不开了，游戏也不打了，早早关灯上床，好让鹩哥安静地睡觉。

第二天清晨，他一睁开眼就跑去看鹩哥。鹩哥站立在盒子里，一双又黑又亮的大眼睛打量着他，汪泓激动得双手捧起了鹩哥，用鼻子去顶它的嘴。

今天正好是周末，汪泓便带着鹩哥上花鸟市场，给它买吃的喝的，还有住的地方。卖鸟食的告诉他，要省事可以买配好的颗粒饲料，考究的话自己配鱼、猪肝、鸡蛋、小米、面包虫。汪泓说，我哪有时间配啊，就买现成的颗粒饲料啦。卖鸟笼的告诉他，这鸟的嘴厉害，笼子一定要坚固，而且它生性活泼好动，所以要住大号的笼子。他点头称是，就买了一款卖鸟笼人推荐的笼子。

回到家，鹩哥住进了新鸟笼似乎很满意，不停地上下跳跃。汪泓又将鸟食投进笼子，鹩哥却看也不看食物一眼，只拿大眼睛瞪着他，这眼神似乎在告诉他，这种垃圾食品我可是从来不吃的好吗。

汪泓没去理会它，自顾自去泡方便面吃，吃完过来，鹩哥还是瞪大了眼睛看着他，汪泓继续不理它，坐到沙发上看电视，看完了一部故事片后转过身来，鹩哥依旧目光坚定地注视着他。这下汪泓再也无法淡定了，赶紧跑出去买来猪肝、小米、面包虫，他将猪肝蒸熟后切成小块，与小米、面包虫分别放入三只小盅置于笼中架子上。

鹩哥的眼神终于变得柔和了，开始优雅地吃了起来，吃了一会儿，鹩哥抬起头来看着他，吃饱了，谢谢爷爷。鹩哥突然说话了，这将汪泓吓了一大跳，等到他回过神来，鹩哥又说话了，我给爷爷唱首歌，世上只有爷爷好……

等到汪泓回过神来便开始想，这爷爷是谁呢？是鹩哥的主人吗？

到了黄昏的时候，正在闭目养神的鹩哥突然睁开眼睛不停地喊，锦绣路1100号101快递，锦绣路1100号101快递。

喊声又把汪泓吓了一大跳，你这家伙是不是神经病！骂完了鹩哥，汪泓又开始琢磨，锦绣路1100号101在哪里？会不会是鹩哥的家？

第二天是星期一了，一大早汪泓就赶着去上班，而且周一到周五天天忙，所以尽管每天下班回到家，都会听到鹩哥在那里叫锦绣路1100号101快递，他也无法去一探究竟。

终于又到了星期六，汪泓决定带着鹩哥去找锦绣路1100号101。他在手机的百度地图上输入终点锦绣路1100号，地图显示七公里，然后又点自驾（汪泓喜欢上班坐地铁，休息日自驾），地图显示行驶时间十五分钟。十五分钟后汪泓开进了一个小区，下车后看到楼房墙上写的却是民生路899号，汪泓一下被搞糊涂了，问了保安才弄明白，这小区因为靠着三条马路，所以里面分别有三条路的门牌号。

汪泓终于找到了锦绣路1100号101室，房子的前面有个不大的院子，用铁栅栏围着，铁栅栏上有一扇门。汪泓去按门铃，发现门铃是坏的，想推门进去，可门上了锁。他朝里张望，看见房门和窗户紧闭。突然，他发现窗户下有一个鸟笼子，笼子的门是打开的……

他忽然有种不祥的预感。

汪泓立刻去找小区的物业，物业的工作人员说，里面住着一个姓王的男性老人，平时他每天都在小区里遛鸟，不过这段日子是没见到他了，这样吧，我给他儿子打个电话。打完电话物业工作人员说，他儿子住得很近，十分钟就会赶到。

不到十分钟，老人的儿子就到了，他用钥匙打开了铁栅栏的门，又打开了房门，在打开房门的一瞬间，一股令人窒息的腐烂味扑鼻而来。

看到躺在床上的老人，鹩哥激动得上下跳跃，爷爷好，我给爷爷唱首歌……

原载《微型小说月报》2023 年第 2 期

苦命星

陈淮贵

去苦命星的飞船回来了。

一个个灰头灰脸、狼狈不堪的队员背着鼓鼓囊囊的沉甸甸的包袱，疲惫地从里面爬出来，那可怜兮兮的样子令人动容，几乎不忍直视。外星探测基地的司令官亲自上前迎接慰问，感谢他们为苦命星探测付出的艰辛劳动。在交接了有关探测资料及土壤等样本后，基地隆重召开了欢迎会，对苦命星探测团队进行大力表彰，深入回顾他们在荒凉凶险的苦命星上甘于寂寞、乐于吃苦、攻坚克难、顽强完成各项艰巨任务的不凡业绩，勉励全体宇航员深入学习他们不畏艰险、无私奉献的探测精神！

表彰会后，展开了新一轮苦命星探测队队员的报名工作。不出所料，同前几批一样，报名者寥寥无几。自第一批苦命星探测队回来后，谁都知道了苦命星的可怕，常年风力十五级台风，温度零下一百多摄氏度，氧气含量百分之三，听听都令人不寒而栗，而且，行程极为遥远，来回以亚光速航行都需在途中花费十年时间。于是，一夜间苦命星名扬天下。说其苦命，是说被派去的人苦命，久而久之，这个星就被称作苦命星，它的本名倒没什么人记得了。

刚回来的队员们倒不甘落后，说自己熟悉情况，居然全都报名参加下一轮探测，这让司令官大为感动。可是，有的队员已经连续报名参加了三轮，作为司令官，总不能鞭打快牛，谁听话谁好使唤就一直使唤谁吧。最终，从五名队员中留用了两名最年轻的。其他三名落选队员露出失望的表情，之后，便申请退役了。

鲍勃犹豫着报了名。自己资历最浅，没有后台，没有谁帮自己说话，自己不报名还有谁报名呢。其实，剩下的三个名额归哪几个人大家都心里有数，比较比较资历背景，谁去谁不去不就一目了然了吗？难道非得上级来指着你说你去你才去的吗？至于那些有来历的人，自然是到那些温暖如春、风和日丽的星球探测的。

女朋友哭得死去活来，说为什么你要报名，为什么要你去。鲍勃说这是没选择的，探测任务很重要，需要很多第一手的探测数据，需要上面的实物样本。鲍勃绝望地说不要等我了，等不到的，即使等到了，那时我历经苦难也没了人样，怎么还配得上水灵灵的你呢。女朋友说我不管，我一直等你等到天荒地老。

飞船朝苦命星出发了。经过五年孤独寂寞的亚光速航行，终于抵达了苦命星大气层。这儿真个是狂风肆虐，日月无光，天旋地转，鬼哭狼嚎。飞船就像滔天巨浪中的一叶扁舟，像狂风暴雨中的一个断线风筝，无依无靠，半生半死。鲍勃战战兢兢，心都提到嗓子眼上了。

"别紧张，坚持下就好了。"老队员安慰道。

继续下降了一会儿，下面显露出白皑皑的雪山，想到零下一百多摄氏度的低温，鲍勃只觉不寒而栗，仿佛飞船都成了冰棍。

飞船继续下降，下降，终于越过了雪山，眼前渐渐出现了黄色、蓝色、绿色等色彩，随着距离的拉近，鲍勃发现那绿色竟是大片大片的草原、森林，而那黄色、蓝色，似乎是……啊？不会吧？

飞船稳稳地停在一片宽阔的黄色地面上，鲍勃穿起防护服，却见两个老队员没穿防护服直接开门。

"你们，防护服……"鲍勃急得大叫。

"哦，不用。"老队员笑道，"忘了告诉你，在高空和一部分地表区域确实是狂风不息，温度极低，但我们现在的这个区域是温暖如春、风和日丽的。"

"这不可能！"鲍勃脱口而出。

"事实是这样，也许这片区域有丰富的地热资源，四周高山又阻挡了寒流侵袭，使得这里树木茂盛，氧气充足，也正因为这样，我们才能一直坚持下来。"

打开舱门，一阵清新的空气涌了进来。老队员们一马当先，欢呼着冲了下去。

看着金黄的地面，鲍勃再次确认了自己的疑问："这是黄金？……"

"是的，哈哈哈……"老队员大笑。

"那么，那些蓝色的，是……钻石？"

"是的，你看出来了！"

"那……那……"鲍勃心中涌起滔天巨浪，"你们为什么不汇报，为什么欺骗……"

"我们并没有欺骗，年轻人，"老队员郑重地解释道，"我们完成了所有的探测任务，所有数据都是准确的，我们也提到过这星球有黄金和钻石，储量数据也是真实的。这一片区域的黄金山和钻石山，只是一个特例，尽管如此，我们也已计入总储量数据中，没有任何隐瞒和欺骗！"

"可是，这个特例你们没说呀！"

"没规定一定要说呀！"老队员耐心地解释，"我刚来时也跟你一样责问老队员，可我现在不会了，你想想，如果把苦命星上有金山钻石山的消息传出去，会怎么样？"

"会涌来大批人员挖山！"鲍勃不假思索。

"对了！那这个星球会怎么样？"

"原始生态会被完全破坏！"

"对了！那对观测研究是有利还是不利呢？"

"当然不利了！"鲍勃恍然大悟。

"还有，你觉得这些来挖金山钻石山的大军中，有没有我们呢？"老队员循循善诱。

"那绝对没有！好事怎么轮得到我们这些没关系没背景的人！"鲍勃不假思索。

"那你觉得还要报告吗？"

"不了！"鲍勃下了决心，他想象着给女友戴上硕大钻石时，女友兴奋欢呼的场景。

"好了，我们观测好数据，每人可去捡些金子钻石装包里带回去。只要一粒钻石，一辈子就不愁吃穿了……"

…………

去苦命星的飞船回来了。

一个个灰头灰脸、狼狈不堪的队员背着鼓鼓囊囊的沉甸甸的包袱，疲惫地从里面爬出来，那可怜兮兮的样子令人动容，几乎无法直视。

原载《故事会》2023 年 2 月刊

我是群主

曾宪涛

小林在单位一直跟头关系不好，谁也看不惯谁，他看不惯头只唯上不唯下的作风，特别看不惯头对上对下两副截然相反的面孔。他的看不惯虽然没表现出来，但人都是有感觉的，头对他当然也就看不顺眼了，处处为难他，找他的碴，经常训他。小林挨训时，嘴上不吭，心里却说："等着瞧，等我当了头……"小林幼稚，有个不喜欢他的头，他咋当头？

别说，小林还真当了头。啥头？群主。

单位附近建了片新住宅，小林两年前就交钱买了房。新房交付那天，小林去领钥匙，售楼处围满了人，有人提议："我们建个业主群吧，有事也好交流。"小林正好在旁边，就说："我来吧。"当时就建了业主群，自己当了群主。

自打当了群主，小林竟有点当头的感觉。新入群的业主都要回答他的询问，经他验证同意。他还发布了群规：不准谈论敏感话题，不准发布未经证实的传闻和虚假消息，不准发广告……有他费脑子想的，也有他借鉴别的群的。他听说群主要对本群的言论负责，否则要负法律责任。虽不知真假，但这都增加了他的责任感，他感觉自己就是这个群的负责人。

事实上，他还真成了负责人。开发商卖车位找他发布规则；物业有事找他发布通知；也有商家找到他，请他在群里发装潢材料的信息。当然这都是有好处的，但他坚决不要。他决心要做个与自己头不一样的头，现在他终于明白了为啥看不惯自己的头。

业主们知道后，都在群里称赞他廉洁奉公，在小区里见了他，也表现出十分的尊敬，像对待自己的领导。小林很享受，也很得意，在群里谦虚道："为大家服务，只要大家信任就好。"

这天，有个网名叫负责的业主要入群，小林验证通过后，要他把网名改成房号。

两天后，负责依然叫负责，小林有点不高兴，感觉权威受到了挑衅，本来对他这个网名就反感，一气之下，把他踢了出去。

负责再次申请入群，一再解释这两天上面检查，他是科室的负责人，工作太忙，把改网名的事给忽略了。

小林心想，难怪他网名叫负责，便发话道："你在单位是领导，在这里就是普通业主，群有群规，都要遵守。"小林发这话时颇像个领导，那人回帖表示服从，小林通过他重新入群。那人把网名改为房号2171，意思是2号楼，17层，1室，没想到就在小林楼上，微信图标不是头像是面旗帜，小林也就不知见没见过他。之后在群里，2171一直对小林恭恭敬敬，说话总是附和小林，小林对他不再反感，就不知见到真人咋样。

岳母住院了，这天本来排好是内弟送饭，可他临时有事，老婆叫小林送一次饭，没想路上太挤，上班迟到了。头狠狠训了他一顿，还说要扣奖金。小林辩解说岳母住院，没想到越辩解，越遭训斥："为啥不事先请假？我看你是目无领导！"

回到家，小林越想越生气，老婆安慰他，说都怪弟弟。他对老婆说："听说头也买了小区的房子，咋没进群？他要在群里，看我怎么训他！"

老婆说："那天见他媳妇来了，说先来看看人家咋装修，哦，她还说也住2号楼，17层1室，就在咱家楼上。"

小林一听，忙打开微信，找到那个2171，难道是他？难怪叫负责！想起他说上面检查的事，那两天果然如此，看来就是他了。正在这时，2171竟在群里发了一条广告，虽说群规不准做广告，但这是条装修材料广告，对业主有用，似乎不算太犯规。小林不管这些，心想你训我，我也撒撒气。于是发了一通满是火药味的文字，很多是头训他的语言，目无领导改为目无群规，没好意思说群主。反正火都发出去了，虽感有些过分，但心里舒坦了。

群里没人吭声，他等着2171的反击。等了会儿，2171发帖了，非但没生气，还表示自己错了，怪一个开店的亲戚托他帮忙转发，叫群主别生气，今后一切按群规办。

这是小林没想到的，连剩余一点火气的灰烬也被浇灭了。

以后，小林每在单位受了头的气，回来就在群里找2171的碴，要不就含沙射影。但2171从不反驳，而且小林说啥他还都跟着附和，净说些恭维的话。小林有点不懂了，竟有这样的人，你越凶他越对你好。

当然小林也得意，在单位我受你的，在这儿你受我的，扯平！他还把微信给老婆看，老婆说："他要知道是你，有你好果子吃！"小林说："知道就知道，怕啥！就说误会，先出气再说。"

就在小林对老婆说这话时，头也正拿着手机对媳妇说："这小子又来找碴了，气死我了！"媳妇说："你为啥受他的？"

"这不是在他地盘上吗？这群他是头，受就受吧！"

"他知道是你吗？"

"估计知道，你不说那天告诉他老婆房号了。"

"知道还敢这样！"

"他是故意的，假装不知，走着瞧吧！"

这天，头终于找了小林一个碴，把他叫进里间办公室大声训斥着。办公室门还半敞着，外面的人都躲在一边偷听。头训个没完没了，小林脸上一阵白，一阵红，一阵青，一阵紫，最后实在忍不住了，突然大声道："我是群主！"

科里人正奇怪头今天的光火，对小林冒出这句话更是莫名其妙。这时，匪夷所思的一幕出现了，只见头一下子从椅子上弹了起来，伸出手，弯腰恭敬地对小林道："您坐您坐！"

原载《上海故事》2023年第8期

机器人的理想

凤　凰

博士一生致力于科技发明，发明了很多东西，因此，他拥有很高的荣誉和很多的财富。随着博士的年纪增大，他越来越注重享受。一天，博士想，我应该制造一个机器人，让他替我去工作、开会、演讲等，总之，我只要在家里享受美好的生活就行了。博士说干就干。博士搞了几十年的发明研究，要制造一个机器人，当然不是什么难事，在此之前，他就制造过许多机器人，现在的这个机器人，只是跟以前的有些不同而已。

不到半个月，博士就制造出了一个跟他长得一模一样的机器人。模样长得像，不算什么，摸上去，这机器人就跟真人似的，而且更神奇的是，机器人还能像博士一样工作、开会、演讲等。总之，这个机器人在外人眼里，完全就是博士。有了这个机器人，博士解放了：工作，机器人去干；开会，机器人去开；演讲，机器人去讲；应酬，机器人去应付。机器人比博士还能干，不怕累，不怕苦，很快就为博士赢得了更大的荣誉。

不过，博士现在并不满足于荣誉，他需要的是财富，有了财富，他想怎么过日子就怎么过日子，想去哪里玩就去哪里玩。一天晚上，博士问机器人："你愿意犯罪吗？"机器人说："博士先生，您是我的主人，只要您想让我干什么，我都会去干！"博士听了非常满意，于是他说："现在我需要一笔钱，你去给我弄一笔钱来，不过，千万不能留下任何蛛丝马迹，否则警察会找我们的麻烦，你明白吗？"机器人笑着说："博士先生，您就放心好了，我保证不会留下任何蛛丝马迹！"说完，机器人便跑出了屋子。

不到半个小时，机器人就跑了回来，他把一个布袋放在地上，打开，笑着说："博士，您看，这些钱够了吗？"博士笑着连连点头："够了，足够了！你真行！"机器人听到博士赞美他，心里乐滋滋的，说道："博士先生，我都是您造出来的，我行，说明您更行！"博士听了这话，心里也乐滋滋的，这机器人太会办事，太会说话了，真讨人喜欢。于是他拍了拍机器人的肩膀说："看来，我制造你，可真是制造对了！你好好干，以后我再制造一个机器人，你就可以不用干活，就可以像我一样享受生活了！"

第二天，一家公司保险柜里的巨额现金被盗的事就在报纸电视上传开了，警察前去勘查现场，却没有找到任何蛛丝马迹，纷纷说这是外星人干的。博士也听到了传言，心想，机器人干得这么漂亮，我以后就不愁没钱花了。

后来，博士又叫机器人抢银行和偷珠宝，每一次，机器人都干得非常漂亮。警察面对一个个没有留下任何蛛丝马迹的案发现场，束手无策。因为偷来的财富越来越多，博士根本花不完，于是他让机器人在他别墅的地下建了一个巨大的仓库，用于存放钱和珠宝，想花时去拿就是了。

就在博士享受着美好生活的时候，一天，几个警察突然闯进了别墅，二话不说就把他带走了。一路上，博士不停挣扎，他问警察："你们凭什么抓我？我犯了什么罪？"为首的警察说："你抢银行，偷珠宝，有这事吧？真是没想到，我们尊敬的博士先生居然会干出这等勾当！"博士刚想分辩这些事情不是他干的，不过他转念一想就住了口：我可不能说这些事情都是机器人干的，如果我把他供出来，那么，作为他的主人，我还是脱不了干系。他一定会来救我的，他有非凡的本领，我一定会安然无恙。

虽然博士不肯供出偷来的钱和珠宝藏在哪里，但警方根据大量的证据，还是给博士定了罪名，博士将被监禁十年。博士住进了监狱，虽然是单间，没有人来找他的麻烦，但他还是觉得度日如年。他在牢房里急得团团转，埋怨这些日子机器人都不来看他，也不想办法救他。晚上，机器人终于来了，博士愤怒地说道："你这是怎么搞的？为什么在现场留下了你的指纹和脚印？为什么这么久都不来看我，也不想办法救我？你想造反是不是？"机器人笑着说："博士先生，你说得没错，我就是想造反！"

博士生气地说道："这么说，让我住进监狱，这一切都在你的计划之中？"机器人得意地说道："当然，一切都在我的计划之中。享受生活，那是你的理想，而取代你，却是我的理想。"机器人志得意满。博士一把抓住机器人伸进窗口的手臂，狠狠地说道："该死的东西，我要杀了你！"机器人一把扼住了博士的脖子，狠狠地说道："本来我不想亲手杀掉你，现在看来，不杀你都不行了！"机器人说完手一拧，博士顿时没了气。机器人手一松，博士倒了下去。机器人看了看博士的尸体，满意地向外走去。

机器人没走多远，博士就醒了过来，他恶狠狠地说："该死的东西，差点要了我的命！现在，我就让你去见阎王爷！"说完，博士就按向了自己的肚脐眼，那上面有毁灭机器人的按钮，博士在制造机器人的时候，留了一手，以防万一。博士的手指一按到肚脐眼，顿时就传来了两声巨响：还没走出监狱的机器人爆炸了，而牢房里的博士也爆炸了，地上是一堆碎片。

原来，这个所谓的博士，其实不是真正的博士，他也只是一个机器人，他从前杀死了博士，取代了博士，早就忘记了自己也是一个机器人。

原载《思维与智慧》2023 年 9 月上半月刊

大雁快飞

申 平

白露才过几天，一场寒潮突袭了草原。家住草原边缘的李进，一大早就被他爹吼起来，让他跟着去捡牛粪。

一出门，18岁的李进就冻得直哆嗦。他背上背篓，拿起粪叉，咬牙跟爹往草原方向走。他今年高考失利，爹不让他复读了，说：现在上了大学也是自己找工作，还不如早点在家干活呢！

翻过山岗，就到了草原。风更猛烈了，人哈出的气立即变成了白雾，又在唇边结成了冰粒。今年的天气是咋了，也太反常了！

天渐渐亮了，路两侧已经枯黄的草地上，开始出现一堆堆、一溜溜黑乎乎的牛粪。爷俩各自走到路的一侧，开始捡拾那些湿的和半湿不干的牛粪，捡满一篓，就找个高岗倒出摊开，接着再捡。这活李进老早就干过，以前村里家家户户都烧牛粪，牛粪成为人们争抢的东西。这几年包产到户了，庄稼的秸秆都烧不完，已经没人捡牛粪了。但是爹却仍然在捡，他是要留着秸秆喂家里牛羊呢。

捡了几筐牛粪，身上已经开始发热了。李进忽然发现，在一处低洼的地方，卧着一片灰白色的东西，好像是一群羊。走近了才看清，哪里是羊，分明是一群大雁，一只只趴在地上一动也不动。咦，这群大雁这是咋了，见人来怎么不飞呢？李进走过去，喊叫了几声，又用粪叉去碰，雁群依然不动。李进忽然明白了，这些大雁是被突如其来的寒潮冻死了。

李进立即放下背篓，跑上高岗，挥手喊叫他爹。他爹快步走过来，看到一地死雁，立即高兴地叫起来：啊呀，发财了，发财了！他过去挨个踢着大雁，然后扔下背篓，对李进说：你在这里看着，别让别人抢去。我回去赶车，咱拉回去，卖钱花！

看着爹连跑带颠走了，李进的目光又落在那些大雁身上。大雁有的是两只靠在一起，有的是单独趴着；有的脑袋插在翅膀里，有的耷拉在地上。他弯下腰，用手摸着它们，嘴里小声地说：哎呀，你们怎么就能冻死呢，真是太可惜了。

李进从小就崇拜大雁。听说这鸟生活在遥远的西伯利亚，每到秋天来临，就可以看见它们一群群从头上飞过。奇妙的是它们一会儿排成一个"一"字，一会儿排成一个"人"字。有时候，它们也会在草原上歇歇脚，以前就有猎人乘机猎杀它们。但是这几年提倡保护动物，国家严控枪支，已经没人敢动它们了。望着这群大雁，李进心中不知为什么忽然想到了自己的同学，想到了大家在操场上走步唱歌的画面。可是一场高考下来，同学们有的展翅高飞了，有的也遭遇了严寒，比如自己……想到这里，李进心中不由泛起一阵酸楚。接着他开始把大雁往一起堆。每捡起一只，都会仔细观察，他觉得这么大的家伙竟然可以在天上自由飞翔，真是不可思议，现在即便死了，也还是那么美丽迷人。

一共35只大雁，李进一只只抱到土坎下，挤挤挨挨地形成一大堆。望着这堆大雁，李进想着它们很快就会变成老爸手里的钞票，成为人类的口中食、腹中餐，竟然有点心疼。不过他又想到，反正它们已经死了，这也许是个机会，可以乘着老爸高兴，和他商量一下自己去复读的事情。忽然，他发现一只大雁似乎动了一下。他急忙扑过去，伸手去摸它，透过羽毛，他感觉到它的身体似乎有了温度；再摸别的，好像也在回暖。哦，大雁并没有死，它们是被冻僵了呀！现在它们被集中到背风的坎下，就又缓了过来。李进心中一喜，但是马上又是一沉：如果大雁跑了的话……

这时候，李进知道自己可以做一件事，那就是上前去扭大雁的脖子。只要抓住用力一扭，它们的小命就完了。家里杀鹅、杀鸭就是这么干的。他提起一只大雁，比画了一下，却下不了手。这么美丽的鸟儿，怎么可以杀害呢！且不说国家提倡保护动物，就是没提倡，也不能杀生害命呀！而且它们的命运，和你是多么类似啊!

想到这里,李进把心一横,脱下身上的羽绒服,盖在了雁群的上面,他瑟缩着身子跺脚大喊:大雁大雁,快快醒来,快快醒来!

啊,大雁真的开始一只只地动起来了。醒来的大雁看见他,显得惊慌失措,开始四散逃跑,但是它们行动笨拙,一时无法起飞。这时不知从哪里跑来两只野狗,扑过去追咬大雁。李进急忙拿起粪叉,喊叫着过去打狗,又扔石头把它们撵得远远的。等他返回来的时候,发现大雁已经全部苏醒。它们聚在一起鸣叫,好像在商量事情。看见他来,忽然一起扇动着翅膀奔跑,接着就一只只腾空而起,越飞越高。但是它们并没有马上飞走,而是在李进的头顶上绕了两圈,嘎嘎地叫着,似乎在向他表示感谢。

李进从地上捡起羽绒服,也开始在草地上奔跑起来。他挥舞着衣服,大声地喊叫着:大雁大雁,快点飞吧,高高地飞吧,飞到南方去吧!

李进突然停住了,因为他看见,他爹赶着一辆毛驴车,正站在不远处看着他。他立刻蔫了,什么也没说,穿上衣服继续去捡牛粪。他知道,今天的一场打骂是避免不了啦,复读的事情也泡汤了。

奇怪的是,这天爹什么也没说。晚上娘告诉他,你爹同意你去复读了。李进忙问原因,娘说:你爹说你早上在草地上奔跑喊叫的样子挺稀罕人的,觉得也应该让你像大雁一样高高地飞。他也知道是你有意放跑了大雁,还夸你有爱心呢。

啊,这真是意想不到的结局!李进的眼泪立刻涌了出来。

原载《羊城晚报》2023 年 4 月 19 日

沧浪池

袁良才

茂林那边密集的枪声响了七天七夜，终于稀落了。

青弋江，真是"半江瑟瑟半江红"啊！

王弋王老板意外地接到了驻军师部送来的一封关防。

是国军五十二师刘秉哲师长的亲笔信。

王弋捧读信笺的一双手有些颤抖，脸色瞬间凝重起来。叠好信笺，仔细地放进衣袋，他连忙招呼管家通知下人，把沧浪池里里外外清理打扫干净，要纤尘不染！另把三姨太送回娘家小住。即日起，我沐浴焚香，斋戒三日，闭门谢客！

老管家见东家突然少有地神神道道起来，一头雾水，却不便多一句嘴，一一照办去了。

要知道，王弋王老板可是赤滩古镇上出了名的浮浪公子，三姨太小桃红是他恨不得拴在裤腰带上的绝色佳人啊！谁见过王老板有过这么正经八百的时候？

王弋祖辈都是在扬州做茶叶生意的，经营家乡泾川名茶"汀溪特尖""涌溪火青"。买卖那叫一个火爆！到了王弋手里，他对茶叶生意几乎不闻不问，任凭伙计们打理，一天到晚只沉迷于两件事：早上皮包水，晚上水包皮。

可怜一个老字号，在激烈的商海竞争中风雨百年，屹立如磐，却轻而易举地被扬州浴和扬州汤包击垮了。王弋倒并不怎么惋惜，他领着原班人马回到泾川赤滩老家，很快就开张了一家高档澡堂子，门楣上悬一块黑底金字横匾：沧浪池。

沧浪之水清兮，可以濯我缨；沧浪之水浊兮，可以濯我足。王弋望着滔滔东去的青弋江仰天大笑。

赤滩古镇是三百里青弋江上最繁华热闹的码头，各色人等往来络绎。沧浪池日夜人满为患，王弋赚了个盆满钵满。抽大烟，赌钱，捧戏子，纳妾，浮浪公子的名声越发地叫响了。

沧浪池是王弋用自家的一幢临江的徽式老宅改建的，形制和陈设完全照搬扬州浴室。但设有一间密室，里面摆着清一色花梨木的太师椅、烟榻和案几，供王弋抽烟、品茗和会见贵客之用，一般人是断断进不去的。

王弋从扬州带回了两个师傅，一个专门做汤包，一个负责给浴客搓背。

来沧浪池洗澡可不便宜！洗一次澡五十个铜子，搓背价钱更是吓人，搓一次背一块大洋。

爱搓不搓！扬州师傅搓背那才叫享受，快活似神仙！这话成了王弋王老板的口头禅了。

王老板每天早餐吃一回汤包，晚上泡一下澡搓一搓背，小日子过得比神仙还美三分。

据说，王老板得乎高人真传，搓背功夫一流，谓之"摸爬滚打，吹拉弹颤"，平生只给两个人搓过背！一是他的老父亲。在父亲的寿诞这天，王弋都要恭恭敬敬给父亲搓一回背。一是他的发妻。在他俩的花烛纪念日，王弋总要跪着给她搓一搓背，说，夫人为我生儿育女，接续香火，劳苦功高啊！

一次，国民党第三战区唐司令长官来泾川视察军务，在沧浪池沐浴，指定王老板为他搓背。王弋先是婉谢，后是坚拒。唐长官恼了，让副官取出一摞大洋立在王弋脑袋瓜上，说，本长官打最底下那块大洋，打中了，钱归你，打不中，命归我！话音未落，枪声响了，那摞大洋叮叮当当滚落一地，王弋居然纹丝未动，眼皮眨都不眨一下。

唐长官悻悻而去。王弋捡起那些大洋，一使劲，扔进了青弋江里。

沧浪池之大幸啊！这一天，终于等来了。可整个赤滩古镇都被荷枪实弹的军人戒严了，沧浪池对面的屋顶上还架了两挺机关枪。

王弋王老板一身崭新的中山装，恭立在浴室门口，目迎着一位一身戎装、英气逼人的中年男子，沿着麻石巷道铿然有声地大步走过来。

叶将军，浴池的水烧热了，今天沧浪池有幸为您一人而开。

您是王老板吧？谢谢，谢谢！我虽是个楚囚，但决不可以蓬头垢面地活着！蒙刘秉哲师长"恩准"，我可以痛快淋漓洗个澡了。来人说罢，哈哈大笑起来。

王弋忙低下头，扭过脸去，抹了抹眼睛，转回头，说，叶将军，王某已在内室备了几样酒菜，有您最爱吃的红烧琴鱼，最爱喝的云岭米酒。

谢谢了！谢谢！来人紧紧握住王老板的手，一同进了里间。

王弋王老板觉得时间过得太匆匆，他恋恋不舍地送将军走出了沧浪池。

将军在门口给王弋行了一个军礼，哈哈笑道，这个澡洗得太爽了！王老板堪称搓背圣手！

王弋低下头，扭过脸去，惭愧！惭愧！您不是坚持之下给过钱了吗？

王老板目送着将军昂首挺胸地踩着麻石巷道一步步走远，王老板的视线渐渐模糊，他脱口吟出了一首诗：

> 沧浪有幸浴楚囚，
>
> 征尘未扫反蒙羞。
>
> 天地自有正道在，
>
> 铁军风流足千秋。

沧浪池突然关门了。王弋王老板不知所往。

数十年后，"他"回来了——骨灰撒在青弋江里。

原载《山西文学》2023 年第 7 期

木音箱与驼铃声

王　溱

床头的音箱是木的，就跟这木房子一样老。

她甩掉高跟鞋赤脚朝床上扑去，脚丫扬起，弓起食指敲，不是"笃"，是"噗"，果真一样老。

之所以敲，是因为它不灵光了。见过八旬老嬉皮跳恰恰吗？这音箱就是这样的，啥音乐都敢播，播啥都只能断断续续播个大概。

断也不是完全断。她把耳朵贴到喇叭上听，隐约还有声音，就是小，听不清。

这是首沙漠的歌，齐豫唱的，据说歌词原是三毛的一首诗，那句"呼啸长空的风，卷去了不回的路"是她最喜欢的，总觉得唱的就是她自己。南方的城市里没有呼啸长空的风，只有仓促赶路的风，卷起几片落叶，那她也觉得唱的是自己。怪了，每听一首歌，她都能觉得里头有一句唱的就是自己。

唱到哪句了？听不清。

还是再大声些吧。她伸手去扭，又犹豫。毕竟是木房子，隔音差。有一回她把声音开大了些，住隔壁的立刻就来敲门抗议。

管他呢……到底开大了一档。任性就任性。

她爱听，不听不行，听音符跟她一样冒冒失失在木楼梯木墙板间跌跌撞撞，没有人怪它们，有时她甚至觉得这满屋子的木头当初更愿意被造成一个大音箱。

房子当然不是音箱。音乐刚挤出音箱就被饱经沧桑的木头给过滤掉了，吐出来的尽是些窸窸窣窣的杂音，音量并没有变大多少。

她疑惑地把耳朵贴上去。怎么会呢？音量按钮明明快拧到头了。

不会是耳朵出问题了吧？这么一想她猛地一个哆嗦。

"你聋了吗？客人喊你听不见？"

咆哮声来自领班。中午的事儿了，那时午市已过，客人只剩下一桌，基本吃完了，也买了单了，正闲聊。她估摸着不会再有服务员什么事，就寻了靠墙的椅子坐下，竖起耳朵仔细听。她工作的餐厅漂亮是漂亮，就是听不清音乐。背景音乐是有的，通常淹没在喧闹的人声中。有音乐就好办了，站了大半天的脚不酸了，脚后跟上的磨痕也不疼了。

谁能料到客人临走还想给茶壶加满呢？确实没听见。领班板着脸宣布，扣一百。

一百！那是她一个月的早餐钱，或者半个月的坐车钱。她开始在脑子里盘算是不吃早餐呢还是改为步行去上班。早餐也不是非吃不可的，忍忍就到中午了，中午餐厅有供餐，管饱。步行上班还是远了些，要不是这里便宜，谁愿意租这么远……

叮当！叮当！

是驼铃声！这声音她熟，大漠里长大的孩子，驼铃声溢满整个童年。

房间里怎么会有驼铃声？她习惯性竖起耳朵寻，叮当叮当声越来越大，越来越大，像一串骆驼迎面走来。小时候的骆驼都是驮货的，现在不，驮的都是人。货还有运完的时候，人没有，游客一拨接一拨。眼神呆滞的骆驼被串成一串，沿着固定的路线行走，周而复始。她亲眼看见累极了的骆驼是怎样跪下不肯起的，也亲眼看见阿爸是怎样扯着骆驼的鼻绳喊她扬起手里的鞭。鼻子是骆驼最脆弱的地方，早被人拿捏。

她就是因为不忍心抬手扬鞭才执意南下打工。若真的一鞭子下去，骆驼的嘶嚎声至少会在脑子里循环播放一个月，多大的音乐都盖不住。

这里没有骆驼。餐厅开了一家又一家。

穿工作服，戴口罩，抱上菜牌，这就是她的日常。没顾客的时候站门口，有顾客的时候站餐桌旁，说"欢迎光临"，或是"您吃点什么"，客人叫添水就添水，客人嫌菜慢了就去厨房催……日复一日，没差的，也不允许有差。

叮当！叮当！

驼铃声近了，越来越近。

她捂住耳朵，一咬牙把音量按钮扭到了最大。木板到底敌不过铜，音乐声还是只大了一点点，根本盖不住。隐约还有客人的抱怨、领班的训斥声夹杂其中。

坏了，音箱必定是坏了。这回不是敲，是拍，嘭嘭嘭，挺用力的，刚收手她就后怕：这可是房东太太的音箱，坏了要赔，自己拿什么赔？

砰！门忽然被猛地推开，手攥钥匙对她怒目而视的正是房东太太。

"开那么大声！整栋楼都震了！"房东太太冲过来把音箱的电源拔掉，见她呆愣不动又骂：

"隔壁的说敲了半天门都不开，你是聋了吗？"

确凿了，音箱没坏，坏的是自己。

"我聋了，呜呜呜，我聋了！"她把头埋到枕头里，大哭起来。聋了还怎么给客人点菜？虽然在挨骂的时候也曾恨不得自己聋了，那只是"恨不得"，不可能真聋了，真聋了可怎么好呢？没有钱治。钱都在银行存着，那是要给家里再买一头骆驼用的，多一头轮替就不会那么累……

有一只手在她背上轻拍，她不敢抬头看，心知大约是房东太太，失业就连交房租的钱都没有了，哪有脸见房东太太？哭，还是继续哭，再哭大声些兴许可以盖住驼铃声。

过了很久很久，不，或许只是片刻，叮当！叮当！驼铃声又在耳边响起。伴随驼铃声的还有齐豫的声音：

"沙漠化为一口水井，井里面，一双水的眼睛……"

是三毛的诗！她惊愕起身张望，没错，是音箱里传出来的，很大声，老木板差点震出飞屑来。她赶紧把音量往下调。声小了，齐豫的声音依旧清澈：

"荡出一抹微笑……"

房东太太呢？

没人。她已经走了，门带上了，显然，临走前还把音箱电源又插上了。

原载《百花园》2023 年第 10 期

学　费

吴宝华

"娃啊，你初中毕业后，就跟我去生产队挣工分吧，爸妈实在拿不出学费了。"父亲吸了口旱烟，磕磕烟灰，低着头说，目光落在他脚上的破旧布鞋上，鞋面那个补丁像一只无奈的眼睛。父亲的声音虽然很轻，但听在我的耳里，却如晴天闷雷。

那时是 1967 年，农村里刚够温饱，我家更不富裕，我有两个妹妹和一个弟弟，都相继上学了，四个娃的学费就是一个沉重负担。

可我爱学习，成绩在班里从没有跳出前三名，很有希望到县城读高中。读了高中，即使考不上大学，也可以当民办教师，最不济回村里也可以做会计出纳……一句话，读了高中好处多。

我实在不甘心就此告别课堂，我嗫嚅着说："爸，我想办法自己挣学费，您……您就让我去读高中吧。"父亲长长地叹了口气，说："等你挣来学费再说吧。"

那时一斤猪肉才五角，一斤大米才一角，一个壮劳力一天的报酬十个工分，也只不过值一角五分，而高中的学费要五元，父亲认为我是没办法挣来学费的。

初中毕业考试一结束，我就回到村里，晚饭后，我去找大队长戴明叔。戴明叔四十多岁，魁梧壮实，满脸络腮胡子，长相虽粗豪，为人却公正善良，急公好义，深受村民们爱戴。

我嗫嚅着说："戴明叔，我下半年上高中，家里拿不出学费，我想自己挣，您能帮我找活干吗？"戴明叔沉吟着说："你能干什么活呢？"忽然他眼睛一亮，说："要不，你去南山坳搬砖坯吧，那里的砖瓦窑目前正缺人手，只要不怕吃苦，就能挣到钱。"

我给戴明叔鞠了个躬，说："谢谢戴明叔，我明天就去上工。"

次日太阳刚在山岗上冒头，我就吃过早饭，前往南山坳。来到窑场，烧窑师傅正在领着窑工拓砖坯，他看看我，说："你是新手，就负责晾晒砖坯吧。"说罢，他一指窑边平坦的空地，补充说："你把湿砖坯搬到这片空地上，竖着垒好，注意砖坯与砖坯间隔一指宽，晾晒两天，再搬入窑烧制。工钱嘛，是计件的，一百块砖坯一分钱。"我鸡啄米般连连点头。

烧窑师傅吩咐完就走开了，我便立即动手干活，我在心里暗暗计算：一百块一分钱，一千块就是一角钱，只要肯吃苦，一天赚两角钱应该能办到。但是我还是太乐观了，此时正是酷暑盛夏，太阳渐渐升高，天气越来越闷热，在大太阳下搬砖坯，我汗下如雨，气喘如牛，胸闷得仿佛压着块石头，嗓子眼又辣又干，说不出的难受。

堪堪搬到五百块时，日上中天，是吃午饭的时候了，我随着窑工们一起去吃饭。午饭是白馒头配青菜豆腐汤，我饿极了，一口气吃了 6 个白面馒头。

午饭后休息了一会儿，又开始劳作。直到夕阳西下，倦鸟归林，大家才收工回家。下午我多搬了两百块砖坯，这一天挣到了一角二分钱。

回到家里，吃过晚饭，我冲了个凉水澡，上床睡觉。我觉得四肢百骸到处又酸又痛，竟久久难以入眠。

此后，我咬紧牙关，按时去砖窑搬砖坯，等到这窑共两万块砖坯全部入窑放置好，已是二十天后，我终于用汗水和辛劳挣到了两块钱。接下来，烧窑师傅指挥窑工把柴火搬进去烧，连续烧了八天八夜，又冷却了五天，这窑砖才算烧好。接下来又烧第二窑青砖，我依然按时去搬砖坯。

有一天傍晚，其他人陆续回家了，我还在工地上搬砖坯。忽然天空乌云密布，雷声隆隆，眼看一场滂沱大雨就要到来，我看着满地的砖坯，心想：这些砖坯被大雨一淋，必然损坏，虽然这不是我的责任，但我不能眼睁睁看着大家的劳动成果受损。

于是，我跑去工棚，搬出尼龙薄膜，跑到上风口，用大石压住尼龙薄膜的一端，然后随风展开，盖住所有砖坯，最后在四周压上石头。这番活干完，天已黑透，大雨滂沱而下，我回到家时，淋成了落汤鸡。

第二天去上工，发现戴明叔已经在工场，他笑容可掬地指着完好无损的砖坯，对我说："大伙儿商量过了，决定额外奖励你两元钱，好好干！"我喜出望外，嗫嚅着不知说什么好。

过了二十多天，第二窑砖坯入窑放置好，学校也要开学了，我挣到了四元钱，加上额外奖励的两元钱，一共有六元钱。从大队出纳手里领到六元钱，我特地拐到公社副食品站，花五角钱买了一斤猪肉。

晚上，母亲为我们包饺子，饺子馅是猪肉大葱，我们好久没有吃过这么好吃的晚饭，弟弟妹妹们兴高采烈，像过节一样。

母亲和父亲却眼睛红红的，含着泪水，父亲还悄悄背转身，擦了一下眼睛。

原载《短篇小说》2023 年第 7 期

时光窃贼

迂夫子

　　我一直自诩是这个世界上最高明的贼，但自从遇到时光窃贼之后，我才知道我那所谓高明的偷窃技术，跟他比起来简直是小巫见大巫。

　　那是一个骄阳似火的午后，我斜倚在广场栏杆上，装作若无其事地在人群里搜寻目标。我穿着一身笔挺的名牌西装，价格不菲。干我们这一行，有一身好行头很重要，当然如果再有一张帅气迷人的脸蛋儿就更好了，幸运的是这两样我都有，所以我才如此自命不凡。

　　突然肩膀被人拍了一下，我愕然回首发现是一个比我还英俊帅气的小伙儿，正微笑地看着我。确信他不是便衣警察后，我略略放下了心，看他一身打扮很时髦，分明是哪个富家公子自投罗网来了，我甚至开始掂量着从哪儿下手。

　　年轻人说道："不要枉费心机了，我的财富你偷不走。"我一惊，转身要逃。他拽住了我的胳膊："我跟你一样，也是贼！"我惊讶于他竟然把"贼"字吐得如此清晰，要知道干我们这行的最忌讳这个字。世上没有哪个贼肯直呼自己为贼，眼前这个却是例外——当然，如果他能用他那保养得相当好的手指从目标的兜里夹出钱包，以此证明他真是一个贼的话。

　　"我不偷任何看得见的东西。"他仿佛看穿了我的心思。

　　我张大了嘴巴半天合不拢："那，那你偷什么？"

　　"时光，我只偷时光，请叫我'时光窃贼'好了。"他自信地说道。

　　我摇摇头，觉得他在跟我开玩笑。我可不想浪费这个美好的下午时光，跟一个所谓的"时光窃贼"扯闲篇儿，我已经开始把眼神游移到附近一个大腹便便的看似很有钱的男人身上了。

　　"难道你不好奇我是怎么偷时光的？"实话实说，他的话一下子搔到了我的痒处，没等我说话，时光窃贼就滔滔不绝地说起来。

"就在昨晚，我偷了一个十四岁少年的青春年华。十四岁正是叛逆期，这个时期的孩子是最佳的猎物。我只要倏地钻进他的体内，他就开始疯狂地打游戏、蹦迪、喝酒——做那些快速燃烧生命的事。他的时光倍速前进，一夜之间，他就成了一个头发花白的中年人。等我从容地钻出他的身体，往你这儿溜达的时候，我的耳边还始终回响着那个少年——不，那个中年人看到镜中的自己后发出的狼嚎一般的哭声。"

"唉，世间最宝贵的是得不到和已失去，不是吗？"年轻人弹了弹笔挺的西装领子说，"每得手一次，我就会变得年轻一岁……"我惊疑地看到，昏暗的路灯下，他的领口弹出的灰尘像萤火虫一样飞舞。

时光窃贼看我有些半信半疑，接着说道："好吧，再跟你分享一次我的胜利果实。就在上周，我四处游荡寻找猎物时，遇到一个离家出走的少女。少女厌倦了父母的嘘寒问暖和每天繁重的学习生活，她要去寻找诗与远方，我当然很乐于和她一路同行。我陪她在外面放纵了七天，就在少女决定要回家看看时，我果断地离开了她。你能想象得到，当敲响斑驳的油漆大门，认出风烛残年的老人竟然是父母，而自己早已人过中年时，她爆发出的呼天抢地的哭声，该是多么惊天动地。这多少会让我有些羞愧，毕竟是我偷走了她的青春……所以，我得早点离开她。"

我已经有些相信眼前的这个年轻人了，他现在看上去似乎比我看他第一眼时更年轻英俊了。

时光窃贼微微一笑："我该走了，去人多的地方转转，没准儿会遇到更好的猎物，再见！"说完他转身大踏步地走了。看他头也不回地消失在东方晨曦里，我若有所失地呆立着……等等，怎么是晨曦？刚才还是骄阳似火，我只和那个时光窃贼说了一会儿话，竟然……我惊恐地四处寻找镜子或者玻璃等任何能照得见容颜的东西。

这时，一个男人和一个小男孩经过我的身边。我的耳边清晰地传来父子的对话。

"爸爸，那个老爷爷太可怜了，我们给他一点钱吧？"

"好孩子，给你，把这枚硬币给他吧！"

我望望四周，没有看到城市流浪汉。小男孩却径直朝我走来，我不由得毛骨悚然，同时发觉身上原本笔挺的西装竟然变成了一件肮脏得看不出本色的破烂货，而我的胡子竟然有一尺多长……

我没有接住小男孩递过来的硬币，也难怪，我原本矫健的身手已经不复存在了。那枚硬币当啷一声掉在地上，滴溜溜打着转，它像一只陀螺快速地旋转着……旋转着，仿佛要转上一个世纪似的。

原载《海燕》2023 年 9 月刊

蓉儿的江湖

阳光麦子

蓉儿读五年级时，电视上正在播《射雕英雄传》，剑胆琴心、江湖豪气深深吸引了她。一想到自己也叫蓉儿，她就犯了花痴，想象着自己何时能遇到属于自己的"靖哥哥"。

中学时代，蓉儿爱上了课外书，书包里常有租来的武侠小说。可现实还是打败了她，因家里老人生病，没钱供她继续读书，初二时便辍学了。但她心中的武侠梦，一直没有熄灭。

18岁那年春天，蓉儿凑够一元钱，骑着单车来到书店，要租一本武侠小说。但是，等到她的时候，那本小说被租光了。蓉儿拿着证件和钱正沮丧时，一个瘦瘦的少年走来，递上那本书说："看你，嘴巴能拴一头驴了，我不看了，你看吧，但记得还就行。"

蓉儿接过书，那少年转身出了书屋，骑上一辆比自己那辆还破旧的单车，走了。蓉儿忽然回过神来，装好书，骑单车追了过去。

蓉儿大声喊道："喂，你停下！"

少年一回头，急忙用脚撑地，向前摩擦一米单车停了下来。蓉儿递过去钱说："我可不想欠你的，咱俩又不认识。给你钱，就当我租你的书吧。"

少年推开那一把零钱，想了想说："这样吧，你看完我再看，今天6月5日，咱们15日书店门口见，到时候你给我书，我25日看完再归还。这样，别人1元钱看20天，咱这1元看了双倍。还有，我不叫'喂'，我叫赵阿敬。"

蓉儿一听就哈哈大笑起来，说："你名字真好玩，听着像'照妖镜'！"

阿敬乜斜了她一眼，正要骑车离开，蓉儿忽然停好单车，来到阿敬跟前，让他下车，说："看阁下这么信任在下，作为江湖中人，我也表示表示，与你换单车骑，15 日那天再换回来，君子说到做到。”

阿敬还没回话，蓉儿就把他推到一边，骑上阿敬的车，走了。

其实，阿敬也是个武侠迷，他在书店曾多次遇见蓉儿来租书看。19 岁的阿敬，心思让人捉摸不透。他第一次见到蓉儿时，就想上去搭讪，聊聊武侠什么的，可一直没有合适的机会。今天，赶巧同租一本书，阿敬便鼓起勇气，把书让给了蓉儿。

回家路上，阿敬十分小心地骑着蓉儿的单车，不敢多用一点力，生怕把单车蹬坏了。到了家，阿敬把单车擦了一遍又一遍，担心落上灰尘，还用塑料布盖上。

爹娘发现了，瞅瞅那辆自行车，质问阿敬：“小子，从哪儿偷的自行车？那辆旧的呢？”

阿敬撒谎说：“娘，这是我老同学的，今天碰上面，我俩换着骑了。”说完，阿敬躲闪着低下了头。

爹看到儿子的脸蛋都红了，就拉着娘到一边，小声说：“儿子可很少害羞啊，我看那车子是女孩的。”

阿敬心里美了，可苦了蓉儿。她单车没骑多远，因为太破旧，车链子掉了，捣鼓半天才弄好，但脸蛋却给抹花了，便放下头发挡着。

回到家，怕爹娘看到，蓉儿把单车藏进柴火堆的旮旯里，然后用香皂洗了把脸，就开始窝在自己房间里读书。可是，她怎么也读不进去，一翻开书，上面就是“照妖镜”那张瘦瘦的脸。

蓉儿有点“生气”了，她合上书，噘起嘴巴。但忽然又不噘了，对着镜子自言自语道：“这也拴不上一头驴啊。”然后就咯咯地笑。

爹娘在房外听出了动静，娘要进去，被同样是武侠迷的爹拦住了：“别进，咱家的蓉儿可能在练江湖秘籍，你进去容易走火入魔。”

好不容易盼到了 15 日，那天是大集，很热闹。阿敬早早来到书店，结果却发现蓉儿已在那里等候。她还把那本书包上了报纸书皮，递给阿敬。阿敬打开一看，却发现是另一本书。

蓉儿脸一下子红了："哎呀，我昨晚包书皮时，肯定走神了。"

阿敬笨笨地说："那怎么办，要不明天再来？"

蓉儿一笑，说："别，你跟我回家拿去，走！"

说着，就去骑车。蓉儿和阿敬发现，他们的单车都比原来更干净了。

到了蓉儿家，阿敬不敢进去，要在门口等。蓉儿说："你怕啥？"

阿敬挠了挠头，还是不进去。蓉儿看左右无人，轻声说："现在，你知道我家在哪了，以后想看书，就来找我借，我爹藏了不少书呢。"

说完，一甩头发微笑着进屋拿书去了。阿敬忽然明白，这是蓉儿故意弄错书，让自己"认门"来了。

他俩的身影，早被院里蓉儿的爹娘看见了。爹认得阿敬，说道："原来是后庄老赵家的儿子，这孩子实在，错不了。"

从那以后，阿敬常来找蓉儿借书，有时还带着自己的书，交换着看。两家的爹娘看孩子们挺合得来，也都知根知底的，就找媒人提亲，一桩美事就成了。

三年后，蓉儿和阿敬喜结连理。蓉儿在娘家陪送的柜子里，塞了不少武侠小说，她要带走那些书，那是她的武侠梦。

婚后的日子，小两口很甜蜜。以前常租书看，现在不租了，阿敬常买来旧书，还在灶台里的柴火堆上，常常放上一本武侠小说，以便蓉儿在烧火的间隙，能看上几眼。

然而，随着双方老人年纪越来越大，蓉儿和阿敬也越来越有压力，而且第一个孩子出生后，夫妻俩发觉哪都需要钱。

一天晚上，阿敬对蓉儿说："家里这几亩地，爹娘都能照应，孩子老人也能带几年，要不，咱俩也出去打工，你看咱堂哥家两口子出去几年，家里都盖楼房了。"

蓉儿点点头，只要挣钱，她愿意跟她的"靖哥哥"出去闯江湖。

夫妻俩来到南方，辗转了两个城市，终于在一个电子厂稳定下来。除去花销用度，夫妻俩每月能剩余五千多元，二人存起来，谋划着将来。

春节前夕，夫妻俩回家过年。烧地锅时，蓉儿一伸手，拿来柴火上一本书翻看。却发现，那本厚厚的武侠小说，只剩下薄薄的十几页了。

婆婆说："我烧火当引火用了，真好使。"

蓉儿笑了笑，把书放回原处。

没几天，引火用完了，蓉儿从屋里拿出一本旧书，还包着报纸书皮，是当年自己故意包错书皮还给"靖哥哥"的那本武侠小说。

蓉儿来到灶台下，刺啦一下撕下来一张，引火做饭，然后对婆婆说："妈，那本用完了，以后就撕这本当引火。"

蓉儿知道，自己心中的武侠江湖又一次被生活的柴米油盐打败了。但这平凡的人间烟火，何尝不是真实的江湖呢？

原载《乡土·野马渡》2023 年 5 月刊

这个地址不能删

李 建

　　赵之光是玉山镇一家杂志的编辑，年初的一天中午，他刚编辑完几篇稿件，趁着中午休息时看了一下手机微信，不承想一位老作家的朋友圈新消息竟是他儿子发的讣告：家父已于今日因病去世，请各位老师、领导自行删除微信。

　　老张居然病逝了，赵之光不敢相信自己的眼睛，使劲揉了揉。前些年老张还经常给他们杂志投稿，发表了许多优秀作品。去年，往常积极投稿的老张却突然不再投稿了，赵之光就在微信上问他原因，老张只是简单地回复了一句：生病了，正在治疗阶段。赵之光当时还给他留言，祝他早日康复，没想到今天就天人永隔了。人生无常，平常就多愁善感的赵之光不禁有些感伤。

　　突然一阵手机铃声惊醒了沉浸在往事中的赵之光，电话是杂志社合作的邮局负责人打来的，询问他最新一期杂志的邮寄地址有没有增减变动，他们马上要准备打印信封寄送杂志了。赵之光说有，等一下整理好就发给他们。

　　赵之光打开电脑文件夹中的杂志邮寄通讯录，鼠标就停留在了老张的名字上。按照杂志社惯例，所有在他们杂志上发表过稿件的作者，每期都会收到赠阅杂志，杂志社多寄几本或少寄几本都没有关系。所以，老张的地址不删也没有关系，但回想起去年发生的一件意外却让赵之光犯了难。

　　去年夏天，赵之光突然接到当地一个年轻人打来的电话，跟他说寄给父亲的杂志不要再寄了，并把收件地址告诉了他，请他删除。赵之光当时手头工作正忙，口头上虽然答应了下来，但忙起来就忘了通知邮局删除收件人地址。过了一个月，新的一期杂志邮寄出去后，赵之光又接到了那个年轻人打来的电话，劈头盖脸就把他训斥了一通："上个月我叫你们别寄杂志了，怎么又寄来了？"

　　赵之光听到对方火气很大，顿时丈二和尚摸不着头脑，他耐住性子跟对方解释道："我们赠阅的杂志是不收费的，寄给您就收下好了。如果没时间看，可以送给朋友或邻居看，大家还是都挺喜欢看故事的。"

年轻人叹了口气说："我知道你们赠送的杂志不收费，故事也好看，我以前也经常看你们杂志，确实办得不错。这件事情不怪你们，但是……请您稍等一下，先别挂断电话……"

年轻人似乎有什么难言之隐，赵之光听到电话里一阵急促的脚步声。过了一会儿，年轻人说道："刚才在家里说话不方便。您不知道，我的父亲在几个月前已经去世了，你们杂志每期寄来，我母亲打开邮箱都会看到，一看到信封上我父亲的名字，她老人家就会想起家父，独自一人在家伤心哭泣好久。我们子女上班都很忙，没时间在家里陪伴老人，万一她老人家有个三长两短的……所以，还是请你们不要再寄杂志来了。"

赵之光这才恍然大悟，连忙向年轻人道歉，这件事情他的确没想到，一般人也想不到。他还跟年轻人解释，每期杂志都是邮局打印信封邮寄的，如果邮局疏忽了没有删掉老人的地址，请再打电话跟他沟通。年轻人再三道谢。

挂断电话后，赵之光便急忙联系邮局负责人，请他务必在下一期邮寄杂志时，把老人的地址删除，这件事便这样过去了。

现在回想起这件事，赵之光便在给不给老张家里寄杂志的问题上犯难了，犹豫了一会儿，他还是狠心将杂志邮寄通讯录中老张的地址删除了。俗话说得好，一个人不能在同一个问题上犯两次同样的错误，要不然就成屡教不改的糊涂蛋了。

但令赵之光万万没想到的是，两个月之后，他又接到一个年轻人怒气冲天的电话："喂，你是赵之光吗？杂志是你负责邮寄的吧！"

赵之光首先想到的是去年那个年轻人，马上关心地问道："怎么了？令堂又收到杂志了？我去年就叫邮局把地址删掉了啊！"

"难怪我收不到杂志，原来真是你删掉的，你这个王八蛋。"年轻人在电话里怒吼道，"你把地址都删掉了，我们还怎么能收得到杂志？你也太无情了，我爸刚去世不久就不寄杂志了,我自己花钱买还不行吗?"

原来这次打电话的人并非去年的那个年轻人,而是老张的儿子。赵之光急忙向他解释:"您误会了!"随后便将为什么会删掉老张收杂志的地址和去年发生的事情一五一十地向他讲述了一遍。

老张儿子听完后,怒火渐渐消了,说:"你们工作也挺难做的,但是我家里的情况跟他家不太一样,我爸和我妈当年就是因为写故事相识相恋的,他们俩都写了几十年的故事,联名发表了很多作品。去年我爸住院时,叫我完成他未了的心愿,继续陪我妈写好故事,并告诉了我许多故事点子,但是我不会写故事啊!我妈现在年纪也大了,只会写不会教。所以我爸就叫我多看看你们的杂志,学习怎么写故事,并告诉了我您的名字和电话,叫我有问题就向您请教,也好帮我妈投稿。结果我爸去世后,两个月都没能收到你们的杂志。如今街上的报刊亭越来越少,我想买杂志也买不到。今天我脾气有点大了,向您道歉,实在不好意思。"

赵之光听后非常感动,两位老人的儿子一个不要杂志,一个要杂志,虽然相背而行,但目的都是一样的,充满了对父母的爱。

随后,赵之光添加了老张儿子的微信,并向他要了新的收件地址,虽然他还没有发表过一篇故事作品,但杂志社还是会每期赠阅杂志给他,并欢迎他继承老张的遗愿写好故事来投稿。

处理妥当后,赵之光来到办公室窗前,打开窗户,迎面飘来一阵花香,在这个充满爱的世界里,温暖的春天已悄然来到。

原载《民间文学》2023 年第 8 期

选 择

戴 希

听说唐春慧已回家乡，以前苦苦追求过她的高中同学苏四海又找来了。见到苏四海，唐春慧的内心仍激不起任何涟漪。可苏四海还是三番五次地接近她，对她爱慕不已，紧追不舍。

有一个真正爱自己的人也难得！时间一长，唐春慧有些感动了，这么多年，苏四海还在等我，难道我们真的有缘？

苏四海感情专注、为人诚实，慢慢适应他，和他白头偕老，或许是一种不错的选择！想当初自己和大学同学马蹇毕业后结伴去上海打拼，马蹇结识了一个很有钱的女老板，长相平平的女老板也很快看上马蹇，两人各怀心思，各有所图。马蹇很快将与自己的海誓山盟抛在脑后，与女老板携手走进婚姻的殿堂。马蹇是比苏四海帅气、浪漫，可事实证明没有好的人品，这些外在的东西是多么浅薄。唐春慧左思右想，她开始有些动摇，但还是告诉自己，无论何时，对待感情要无比慎重，这不仅是对自己负责，也是对别人负责。

晚上正与苏四海在县城边上的虎渡河畔散步，这时唐春慧的手机响起。一看是西藏的电话号码，她没接。"现在的骚扰电话真多！"她烦。可她不接，手机就不停地响。

"还是接吧。"苏四海劝她。

"妹子，三年前在西藏的一条路边，我求救时，你帮过我，还记得吗？"一个男子颤抖着说。

"哦，想起来了。"唐春慧一愣，"你现在好吗？找我有什么事？"

"我要兑现诺言。"

"还钱？那你汇给我一千元吧，我把银行卡号发给你。"

"不不不，是一万元，我说过要十倍地还你。"

"哪儿的话？你还一千元就行。"

"不行啊，大丈夫一言既出，驷马难追。"

"那——五年到了再还也不迟，你急什么呢？"

"我现在成功了，有能力还钱了，这事不能拖。"

"好吧，你汇款给我。"

"不行，我必须当面还你。"

"为什么？"

"这不只是还钱的问题，是做人的问题、感恩的问题，我一定要当面谢谢你！"

唐春慧不好推辞，只得把自己的联系方式发给他。

三年前的往事又一次涌上心头，当时唐春慧噙泪与马骞劳燕分飞。

因为一个人恨上一座城，心灰意冷的唐春慧只想离开上海，去一个能抚慰她心灵的地方。

"……我要去西藏／我要去西藏／仰望雪域两茫茫／风光旖旎草色青青／随处都是我心灵的牧场……"乌兰图雅演唱的《我要去西藏》又在唐春慧的心中响起。这是她大学时代最喜欢的一首歌。

对，去西藏！唐春慧开始说走就走的旅行。

驾车进入西藏，沿途灿烂的阳光、钢蓝的山脉、翠绿的树木、清澈的河流……一切都让人震撼，一切都洗净尘埃。

正庆幸自己不枉此行，忽见前面有个灰头土脸的男人，匍匐在路边向她招手。唐春慧一愣，他是不是要碰瓷？缓缓停住车，开窗一环视，发现这个路段并无其他的行人和车。怎么办？

如果他不行诈，真是遭遇了不测而急需帮助……唐春慧转念一想，又把车缓缓开过去，轻轻停在男人身旁。再看男人，衣服上面血迹斑斑，破烂不堪。"应该是受伤了！"唐春慧没有多思考就把他扶上车。

"好妹子，你就不担心我是坏人？"男人上车后气喘吁吁地问。

"我想我的运气不会总这么差，"唐春慧摇头，"大哥，你这是怎么啦？"

"下车刚出站，钱包就被偷了。我一路狂追，小偷没追上，自己还滚下山坡，衣服被树枝划破，身体让岩石击伤。"

"哦，是这样。你怎么也这么不幸运！"唐春慧感叹。

继续驱车前行，终于找到路边一家小医院。因为男人身无分文，唐春慧只得为他掏腰包，处理完伤口，又掏钱给他买盒饭。临走时，唐春慧还塞给男人一千元："拿着吧，也许能用上几天。"男人泪光闪烁："谢谢妹子，五年之内，我一定十倍地还你钱！"

唐春慧没说话，只是认真地打量了一下男人。

"慢，"唐春慧要走时，男人叫住她，"请告诉我你的姓名和手机号码。"

也罢。唐春慧想。

一个人去西藏，唐春慧看到了美得令人窒息的纳木错，高得令人叹为观止的珠穆朗玛峰，朝圣之首的大昭寺，雄伟神秘的布达拉宫。在这个离天最近的地方，她仿佛一下参透人生，毅然决定远离大都市上海，回到生她养她的故乡湖南安乡。

这几年唐春慧在安乡的一家大医院上班，虽然特忙碌，待遇又不高，但这里离老家很近，工作踏实，内心宁静，是疗伤的好地方。她感觉不错，很快适应了。

这个陌生男人的电话让她又想起那年的伤痛。

那男子风尘仆仆地赶到安乡后，唐春慧约他在满江红茶楼喝茶。

一见面，唐春慧就眼睛发亮。这个风流倜傥、英俊潇洒之人，还是三年前在西藏遇见的那个灰头土脸、狼狈不堪的男子吗？

唐春慧笑问："怎么一定要提前两年还钱给我？"

"还是我承诺的五年之内嘛。"男子满脸的喜悦，"如今经营企业不错，经济状况良好，有钱了为什么不尽早还？要知道，知恩图报是我做人的原则。"

两人开始闲聊，聊得很投机，尤其知道当年他也是因为女朋友离他而去，才孤身一人去西藏旅游时，两颗曾经受伤的心越靠越近。男子回到家乡后，立志图强，白手起家，与朋友合办企业，如今企业已颇具规模。唐春慧不禁为他暗暗叫好，凭自己的双手打拼获取成功，这才是真正的男子汉！

时间很快过去了几个小时，男子开门见山问："妹子，你有伴侣没？"

唐春慧笑："如果有呢？"

"那我祝你家庭美满、生活幸福！从此我们做兄妹，好吗？"

"如果没有呢？"唐春慧勾着头问。

"嫁给我吧！一定让你过上好日子！"

唐春慧眨眨眼："为什么要选择我？"

男子脱口而答："像你这样漂亮、温柔又善良的好女人，上哪儿去找？"

"醉翁之意不在酒！你千里迢迢来找我，不只为了还钱，还想……"唐春慧调侃道。

男子点头，他的脸已红得像关公。

回首两人的相遇、相识，唐春慧紧锁的眉头慢慢松开，她在比较自己失恋后遇见的两个男人，她最后笑了，笑到最后。

原载《作家文摘》2023 年 2 月 7 日

墙角的绿螽

张雪婷

夜晚，虫鸣又响起来了。这声音初时低声啾啾，随后高亢嘹亮。妻不胜其扰，拉着我又把房间翻了个遍。

这是一只聪明的小虫子，只要听到屋里有一点响动，它马上就鸣金收兵，不再发出任何声音。所以它又在我和妻的眼皮底下溜了过去。

"第三晚了，再这样下去，我怕是会发疯。"妻埋怨道。我只好安慰道："也许它今晚唱累了呢？快休息吧！"我们躺下不久，那个声音又响起来，妻忍无可忍，一个翻身从床上下来，飞速地逃离了这个房间。我知道她要去和儿子挤那张小床了。

相比于妻的苦恼，我对这虫鸣的忍受度高很多。小时候，住在乡下，夏天的夜晚凉风习习，电风扇转呀转，屋外虫鸣阵阵。这样静谧的晚上多少有点让人怀念。还有一点是，听村里的老人讲过，逝去的亲人会变成虫子回来看看，如果家里进来大蚱蜢之类的小虫子不要伤害它，把它放到屋外，再撒上一把米，让它有得吃。我是相信科学的人，不该相信这些无缘由的话。可是，自从阿爸走了以后，我是多么希望他能变成虫子回来看看我。所以我打心底里认为，房间里的这只小虫就是阿爸回来看我。我怕妻数落我迷信，自是不敢和她说这些。

伴着虫鸣声，睡意朦胧，很快进入了梦乡。

第二天一早，我一走出客厅，就见妻笑着朝我招手。看来，她昨晚应该睡好了，心情如此美丽！我刚走上前去，六岁的儿子文文就拿出一个矿泉水瓶朝我晃了晃。

一只全身碧绿的虫子，是绿螽！

"今天早上在墙角的花盆里发现的，可会跳了，好不容易才扑下它。"妻说道。"爸爸，是我和妈妈一起扑的，厉害吧！"文文又晃了晃瓶子，一副神气的模样。

我接过瓶子，只见这只绿蝈全身透着晶莹的绿光，头部较尖，一对细长如丝的触须正在舞动。它腹部宽大，背上双翅交叠，宛如一片绿叶。翅的前缘有斜向的黄白翅脉，又像是树叶的叶脉。我年幼时抓过不少这样的虫子，故越看越亲切。

这只绿蝈正在矿泉水瓶里跳来跳去，寻找逃出生天的机会。它的后肢很健壮，每跳一下，瓶子就发出"咚咚"的响声。生物都有求生的本能，我打算把它放了。

我刚把瓶子拿到窗口，文文就大叫起来："不能放，这是我抓的。"他冲过来拉扯我的手，我只好把瓶子递给他。绿蝈大部分生长在山野的灌木丛中，儿子从小生活在城里未曾见过，如今好不容易抓到一只，自然充满了好奇。

在一旁的妻子说："留下来也可以，但到傍晚就要把它放了，省得夜里吵死人。"文文乖巧地点了点头。

文文得了绿蝈很高兴，一会儿怕它没氧气不能呼吸，让我在矿泉水瓶扎小孔；一会儿又怕它饿了，让我找树叶来喂养。恰好是周末，我也乐于陪伴孩子。

我跟孩子说，在老家的后山有一片绿草地，那里有许多这样的绿蝈。不过啊，庄稼人可不欢迎它们，它们要吃绿叶，破坏粮食呢！你阿公会用青草编织草蜢，样子跟这个很像。

文文听了很感兴趣，吵着要跟我回老家看看。我只好答应他下次一定带他回去瞧瞧，我也已经很多年没有回去了啊！

一天很快就过去了，天幕暗下来之前，妻再三让文文把绿蝈放到外面去。文文哭闹着，就是不肯脱手。妻恼怒之下，一把夺过瓶子，从窗户将绿蝈放了出去。文文的哭声响了起来……

半夜，我起来上厕所。忽然，厅里有一个黑点闪过，很轻，一瞬间就落在了我的手背上。我用另一只手轻轻按住，开灯，是那只绿蝈。我内心一阵悸动，不会真是我的老父亲化身为虫子回来看我吧！父亲曾说他这辈子没进过城里，就想到这城里瞧瞧。

于是，我萌生了一个荒唐的想法，带着绿螽去兜风。我来到文文的房间，轻轻地将他摇醒，给他看了看手里的东西。我们很兴奋地上路了，夜里的城真安静啊！我对孩子说："要不你跟绿螽介绍下城里的风景呗。"车后座响起了儿子稚嫩的声音，这是霓虹桥，这是南湖，这是文笔塔……

天快亮了，我和儿子将绿螽放到一个水草丰茂的地方。文文嘴里呢喃着："再见了，我的好朋友绿螽。"

一个月后，我带着妻儿回了老家。

邻居黄婶拿出一个布包给我，里面装着一沓钱。黄婶说："这是你平时寄回来的钱，你爸舍不得用都攒着。上次，办白事就想给你来着，没想到你那么快就走了……"

说话间，一只虫子落到了文文手上。

"爸爸，你看是绿螽。"

原载《小小说月刊》2023 年 5 月刊

念　珠

汪云飞

一

这天，天刚蒙蒙亮，方丈便来到吉和塔的铜钟旁打坐。这时，山岚和晨雾都弥漫在他的身旁。透过塔林的缝隙，他的目光刚好对着西隐寺大殿的山门。那会儿，在西隐寺里修行多年的弟子智慧、智能、智趣、智睿、智空、智了都披着一身霞光先后离开了寺庙。离开的时候，他们几乎都只穿了一身灰色的僧服，且每个离开的人都在迈出山门的一刹那回头看了一眼，再双手合十转身朝一侧的吉和塔颔首一拜。

临到智明出现时，他也和他的六个师弟一样，背着个布袋，穿着双草鞋，回眸一眼山门，再拜别了佛塔。可就在他行将转身离开的一瞬间，他停住了脚步。他独立地，也是高高地站在山门的台阶上时，殷红的朝阳透过山峦把他雕刻成为一个剪影。方丈正凝神时，智明突然回头，毅然回到了寺庙，且许久也不见他再出来。

二

智明径直来到佛塔的铜钟前，发现方丈这会儿并没有和往常一样面朝东方在晨练，而是像那口挂了数百年的铜钟一样安然地打坐在一旁。

你怎么不走？方丈左手放在腹部，右手举在心尖，声音低沉而温和。

师父，这些日子，我想了许久，本打算像他们一样干净地离开。可就在离开山门的那一刻，我打消了念头。我知道，这意味着什么，可我义无反顾！智明呆立在方丈跟前，微微地低垂着头，双手相交放在胸前。

这么说，念珠最终还是在你的行囊里？说这话的时候，方丈的目光没有看着智明，表情依旧没有变化。

没有，也不可能在我的行囊了！智明下意识地挪了挪肩上的布袋，可他没有解下那个布袋。

你的布袋里没有那串念珠，我知道的！我还知道你不会离开西隐寺！方丈说这话的时候，从山隘飘来的一阵雾气正吹过他的脸庞。

三

那串念珠你和你的师弟都见过，寺庙也就我们八个出家人。方丈与智明一前一后绕着塔身轻轻松松地走着。

是的，师父！可我想，我那六个师弟都不可能擅自私藏那串念珠。那串念珠是吉和塔的镇塔之宝，也是西隐寺立寺之魂。智明和方丈继续绕着塔身旋转，他们的影子有时映照在塔身，有时消失在塔的背影里。可无论怎么，两个影子之间总是保持了一段距离。

一百年前，这里还是一片荆棘，常有猛兽出没，且伤害了不少山下的村民。老住持从九华山云游至此，看过山形地貌之后便决定在此立寺。方丈几次放慢脚步，示意与智明并行，可智明总是心领神会却未曾加快脚步。他知道，这是不能为的。无论从功德还是品行，方丈都是他和他的师弟应当敬仰的。

四

你还记得那串念珠的来历吗？方丈这么走着的时候，薄薄的衣衫随风飘了起来。时值深秋，山风夹杂着一丝凉意，可方丈似乎一点也没有觉察。

记得，师父！你跟我们说过一回。我刚到西隐寺时，也是这么一个早晨，也是深秋的时节，你跟我讲了老住持和那串念珠的故事。智明和方丈继续这么走着的时候，朝阳渐渐地升起来，他们映照在塔身上的影子也就变得端正和真实。

老住持一连数月，独自一人在呼呼的北风里砍荆棘，辟荒地，打水井，建茅屋。手上起了老茧，衣衫被划破，累了、困了就以地为席，以露为被。信念动摇时，他就举着蜡烛照看挂在树上的那一串念珠。看过之后，即便寒霜骤降，他也睡得喷香。带着香气入梦，他期待着的西隐寺便赫然出现在眼前。

没等智明说完，方丈接话说，你将这个故事都一个个讲给了陆陆续续来西隐寺的师弟听。

智明脸上掠过一丝浅笑。

五

可是，最珍贵的还是那串念珠。那可是老住持在寒风凛冽的黑夜里借着皎洁的月光一粒粒从草丛里、泥块里、缝隙里找回来的。说这话的时候，方丈和智明的心里似乎都很亮堂，且彼此都在脑海里回想当时的情形。老住持说，没有了这串念珠，他怎么也睡不着，心中的那个宏念更不可能实现。可就在寻找最后一颗念珠的时候，他掉进了山崖。醒来时，他躺在罗汉岭下一位村民的家中。那颗念珠找到了吗？老住持问。围在他身边的村民齐刷刷地点头。众人将重新串缀起来的念珠交给他的时候对他说，发现他的那一刻，两只猛虎正在他的身旁，可它们并没有伤害他。

六

可是，这一串念珠怎么会突然不见了呢？智明轻声地问方丈。这些日子，我一直在心里琢磨。可是，没有一个人值得我猜疑。尽管你说过，擅自拿了念珠只要悄悄地放回，不追究；还说只要承认，念珠就归他所有。可时间过了这么久，还是没有结果。

我说过，没有私藏念珠的都可以坦荡地离开。念珠只有一串，不能都受牵连。可你为什么不走呢？

我想，我不能这样做！我是师兄，不能让我的六个师弟都和我一样带着遗憾和愧疚离开。我留下来，至少他们可以解脱。

方丈听了这话，戛然止步。然后从衣袖里掏出那串念珠。方丈说，我老了，想在你们当中找一位接掌寺院，便想了这个办法。

也就在这时，在他们的眼前，齐刷刷地出现了六个身影，他们是智慧、智能、智趣、智睿、智空、智了……

原载《抚河》2023 年第 4 期

半年酒店

罗倩仪

亚当躺在病床上，一遍遍地观看父亲斯特兰为他拍摄的视频。

他已经 12 岁了，从小就知道斯特兰是一名警察，忙碌而威武，对父亲崇拜有加。这些年来，斯特兰时常要到外地执行任务。那个视频，就是他又一次外出执行任务时，在冰天雪地里的一家酒店前拍摄的。他告诉亚当，要听帕森医生的话，好好治病。他在这家漂亮的酒店里存放了一些想对亚当说的话，当亚当身体好点后，就能到这里接收那番话，顺便领略瑞典北部小镇的美丽风光。他还说，在他执行任务归来之前，切勿联系他。

"爸爸看上去瘦了、憔悴了，而且他以前执行任务从来不会叫我别联系他的。这次的任务一定很危险吧？"亚当对帕森医生说。

帕森脸上露出了复杂的表情，抿着嘴唇，不知如何作答。亚当倒是乐观，自说自话："爸爸那么厉害，定会平安回来的！"

每一天，亚当都在想念父亲，想象父亲在那家酒店里给他存放了怎样的惊喜。每隔几天，他便问一次："我可以去拉普兰的尤卡斯耶尔维镇了吗？""噢，宝贝，你的肾脏出了严重的问题，现在可不能远行！"帕森一次次温柔地强调。

直到半年后，帕森才松口，同意带亚当前往拉普兰。正如亚当所愿，他看到了瑞典北部的迷人景致。遗憾的是，并没看到斯特兰所说的那家酒店。

帕森也觉得奇怪，打听了一圈方知，视频里的酒店是一间冰屋酒店，是用冰打造的。基于气候原因，只在每年的 12 月到次年 4 月营业。当天气变暖后，冰屋酒店便会渐渐融化成水，仿佛从未存在过。正因为它营业的时间大约只有半年，又称为"半年酒店"。

"半年酒店？"帕森思忖着。他与亚当是在 6 月来的，自然看不到这家特殊的酒店，也接收不到斯特兰留下的那番话了。

"看来，我们只好半年后再来了。"帕森喃喃说道，忽而明白到斯特兰选择半年酒店的良苦用心了。亚当治病一共分为两个阶段，每个阶段的时长为半年。接下来就是第二阶段的康复治疗，在他烦躁不安或难以忍受之时，心里始终有一份好奇和期盼。

"爸爸去了那么长时间，怎么还不回来？"亚当总是忍不住问。

"嗯，也许等到冰屋酒店开始营业时，我们就知道答案了。"帕森如是说。

到了12月，亚当的病完全治好了，只需再休养几个月就彻底恢复了。帕森再次带他来到拉普兰，见到了魂牵梦萦的半年酒店。酒店服务员带他们参观了所有套房，每个套房的主题都不相同，有太空主题、历史主题、花园主题等。而那个糖果主题的套房，正是由斯特兰设计的初稿，用冰块雕刻着各种各样亚当爱吃的糖果，童趣而浪漫。

斯特兰留给亚当一段录音，在录音里诉说着对亚当无尽的爱意。最后一句话却是："当你听到这段录音时，我还没回来，说明我已经牺牲了。"

亚当既感动，又伤心，抱着帕森大哭一场。

返程路上，亚当对帕森说，他以父亲为荣。一直以来，父亲都是他的荣耀，他会做一个像父亲那样的钢铁般的男子。

帕森松了一口气。事实上，他知道更为感人的真相。

斯特兰和亚当一样，患有特别的遗传性肾脏病，没有明确有效的治疗方法。帕森经过多年研究，提出了两种假设方法，但他始终不确定方法一和方法二哪种才有效。要是无效，则会带来巨大的危险，加速病人的死亡速度。

斯特兰是近两年才病发的，医生告诉他，最多还能活五年。他没想到亚当这么小就开始病发了，情况比他还严重。为了让亚当有机会活下去，他果断放弃保守治疗，让帕森在他身上实施方法一的治疗方式，并签署了免责声明。结果发现，方法一是行不通的，斯特兰连忙请帕森为亚当执行方法二的治疗方式。

斯特兰的身体变得很糟糕，他不是去执行任务，而是找一个地方——等死。

他不能让亚当知道他很快就会去世，否则亚当会感觉生活无望，无法挺过痛苦漫长的治疗。

他甚至不是警察，只做着普通的工作，每天起早贪黑，经常加班、出差。为了让自己在儿子心目中的形象更高大伟岸，他故意捏造了警察这个职业。同时令亚当觉得，他虽从小失去母亲，但还有一个威武的父亲。

帕森看了看怀里沉睡的亚当，打算等亚当再长大一些就告诉他真相。帕森坚信，这个真相一定不会影响斯特兰的高大形象。

"不，他本来就很高大！"帕森又在心里念叨了一句。

原载《知音》（海外版）2023年3月刊

雕

红　墨

夜幕徐徐落下。她喘着气，歪歪趔趄走下山，途中停歇多回。听到叮叮当当的敲打声，她循声而去。

一个三面通透的棚子。男人戴着长舌帽和口罩，满身灰尘，单膝跪着，一手握钎，一手握锤，在白炽灯下敲打，火星在青石上四溅。男人在凿一块墓碑。

师傅，能给我凿一块墓碑吗？

男人抬头，面前矗着一个湿漉漉的女子。男人说先烤烤火。

火焰升起，她凑近烤着。

你要凿一块墓碑？男人说。

给我姐姐，她说，我姐姐将死了……

还没死呢，男人说，兴许能救活。

没救了，就这三天里的事。她说，我要一块世上最漂亮的墓碑。

可是，什么样的墓碑才是最漂亮的呢？男人问。

她说很简单，不要任何花纹、雕饰，也不需"×××之墓"，只要在墓碑上雕刻一个窈窕的女子。

她的湿衣服冒着热气。

男人愣着。

无法完成？她问。

完成后，我马上通知你。男人说，留个手机号码。

她说她不用手机。

男人一直单膝跪着，又发愣。

我会天天来这里，直到你完工。她补充说。

是夏天，她的薄衣服很快烤干了。

第二天一早，她就来到石棉瓦棚子，才看清楚男人四十多岁，面部棱角峻峭、眼神炯亮、手掌疤痕相叠、右小腿裤管空着。男人挂单拐走路。

被石炸的。男人说，都叫我"独腿师"，不是狮子的"狮"，我不属狮子，我雕狮子。是师傅的"师"。

我不叫你独腿师，我叫你师傅。她说。

男人呵呵，你就叫我独腿师，这没什么不好，这是现实。又问，姑娘叫什么名字？

她愣了愣，含混回答，人家都叫她"麻袋"。

麻黛，姓麻名黛，这名字好！男人哈哈笑，黛，青黑色，古代女子用来画眉。"看她眉似远山含黛，又兼双瞳剪水，真是楚楚动人。"

师傅怎么肯定就是黛色的"黛"呢？她有些欣然。

男人又呵呵，女子取名字当然是这个"黛"，难道还麻袋的"袋"？

男人笑，她也笑。

她要的墓碑完工。墓碑顶是一只镂空的凤凰，似飞未飞；墓碑阳面两边雕刻着岁寒四君子"梅兰竹菊"，凝露鲜活；正中的女子面容娇俏，腰身婀娜，发丝、裙裾的褶皱清晰流畅。

她看见"她"翩翩舞蹈。

你给一块没有生命的青石注入鲜血。她感谢师傅。

"窈窕淑女，君子好逑。"男人吟诗。

何来"君子"呢？她叹息，只有"窈窕"，才能"君子好逑"啊！

男人看看墓碑上的"她"，又看看身边的她。

这墓碑多少钱？她说，我没有钱，一分钱也没有。

男人说，小黛，你也知道我单身过。每天早上我就烧好一日三餐的饭菜，到中餐、晚餐，我就热一热，图个省事。不用给雕墓碑的钱，你帮我煮饭烧菜、洗衣服，好吗？就三天。

一声轻轻的"小黛"，她的身体突然轻盈，似乎要飞起来。

棚子的一面靠土墙，土墙另一边就是男人的家，一床（枕边居然有一本书，是包了封皮的《唐诗三百首》）、一桌、一灶台、一工具箱。男人早起去山下村子里的菜场买肉、买蔬菜。她给男人煮饭烧菜、洗衣服。男人吃肉、吃蔬菜，她不吃肉，吃蔬菜，喝点鱼汤。

晚餐后，她也不急着回家。男人居然从抽屉里拿出包着布巾的口琴。树上的鸟儿成双对，绿水青山带笑颜……她演唱，男人伴奏。

三天后。

男人看着她的眼睛，说三天了。

她微笑，说你那墓碑贵，不止三天。

不知多少天过去。

男人问，你姐姐怎样了？

我姐姐……她愣了下，我没姐姐。

她是个肥胖者，体型像鼓鼓的装满棉花的麻袋。二十九岁的她没有工作，整天窝在家里不见外人，实在憋得慌就夜里出门，如吹鼓了的大气囊的幽灵。那天她拿了根粗绳索去山上。吊在树上，树枝断了；再选了根粗的，粗树枝弯到地上。她跳进山塘，整个人浮在水面，沉不下去。后来她听见了叮叮当当的锤凿声……

我的名字叫柳青青。她说。

我叫江水平。男人随口念诗，杨柳青青江水平，闻郎江上踏歌声。东边日出西边雨，道是无晴却有晴。

柳青青喃喃地重复着最后一句，道是无晴却有晴，心中荡开一圈涟漪。

江水平在棚子里雕刻青石。柳青青在屋子里画画，她画了好多的时装模特。

有一天江水平说，我能把你的时装模特雕一尊出来。

一个月后，江水平果真用青石把时装模特雕刻出来，栩栩如生。

柳青青时常在模特石刻面前沉醉。这一日，她倚着时装模特睡着了，眼里闪着泪花花。

我能把你雕刻苗条。江水平说。

真的？

可是很疼。

我不怕疼！

江水平一手拿钎，一手握锤，开始雕刻柳青青。赘肉从她的身体一点点掉落。

大眼睛、高鼻、长脖子、细腰……柳青青像模特一样站在江水平面前。

你把我从臃肿的囚禁中解救了出来。柳青青说。

某日，江水平空着右小腿裤管，拄着单拐，脊背绑着一块墓碑，上山……回来时对柳青青说，你那块墓碑，被我埋了。

埋了？我还活着呢。柳青青惊讶。

我把它整块埋进土里。江水平说。

你埋葬了我的丑陋。柳青青说。

晚上柳青青给江水平搓脚。搓着搓着，江水平的右残腿像春笋一样拱出来，小腿、脚踝、脚掌、脚趾——一条完整的右腿。

原载《作家文摘》2023 年 5 月 5 日

变成一条狗

刘万里

我突然厌倦做人，想变成一只无忧无虑快乐的狗。

我喜欢狗，当我还是个小孩的时候，我就想成为一条狗。我认为这是愿望的转换，生命的轮回。长大后，我进入社会，残酷的现实把我的生活弄得一团糟，事业不顺，婚姻也不顺。我跟妻子已分床而睡，婚姻已名存实亡。妻子讨厌狗，不让狗进入她的卧室，我只好跟狗生活在一起，相依为命。

我变成狗的愿望越来越强烈，我想逃避现实。

我对妻子说："我想变成一条狗。"

妻子冷冷地说："神经病。"

我对最好的朋友说："我想变成一条狗。"

朋友骂我是神经病。

我给亲朋好友说了，他们都骂我是神经病，让我去医院看看。有些话说多了，便也成真了。一传十，十传百，他们都相信我得病了，是神经病。

身边的朋友慢慢疏远我，妻子对我也是不冷不热。我养的那只狗突然得病死了，悲痛之中，我变成狗的愿望更加强烈了，我开始住进狗笼子，开始吃狗食，开始学着狗的样子汪汪大叫。

妻子骂我是疯子，她忍无可忍，跟我办了离婚手续，离开了这个家。

我在网上看到，一名穿着斑点狗服装的英国男子出现在媒体的视野中，他花费一万英镑打造了一身狗服，日常中还会像狗一样追着同伴玩耍，吃狗粮，睡在狗的笼子里。不过他声称这样做只是为了放松减压。我大受启发，决定先要从外形上把自己变成一条狗。

我找了一家服装设计公司，请他们帮我设计一件酷似我养的宠物狗的服装，将我变成一只"狗"。这家服装设计公司不愧是为电视广告和电影制作服装的名牌公司，业务经理满口答应，说："只要钱到位，包你满意！"

我说："需要多少钱？"

业务经理说："大概得 50 万。"

"这么贵？"

业务经理说："为了打造一个逼真的狗模型，头、爪子、尾巴、皮毛等都是货真价实的狗皮狗毛。你可知道，为了打造这个模型，我们很多设计师和工人都要加班加点，至少忙两个月才能完工，你说贵吗？"

我犹豫了一下说："不贵。"

业务经理说："最主要的是，我们能把你变成一只真正的狗。如果你现在后悔还来得及！"

我说："我讨厌做人，我要做狗，永不后悔！"

经理说："那就签合同吧。"

我签了合同，付了定金，然后开始等待我的狗服。

两个月后，我终于穿上了狗服，不愧为专门为我量身定做的，穿着很合身，我学着狗的样子在地上爬着走路，学着狗摇摆着尾巴。因为我身材魁梧，穿着狗服看起来就比普通的狗大了许多，我走在街上，人们都用异样的目光打量我，都说从没见过这么肥硕的狗。我听了心里非常高兴，顿时忘记了生活中的烦恼。

为了打发时间，我开了直播，分享自己穿着狗服装的视频，其中首条视频就获得了超 200 万的观看量。在视频中，我对着镜头挥动着脚丫子，抓着毛绒玩具动物翻身。还去追女子丢出去的球，然后用嘴把球叼回放到她的手中，我像狗一样肆意打滚撒娇。我还说像我这样想成为动物的人可以让这个梦想成真，也很幸运地出生在一个可以选择做任何事情的时代里，这样可以忘掉做人的烦恼。女孩子们对会说话的狗非常好奇，纷纷跟我合影。

父母知道我变成了一只"狗"，骂我是个疯子，是个神经病，跟我断绝了关系。

随着粉丝的增多，我成了一个名人。

人怕出名猪怕壮，每天粉丝上门来找我签名。刚开始我很享受这样的生活，随着时间一长，我的生活节奏被打乱了，我开始躲避着粉丝，关了直播，搬了家。

奇怪的是搬了新家后，我家楼下突然聚集了很多狗，狗鼻子不愧是狗鼻子，闻着气味就能找来。只要我一出门，那些狗就都围上来，特别是一些母狗，在我面前卖弄风情，挑逗我。那些公狗都用血红嫉妒的目光盯着我，恨不得要把我吃了。

晚上，我常听到楼下那群公狗发出恐怖的咆哮，它们似乎在向我宣战。

又一天晚上，几只公狗从窗户爬了进来，向我发起了疯狂的进攻，它们是想要撕咬我，要不是我躲进睡房，及时报警，恐怕我就会被这群疯狗撕扯吃了。

一直以为做狗没有烦恼，没想到做狗也有狗的烦恼。在生活中我有很多不方便，比如坐地铁被保安赶下来，去饭馆吃饭被老板撵走，在公共场合我被禁止入内，在街上我有时走累了，站了起来，顿时把小孩吓得哇哇大哭，大人气得用手中的家伙打我，老人的拐杖，行人的雨伞，地上的砖头，等等，都成了他们的武器。每天只要我出门，不免要被人打。

我想做人，做狗没有一点尊严，我想脱掉狗服，却怎么也脱不下来了，就像面具戴久了就摘不下来一样，这些狗皮狗毛已长进我的身体里去了，看来我已变成了一条狗。

我开始大哭和嚎叫，我要变成人！

原载《小说月刊》2023 年第 1 期

飞雪漫天

阎秀丽

夜，被雪地映照成灰白色，大片大片的雪花漫天横飞，在天地间拉开白色的帐幕，让人找不到方向。这让梆子的心里更加惶恐，感觉有无数双眼睛，在帐幕后面窥视着他，便又踉跄着奔跑起来。

天亮了，雪还是没有停。

梆子躲在一块巨大的岩石后面，大口地喘着气。四周杂草丛生，能够把他很好地隐藏起来。

梆子知道，那个人就在不远处的某个地方，瞪着狼一样的眼睛，蓄势待发，等着将他扑倒在地。

这让梆子的心里蓦然升起愤怒的绝望。

雪还在下，覆盖在梆子的身上，成了一个天然的屏蔽体。他无力地靠在岩石上，让自己疲惫的身子可以稍作休息。

天地间苍茫一片，梆子的视线逐渐模糊起来。他不知道那个人到底躲在哪个方位，但是他心里清楚，如果想离开或者是动一下，那个人一定会出现。

梆子曾经笑着说他有一个狗一样灵敏的鼻子。那个人搂着梆子的肩膀，说我这个鼻子只能闻到你的气味。听完这句话，梆子的心里热辣辣的。

同样，梆子熟悉那个人就像熟悉自己一样。

他们从小在一起长大，在玩警匪游戏的时候，梆子喜欢扮演义正词严的警察，而他，却只能扮演俯首投降的坏人。每当梆子半蹲下，双手合在一起，两个食指伸出，一只眼睛闭上，瞄着他的眉心，嘴里"啪、啪"地大喊时，他都会双手高高地举起，蹲在地上向梆子投降，梆子便得意地哈哈大笑。

那是他们最开心的时候。

长大后，他们各奔前程。再见面的时候，那个人眉眼未变，但是身上却有种说不清的气势压迫着梆子。

梆子使劲让自己挺直腰身，上下打量着那个人，用玩味的眼神看着他说："哥们儿，你还是老样子，和小时候没啥变化，不过，那时候你可是我的手下败将……"

那个人便笑，搂着梆子的肩膀只是笑，这让梆子的心里很不舒服。

那天他们喝了很多的酒，灯光闪烁里，那个人的眼神很深邃，像海，深不见底。

梆子在那深不见底的海水中苦苦挣扎着，他不敢看那个人的眼睛，因为他知道那个人找他是为了什么。所幸他没有找到梆子的把柄，要不然，他们不会坐在这里喝酒。

他们客气地分手，梆子没有回头，因为他能感觉到，那个人在看自己。就站在夕阳的余晖里看着，直到梆子在他的视线里消失。

在拐弯的时候，梆子眼角的余光瞥到那个人的影子拉得很长很长，长到梆子触不可及的距离。

当梆子再次遇到那个人的时候，他正坐在警车里，那尖厉的警笛声，似乎要把梆子的魂魄惊散。梆子的同伙被他们一个个抓获，而梆子，凭借多年的经验，逃脱了他们的追捕。

直到这次，梆子和他狭路相逢。

他竟然能找到梆子藏身的地方，这是他们的老家。梆子无处可去，只能来到这里，这片山林，他很熟悉，也觉得很安全。

同样，那个人也很熟悉这里，他们从小就一起上山抓兔子、打猪草。

梆子知道，只要那个人不说，没人能找到梆子。

但是，那个人却找到了这里。他不仅长了狗鼻子，而且，最了解梆子。

虽然那个人当时说的是玩笑话，但是梆子清楚，这话一点也不假。

这让梆子更加绝望。

梆子的咽喉火烧火燎地疼，饥饿和连日的奔逃让他一阵阵地晕眩。他能感觉到胃肠在打结，并且互相缠绕。

雪下得越发大起来。梆子深吸一口气，从地上捡起枪，扶着大石头一点点地站起，摇摇晃晃地走出来。因为梆子知道，他不能在这里耗着，要不然只能成为大雪覆盖下的一粒尘埃。

梆子看到了那个人！

就在不远处，那个人也摇摇晃晃地站起来。他的状态没比梆子强多少，衣服被撕扯得又脏又破，几乎看不出本来颜色，脸庞更加瘦削，但是他的眼神，还是那样深邃。

梆子声嘶力竭地冲他喊道："你他妈的是不是不要命了？你是属狗的吗？走到哪你追到哪！"

说完，梆子举起枪，对准了他。

那个人依然站着，像一座山。虽然他很瘦小，虽然他也在摇晃。

梆子看到，那个人竟然在笑！因为笑，那个人眼睛里的海水开始荡漾起来。

梆子有了刹那间的晕眩。

雪不知什么时候已经停了，天地间一片苍茫的白。梆子的手在抖，随即腿也跟着不争气地抖起来，甚至连眼神都是抖的。梆子知道，现在哪怕是一片雪花，也能把他压倒在地上。

梆子不敢看他的眼睛。

那个人忽地半蹲下，双手合在一起，两个食指伸出，一只眼睛闭上，瞄着梆子的眉心，嘴里"啪"地喊了一声。

他的声音很大，山谷里响起延绵不断的回音，树枝上的雪也应声落下。

梆子恍惚间看到那个人射出的子弹呼啸而至，准确无误地击中了自己的眉心。梆子的心跟着剧烈地抖动起来，来不及扣动扳机，手里拿着的枪吧嗒一声掉在雪地上。

梆子倒了下去。在最后的一刹那，梆子这才看清，自己手里拿着的那把"枪"，只不过是一根木棍。

原载《安徽文学》2023 年第 5 期

李棋圣

段生军

民番县城不大，奇人不少。民国年间，有一个下象棋的人，姓李，棋艺高超，堪称一绝，人称"李棋圣"。

李棋圣下象棋有一个特点，他无论走到哪儿下象棋，都带着自己的棋盘和棋子。他的棋盘是用当地的一种枣木做的，棋盘油光瓦亮，棋子也是枣木做的，花纹美观，色调暗红。更绝的是，他的棋盘上，帅子永远被一个钉子牢牢地钉死在帅位上。他和对手下象棋，从来不动帅子。即使对方棋艺高超，也没法赢了他。

自从李棋圣出道后，县城里没有一个人下象棋能赢了他。外县慕名而来的象棋选手前来挑战，最终也败走麦城。

李棋圣话语不多，每天在县城十字路口的药店门前摆着残局，等人前来博弈。他的前面还放着一个纸牌，上面写着：一局两个银圆。重赏之下必有勇夫，很多时候，总有一些奔着赢两个银圆的人前来博弈，其结果就是给李棋圣留下两个银圆，灰溜溜地走了。无人博弈时，李棋圣就坐在棋盘前，或看棋书，或闭目沉思。

民国三十一年春天的一天，一支国军队伍经过县城，开赴抗日前线，队伍在县城休整了一天。

队伍的最高长官是营长，此人嗜棋如命，也是棋界高手。听说县城有人叫李棋圣，就棋兴大作，请李棋圣前来博弈，一决雌雄。

县城里有人听说营长和李棋圣要博弈，一决雌雄，都前来围观。

棋盘摆在十字路口的药店门前。李棋圣不慌不忙，摆好棋子，笃定自如，静候营长驾到。营长乘兴而来，气定神闲，胜券在握。

博弈开始，棋盘上烽烟四起，红黑双方车马炮卒扭打在一起，不分胜负。观者无不静声屏息，都为对方捏着一把汗。

一盘棋下了大半晌，还是不分胜负。观者都按捺不住了，再看两位博弈者，李棋圣沉定自如，营长安子若泰，棋盘上妙招迭出，难解胜负。

眼看日落西山，鏖战方酣。李棋圣突然犹豫了一下，走了一步臭棋，营长看出破绽，随即抓住战机，赢了李棋圣。

李棋圣起身抱拳，向营长深鞠一躬，说，在下认输了。营长豪情顿生，淡淡一笑，没说什么，脸上掠过一丝得意的微笑。

第二天，营长带着队伍出发了，李棋圣再也没有摆过棋盘，随之销声匿迹了。县城里的人说，李棋圣下棋输给了营长，脸上挂不住，愧对大伙给他的"棋圣"称呼，再也不好意思摆棋盘了，脚底抹油——溜了。

眨眼两年过去，那支队伍又回来了，听说要驻扎在县城。这时，那个队伍的营长已升任团长，据说是抗日有功。

队伍来的前一天，消失几年的李棋圣突然又出现在了县城街头，更让人吃惊的是，李棋圣又把棋盘摆在了十字路口的药店门前。

队伍安营扎寨的那一天，团长棋兴又起，就派人去打听当年和他博弈的李棋圣在哪儿，想邀请他来，再博弈一局，看看李棋圣棋术有无长进。

李棋圣答应了团长的邀请，地点仍然选在十字路口的药店门前。团长一听，欣然前往。

鏖战开始，团长精神抖擞，密思慎行。李棋圣已改上次棋术，每走一步，棋子飘忽，虚实不定。莫名其妙中，团长输了一局。再战，团长又败走麦城。连战三局，团长无一例外，局局惨败。

团长愠怒，愤而起之，拂袖而去。观者怔然，无不敢言。

第二天，团长收到了李棋圣的一封书信。信中说，李某本人，一介草民，自小愚讷，别无爱好，喜欢下棋读书。昨日赢棋之事，请团长大人谅解。两年前那次博弈，本该能赢营长大人，但是日寇侵犯我泱泱中华，营长前赴疆场，浴血杀寇，我怕影响营长报国杀敌之心情，无美酒为敬，只能输棋，给营长助威。营长抗日归来，荣升为团长，听说要长期驻扎县城，防御"共匪"，只恐日后同胞相煎，内心焦灼不安，故赢三局，承蒙谅解。今日不辞而别，给团长留书信一封，愿团长能够识时务者为俊杰，不再做豆萁之煎，使县城黎民百姓能安居乐业。

第三天，李棋圣又神秘地消失了。市民在十字路口的药店门前看到了砸烂的枣木棋盘和散落一地的暗红色的棋子。

1948年底，解放军攻打县城，团长率部起义，民番县城和平解放。

此后，闲暇之余，团长请人做了一副枣木象棋，一有时间，就坐在十字路口的药店门前，摆一副残局，等李棋圣前来博弈。

原载《微小说时代》2023 年第 3 期

晚　点

唐呱呱

我有一个修表铺，小小的一枚方桌，就像小小的补丁，临靠着匆忙的玫瑰大道。我存在的意义，就是把那些走偏掉的时间，忽然停掉的时间，重新拉回人们共同认可的时间轨道。

这一行和警察掏出枪支手铐一样，都是人类的一种行为艺术。我年轻时，让一块表在手腕上甩来甩去，那算是时髦。现在，人们宁愿让时间一边待着去，仿佛这样今天的日子就还是昨天，不是衰老。

渐渐迟钝的手指提醒我，身体已经走到僵硬的时间。明天就是我六十岁生日，我决定从这一天开始享受退休的阳光。我知道，明天会像所有的一天，这世界当然有很多大事小事发生。不过对于时针，依然只需要不快不慢走两圈。我唯一的奢望，无非是两个健忘的女儿，忽然想起打一个电话。

嘀嗒！北京时间晚上七点整。喜欢夜游的人，三三两两走出来，上下班匆忙的脚步渐渐和缓、亲密。我站起来伸伸老腰，准备收摊。一个男孩和一个女孩，挽着手走过来。更确切一点说，是女孩用拇指和食指把男孩捏过来。城市冬夜的霓虹，紫紫蓝蓝，修饰着他们二十出头的脸。

男孩总低着头，基本上不说话，腼腆，像一颗熟透的樱桃，躲在黑夜的枝枝叶叶里。路灯下他五官立体，面容模糊。女孩清瘦可怜，脸上是初恋少女只此一次的天真，清澈的幸福。

"叔，帮我修修呗！老晚点，每次都害我等他。"

这些年，可能是干这行的缘故，我渐渐不喜欢意外，不喜欢突然，不喜欢一切不必要的惊扰。这次我也很诧异，竟然接下这意外的最后一单，这意味着明天还得出摊。

也许，是因为男孩递过来的粗壮的一只手臂，大拇指根部有一条长长的刀疤，像一条小青蛇，隐隐伏在上面。那是一种只有女儿待嫁在家的老父亲，才能辨识出的一种野性——危险而又克制。又或者是因为女孩，那种像水晶球一样，一触碰就会粉碎掉的晶莹。

这款手表比较少见，低调，奢华。不过很明显，表面有一个短短的裂隙，应该是经历过一场剧烈的摔击。我很小心，戴着寸镜，台灯下仔仔细细检查。奇怪，没有发现有什么机械性的故障。

最后，只是想着试一试，我比对着北京时间，把慢掉的分针和秒针调回。这只美丽的蝴蝶，又一切正常地扇动起来。

一周以后的星期三，女孩一个人来的。我把翩翩起舞的蝴蝶还给她，她不认识似的，盯着表面上的指针。女孩忽然说："叔，哪有不多不少，每次刚刚好都晚十分钟。"

女孩说："谈恋爱不就这样吗？要不你等我，要不我等你。"她显然太想随便找一个陌生人、一块木板、一个石头，胡言乱语倾诉一回。

女孩说："很多东西，他都瞒着我。我一点不介意，我是他的第几十号。只要他陪我那部分时间是真心的，就行。"

女孩泪如雨下。"叔，你说时间能像钟表上的指针吗？叔，你要不把时间还调回去。晚一点，也总比不来强。"

我有些惊讶，又有些气闷，明明是一片好心，就好像无意中触碰到什么按钮，好事变成一件错事。我故意把语气和缓下来，仿佛随口的一说。"这几天有没有看新闻？"

"我才不信呢！"这句话一出口她就后悔，怔怔地想要挽回，终于又一个字没说，拿着还没来得及再次校正的蝴蝶表，就像拿着一件遗物。

说实话，我从来不看新闻。修表铺就在这座城市最繁华的大街，就是最好的新闻现场。大概五天前，一个便衣警察忽然一边跑，一边大叫抓小偷。我抬起头，看到一个男孩，像一条大蛇，在人群中游走。这个便衣我叫他老张，和我同住一个小区。他爱人是银行行长，送给他的也是这款手表。他的职业就是跑跑跳跳，决定他的手表也跟着他磕磕碰碰。一来二去给他修理，我们就认识了。

看着女孩失神地穿过大街，我慢慢把腰直起来。那个部位，曾经被一辆摩托车猛烈撞击。那一天，我临时有事，错过火车票，一家人没有去枸杞岛度假。我一手抱一个女儿，我爱人去买汽水。一辆黑车把我撞飞，我满脸是血。大女儿膝盖磕破，不碍事。小女儿头部触地，智力大受影响。我爱人说我是危险人物，带着两个女儿去北方，只留给我一块小女儿撞碎的手表。它终于没能重新跳动起来，时间永远停在那个时间。那以后，我改行当修表匠。这么多年过去，我每天按点出摊收摊，就好像这样就能把意外挡在生活之外。

一直等我把东西收好，男孩也没有现身，便衣警察老张走过来。"嘿！那小伙能着呢，光挑白富美下手。那善良劲儿，我都一阵酥麻。"

我倒吸一口凉气，那条小蛇一直往脑海里钻。便衣当然不知道，这小伙最能的是偷心大法。他去坐牢，留下一个个空心的人，在世上等着他晚点的时间。

老张又拍拍我肩膀说："二十年啦，你居然一眼就认出来。父子俩确实有点像，特别是那一双眼睛。话说，当年他还戴着一个头盔。"

我忽然有些怅然，把表从手腕上取下来，用大拇指使劲捏，就像捏着一把玻璃碴，往事像鲜血一样流出来。

老张忽然说："还戴着这表呢！"

手机忽然咯噔一下，是大女儿。"爸，生日快乐。妈说你现在退休了，危险等级降低。我们 19：39 到南站。这次，不要晚哈。"

我正要关屏，又弹出一条，这次是小女儿。"巴巴，我和妈马，女且女且，回豖家，永元在一走己。"

我旋着手表侧边的表冠，把分针狠狠往前调整两个大格。

原载《百花园》2023 年第 10 期

证 据

高 军

得知两个学生在教室厮打起来，我摸出手机一边跑着一边打开了照相功能。我参加工作时间并不长，但听一些老教师说，为了保护好自己，遇到复杂情况要注意随时留存证据。他们还举出近期老师因无证据被处理的例子，这让我觉得留存证据确实很有必要。

进入教室就看到两个男学生正在教桌前的地上翻滚、撕扯，我边拍照边大声制止："住手，给我立即住手！"两个学生慢慢站起来，喘着粗气，脸色通红，一个脸上有点伤，正往外渗血点，另一个脖子上有一条通红的抓痕。我拍了几张照片后，领着他俩到学校卫生室去处理伤口，抹些碘伏后医生说没什么大事儿，就让回去。

在办公室里，我问怎么回事儿，两人先互相瞪着眼不说话。看到这种情况，我忍不住笑出了声。他俩憋不住，脸色缓和下来，也笑起来。我说他俩几句，两人都有些羞涩，互相看着笑了笑。当然，我没有忘记把这个过程用手机录下来，保存在手机里。让他俩握手和好后回教室去了，我也轻松下来。

周五晚上正要休息，电话惊人地响起来，我一看是其中一个学生的家长，刚接通，火药味就浓浓地传过来，声音又尖又细："老师啊，俺孩子在你班里，你怎么不好好给看着，让人给打伤了？"

学生平时住校，周五下午才回家。是学生回家后，家长发现脸上那个小伤疤了。

我刚解释说两人已和好，电话声音更大了："和什么好！人家把俺孩子打伤，你不主持公道，竟然和稀泥！我得去把那个学生打一顿还回来，让他脸上也留下疤才行。反正我已经留下证据了，还怕他不成！"

"你先消消气。"我小心地赔着笑。

"我去找那个家长去。"她发泄完，撂下这么一句话，手机里就没动静了。

我哪里还敢休息，赶紧翻出作为证据的照片和视频又看了一遍。

不一会儿，电话又响起来，是另一个学生家长。这家和我联系最多的是男家长，开始说话还稍平和一些，一会儿火气也升起来："老师你说说怎么这么不讲理啊，我寻思着两个小孩打闹着玩儿，有一些小小不然的磕碰是正常的，本来不打算计较这件事儿，那家子竟然来了事儿，要来找俺家的碴儿。我先去把他的孩子的脖子给弄破再说，俺孩子脖子上这么深一道血印，我拍下来留着当证据，跟那一家子不算完！"

"你先消消气。"我又小心地赔着笑，听他继续发泄着。

整个双休日，我几乎没有休息，和双方家长反复沟通，赔着小心多说软话，最后同意周一在我办公室见面。

我早早来到办公室，打来开水，洗好杯子。当然，也没忘把手机开着录音功能留证据。

不一会儿，那个女家长先到，看她的神色已经比较平和，进门先和我打招呼："老师，您早来了。"我倒上开水端到她面前，她从椅子上站起来："当时一看孩子脸上有伤，我的火气就升起来了，熊孩子还不当回事儿，你说气人不气人。"学生有自己的主见，这个问题倒不难解决，我的心稍稍放下一些。"孩子来了吗？去教室了？"我貌似随意地和她聊着，心里其实还是很提防的，让她考虑孩子的学习，考虑孩子今后和同学的相处等。最后她叹了一口气，幽幽说道："对不起您了。孩子觉得没事儿，我也就不再掺和了。"

另一个学生和男家长也到了。这位家长显得比较憨厚，一边搓着双手一边"嗨嗨"着，简单叫一声："老师，俺来了。"

知道前一位家长的想法，我就好说话了："孩子们同学一场也是缘分，初中不就是在一起三年，好好相处会结下一辈子的同学情，以后见面会很亲的。"

这时候，跟他来的学生开口了："就是啊，俺俩就是闹着玩啊，有点小磕碰早就觉不着疼了。"说着，他用手摸摸脖子，笑嘻嘻道："这不，早就没事儿了！"

"哎哎，"我立即严肃制止道，"有这样打闹的吗？都出血了还小磕碰？以后绝不能再这样，你看你们的父母都心疼成什么样子了！"

学生伸了一下舌头，两位家长脸上也出现羞愧之色。我借此让学生赶紧离开："去把那个同学叫来，你也再回来。"

两个男学生勾肩搭背地走来，我对两位家长笑着说："学生都早和好了，你俩也握个手吧？"

看他俩的手握在了一起，我赶紧拿手机抓拍下来。两个学生也走上前去，站在家长面前："老师，我俩和好了，你也给拍个照片留个证据吧。"

我脸上一热，但还是把持住自己，尽量不流露出尴尬："站好了，笑一笑，茄子啊。"

当两位家长离去的时候，其中一个学生小声嘟哝道："就他们事儿多！"

看着两位家长有些疲惫的背影，我知道他们平日养家糊口的艰辛，我告诉他俩说："父母疼爱孩子很正常，他们来找老师也是爱你们的证据啊。"

两个孩子的眼睛纯洁明亮，如一泓清澈到底的泉水，我突然产生了一种羞愧感，拿起手机删除为保护自己存作证据的照片。

原载《教师报》2023 年 6 月 7 日

摆渡人

马新亭

朱员外用巨资耗时打造一条大船，取名"神船"，寓意神灵保佑。不料，事与愿违，神船下水后，要么行不多远忽左忽右摇晃，要么行至风大浪高的河中央倾斜，有一次差点翻船，吓得无人敢坐。有人还说河里有水怪。朱员外找来能工巧匠把船修理几次都不见效。

有人给朱员外出主意，换个船工试试。万般无奈，朱员外贴出告示高薪招聘船工。告示贴出后，看的人络绎不绝，但一打听朱员外这条船，都摇摇头走人。

几月后，朱员外听说有人上门应聘。朱员外喜出望外，急忙命人将应聘的人领进来。

朱员外喝着茶，端详着应聘的人，虎背熊腰，双目炯炯有神，便问："你叫什么名字？"

那人说："冯安。"

朱员外呷口茶又问："我招聘船工的告示贴出几月，无人敢应聘，莫非你有绝技？"

冯安想了想说："若是让我划这条大船，须答应我一个条件。"

朱员外眼睛一亮："啥条件？"

冯安说："把这条船改名叫'神龙'。"

朱员外问："为啥？"

冯安说："大河九曲十八弯像一条巨龙，龙身也曲曲弯弯，所以要把船改叫神龙，再说我又属龙，岂有不顺风顺水之理？"

朱员外微微点头，说："走，带上人，上船试试！"

来到大河岸边，冯安解开缆绳，一个箭步跃上船头，随着他一起一伏摇起双桨，大船徐徐离岸。船行到河心，正好风大浪高，只见浪尖上的大船，一会儿隐入河中，一会儿抛向天空。冯安稳操双桨，大船被牢牢掌控，乘风破浪驶向彼岸。过了一阵子，船从对岸平安驶回来。

当地人把这事传得神乎其神，说果然是条神龙，别人驾船就翻，冯安驾船就平安。不少人央求冯安传授绝技，冯安总是笑笑说，没有。

有一天，朱员外把冯安叫来，笑眯眯地问："把你驾船的绝技和我说说呗。"

冯安给朱员外倒着茶说："我从小生长在水边，靠山吃山，靠水吃水，我们那里的男子人人会划船，识水性，个个都是使船高手。另外，朱员外建造的船太大，这地方的人没有划过那么大的船。其实啥绝技没有，一点也不神！"

朱员外哈哈大笑："你是怕我辞退你，故意留一手，才不说实话吧？放心，我不是那种人。"

冯安着急地说："朱员外，我不是那意思，真的不是！"

朱员外摆着手说："不说就不说吧，只要好好驾船渡河就行。"

不过，没有人相信冯安这个外地人说的是实话。当地人看到冯安这个陌生的外地人正式当上船工后，拿那么多钱，羡慕嫉妒恨。有人偷偷打听，有人暗中观察，有人想把冯安灌醉，让他酒后吐真言……都想把冯安的绝技学到手。

冯安不但船划得好，对上下船的老人、小孩、病人、孕妇该搀的搀该扶的扶。他有时在船上放点瓜果桃李，供往来两岸的坐船人品尝。有人忘记拿钱要坐船，他先垫上，可以想起时再送来。

一个上午，冯安划着船往大河北岸运送坐满的老老少少。离河岸不远时，坐在船边的一个小孩刚站起来，正好刮来一阵大风，小孩扑通一声掉下船去。人们发出一声声惊叫，风大水急，无人敢救。只见冯安一个鲤鱼打挺，跃入河中，许久才浮出水面，把小孩托到船舷，众人将小孩拖到船上，再想去拉冯安时，已不见人影……

几天后，就在村民为冯安感到悲痛时，冯安却安然无恙回到村里。人们问他是怎么得救的，冯安说，抱住一棵顺水漂流的大树上岸。

没人再想去偷学冯安的绝技，都感觉那条船冯安是最合适的船工，离开冯安谁也不行。只是有人纳闷，他这么好的船技，怎么不在当地当船工，为啥跑到这里来？冯安笑笑说，我做了错事，无家可归，有家难回，来这里既是为别人摆渡，也是为自己摆渡。

渐渐地，人们忘记了冯安是外地人。冯安摇着桨，送走晚霞迎来朝阳，穿梭往返南北两个渡口，在大河身上摇了一年又一年……他摇不动了，儿子摇，儿子摇不动了，孙子摇……

原载《河南文学》2023 年第 1 期

种下一片林

马学全

春天来了，安江又扛起锨，开始种树了。

小时候，安江最不喜欢的就是种树。每年春天，他爹都要种树，早上起来，他爹就去挖树坑。安江和姐姐安玲把树苗装满架子车，拉到他爹挖树坑的地方，按他爹的吩咐，一个树坑一棵树苗放进去。

搬完树苗，安江和姐姐一屁股坐在沙地上。他爹走过来，脸上带着温暖的笑容，问他们是不是累了。安江和姐姐同时点了点头。他爹说，累了就回家去。安江和姐姐仿佛受到大赦，一骨碌翻起身，朝架子车跑去。他爹远远看着，嘿嘿笑了。

安江和姐姐推着架子车回到家，他妈刚好烧了一壶开水，叫给他爹送开水。安江借口作业没写完，姐姐狠狠瞪他一眼，提起水壶出了门。安江掏出作业本，趴在桌上，却偷偷看起了借同学的小人书。过了一阵，姐姐回来了。又过好大一阵，他爹也回来了。

吃过饭，他爹戴起草帽要出门，到门口却又回来了，问安江和姐姐，谁跟他去种树。安江和姐姐同时看向对方，姐姐说她要洗衣服。他爹说，那就今天安江，明天安玲。安江朝他姐姐做个鬼脸，跟着他爹出了门。

安江把树苗扶正，他爹一锨又一锨填土，把树苗根埋好，用脚踩瓷实，接着种下一棵。一下午，就把一半地种上了树。第二天，他爹和姐姐用了半天时间，整块地都种上了树苗。过几天，渠里来水了，他爹就把树苗浇一遍。树苗长出了叶子，抽出了枝条，一天天长高长壮。

第二年开春，安江他爹又整出一块地打算种树。安江和姐姐听说他爹又要种树，心里老大不乐意。他爹才不管那么多，该平地平地，该挖坑挖坑。到了双休日，他爹就轮流带着安江和姐姐去种树。

村子外面有大片的荒地，安江他爹每年平一块地种树，不知不觉，就种下了上百亩的树。树苗一天天长大，长成了一片森林。森林里住进了麻雀、喜鹊和一些叫不上名的鸟儿，还住进了野鸡、兔子。村里的人，都说安江他爹干了件好事，自从有了这片森林，村子周边的环境好了，风沙小了。

几年前，安江他爹得了癌症，治病要花好多钱，大家建议他爹卖树治病，但他爹说啥也舍不得卖。他爹的病一天比一天重，终究没挺过来。他爹临终前，拉着安江的手再三叮嘱，那片林子一定要留着。

安江家离城近。这些年，城市不断扩大，很快就到了他们村。征地的时候，城建部门看上了安江家的那片林子，打算建公园。那片林子，给安江带来了几百万的收入。拿到补偿款，安江来到他爹坟前，重重地磕了三个头。

安江一下成了富翁，高兴的时候，他就打电话叫几个哥们儿，去酒店吃一顿。一年下来，安江精瘦的身子，仿佛吹了气一般，变得膀大腰圆，走路摆着鸭子步。安江出手大方，身边时常有一帮狐朋狗友。两年时间，他的存款缩水了一半。

一日清晨，安江突觉心慌气短，到医院检查，血压高了，血脂也高了，还伴有其他疾病。医生建议他控制饮食，加强锻炼。安江这才意识到，两年时间，他除了吃喝玩乐啥也没干，出门要么自己开车，要么打的，连五百米远的路都没走过。

安江有个做建材生意的朋友，建议他投资做生意。安江不想做生意。朋友建议安江入股他的公司，不用参与经营，等着分红就行。安江听从建议，把钱投到了朋友的公司。

安江隔三岔五就去朋友的公司，朋友好烟好茶伺候。朋友总说忙，又接了个大单。安江听得心花怒放，就等着年底分红。还没到年底，朋友的公司却突然关门了。安江打他手机，关机。过一阵再打，还是关机。安江等了几天，不见朋友的公司开门，却传来消息，说朋友的公司破产了，人也被抓了。

安江的一大笔钱，就这样打了水漂。安江愁得寝食难安，几天时间头发就白了一半。他觉得对不起他爹。

安江去他爹的林子改建的公园散步，走在那些高大的树之间，他想起了小时候跟着爹种树的情景，有些幸福，也有些心酸。突然，他听到有人议论，说这公园里的树，都是一个姓江的农民种下的，听说政府给了不少钱。接着有人说，树是老子种的，可早早就病死了，拿到钱的是他儿子。又有人说，他儿子好吃懒做，啥都不愿干，估计那笔钱早被挥霍光了。安江羞愧难当，快速离开了公园。

春天来的时候，安江有了一个想法，要种树。安江承包了一片荒地，像他爹当年一样，种下一棵又一棵树苗，劳动一天，他感觉精神好了，心情也好了。有人问安江，种那么多树打算干啥。安江笑而不答。

连续几年，安江都在种树，在他眼里，那些树就像他的一个个孩子。看着那些树，安江觉得很幸福。

原载《金山》2023 年第 1 期

钥　匙

蒋先平

周六，我正在家里写小说。突然有人敲门，我打开门，门口站着的是几个月前搬来对门的老夫妻。

我，我是你对门的，刚才我和老伴下楼去商场了，这会儿上楼掏遍了身上的兜也没有找到钥匙，钥匙不知道丢哪了。花白头发的老头着急地说，老伴耳朵不好使，不用手机，我的手机在屋里充电呢，麻烦你打电话给我找个开锁的吧。

好，好。说着我转身从客厅找到手机，又站在门外，在墙上花花绿绿的小广告中找到了两个开锁电话。一个关机没有打通；另一个打通了，人家说正在城西忙着呢，完活赶到这里最快也得一个小时。

我让老两口进屋等一等，老头说啥也不进屋，说去楼下凉亭里坐一会儿。

老两口刚要下楼，我突然想起一件事，忙喊住了老头，大爷，您家搬来后换锁了吗？老头转过身摇了摇头。

没换锁就好。我高兴地说着进屋在抽屉里翻了起来。

我举着一把钥匙，兴冲冲来到对门，轻轻地把钥匙插进去，转了两圈，门开了。

老两口看得目瞪口呆。

愣了一会儿，老头让老伴进了屋，他接过我递给他的钥匙，不解地问道，你，你咋有我们家的钥匙啊？我开玩笑说，大爷，我是配钥匙的。老头又摇头说，看你文质彬彬的，不像是配钥匙的。

我站在门口，跟老头讲起这把钥匙的由来。

对门以前住的是我同学的父母。同学是博士，在国外工作，父母被接到了国外，可人生地不熟，最要命的是语言不通，上街连个说话的人都没有。住了半年，父母说啥也不待了，让儿子买了机票回来了。

父母回来了，让同学放心不下的是父母身体不好，身边又没有人照顾。不差钱的同学想给父母雇个保姆，照顾老人起居生活，可父母说让个不熟悉的人进家里，多不方便啊，他们死活不同意雇保姆。

无奈的同学给我打电话，问我怎么办。我也没有想出来好办法，说还好我和老人住对门，就替你照顾一下老人吧。

同学让他父亲给我送来他家的门钥匙。我把这把钥匙上到了钥匙圈上，天天带在身上。

我和媳妇要上班，还要带孩子，每天忙得像陀螺。我和同学父母约好，有事老两口随时敲门，平时早上我出门上班时，敲一下对门，大声说一句，早上好！老头会打开门，笑着说，早上好！晚上睡觉前，我再来到对门，大声说，晚安！过一会儿，屋里的老头会隔着门，说晚安啊。

那天晚上十点多，我看完电视，出来在对门门口喊了几次，屋里老人没有应答，我忙打开门进了屋，闻到了燃气的味道。坏了，燃气泄漏老人中毒了。我急忙把昏迷的老两口背到楼道，又拨打了120急救电话。等急救人员赶到时，老人已经苏醒了过来。

原来，晚上九点多，老头饿了，煮了袋方便面，液化气灶没有关好，老两口被熏倒了。

后来，同学的父亲得了脑梗，同学放心不下，放弃国外高薪，回到了北京，把父母接到了身边。

同学父母的房子几个月前租给了你们，我想你们一定会换门锁，就没有把钥匙给你们，只是把钥匙摘下来扔到了抽屉里。

对门老头听完我的解释，连连点头，伸出大拇指，说你是大好人啊。

年底，对门老两口在上海工作的女儿回来了。她特意给我带来了两瓶好酒，给了我一把新配的钥匙和一个厚厚的红包。

她跟我解释说，父母原来是在乡下当老师的，自己在上海的楼房面积小，楼贷还没有还完，孩子上高中花销又大，没有条件接父母去上海，只好在老家给退休的父母租个楼房，远亲不如近邻，近邻不如对门，麻烦我像照顾同学父母一样，照顾一下她的父母。

可怜天下儿女情，我接过钥匙，说谁让咱们是邻居呢？放心吧，我会像以前一样，早问候，晚请安的。我把那厚厚的红包塞了回去。

送走了对门老人的女儿，一旁的媳妇认真地说，哪天我也要回趟老家，给老爸配把钥匙送给对门啊。

原载《天池小小说》2023 年第 5 期

想读一本你写的书

原上秋

咣咣，咣咣。小陈和小林边干着活，边和这家的主人聊天。主人是个老头，相貌和善。小陈和小林很愿意在这样的人家干活。

小陈问，你做什么工作？

主人说，在报社，退休了。

是个领导吧？

副刊部主任。

小陈和小林议论半天，副刊部是个啥部门，有副刊部就有正刊部吧……

主人的房子已经很破了，他在人力市场找到小陈和小林，计划把屋里整一整。他们没有合同，小陈和小林报了个价，主人就同意了。

主人退休在家，保持着工作时的用眼习惯。大部分时间里，不是把头埋在书里，就是埋在报里。

小陈就说，你很用功啊。

主人说，他现在只有一只眼睛管用，另一只什么都看不到了。

小陈和小林就停下手中的活，过来看个究竟。可不是嘛，一只眼睛里眼珠子都泛白了。小陈问，一点都看不到吗？主人说，一点都看不到。

小陈和小林挺同情他的。想不到，这个老人每天都是用一只眼睛看书看报，看这个世界。

咣咣，咣咣。小陈和小林做得很认真。主人不看书报的时候，会凑过来和他们聊天。问他们父母的状况，问他们有没有成家，问庄稼的收成，问在外打工的苦乐。小陈和小林会把自己的情况一一说给他听。

两天下来，渐渐熟悉了，他们俨然成了朋友。

和主人熟悉之后，小陈和小林的活动范围就大了。休息的时候，他们端着茶杯进到了主人的书房。书架上有很多书，小陈和小林只看，不摸。他们从不在主人家里胡乱翻动。他们喝着主人泡的好茶，感叹，好多书啊。

主人说，上面两层都是文学名著，下面一层是自己写的。

小陈和小林吃了一惊。刘——亮——德，你叫刘亮德。

主人说，是我。

署名刘亮德的书有十几种：《白话人生》《眼光放在灯笼前面》《只眼窥世》……

刘亮德介绍，《白话人生》是在报社写的专栏，《只眼窥世》是一只眼睛瞎了之后写的。

小林年轻两岁，他说写电视剧才挣钱。

小陈拍了小林一下，嫌他多说话。他们和书保持着适当的距离，用一种敬慕的神态看了一遍又一遍。

小陈问，这些书里都写的什么？

刘亮德说，人生感悟。怕他们理解不透彻，他讲了一个书中的故事：

一个武士向一个老禅师询问天堂和地狱的区别，老禅师故意轻蔑地说，你是个粗鄙的人，我没时间和你论道。武士恼羞成怒，拔剑大吼，老头无理，看我一剑杀死你。老禅师缓缓道，这就是地狱。武士恍然大悟，心平气和地纳剑入鞘，鞠躬感谢禅师的指点。老禅师接着说，这就是天堂。

刘亮德说，善恶都在一念之间，天底下不存在好人和坏人，只有好事与坏事。

有意思。小陈和小林听得入了迷。

咣咣，咣咣。小陈和小林很长时间只埋头干活，好像一直在回味武士和老禅师的故事。

有一天，小陈和小林来晚了。他们互相埋怨，都说前一天不该喝那么多酒。刘亮德笑着说，你们喜欢喝两杯啊。小陈说，他们一出来就好多天，有点想家，想家的时候喝点酒。小林插话说，喝了酒更想家。

小陈和小林干活没有精神，因为他们喝了很多劣质的酒。刘亮德问他们喝什么样的酒。他们说了很多的牌子，都是小饭馆里面的低档货。

他们感叹，哪一天挣了大钱，一定买一瓶茅台酒，尝尝啥滋味。

晚上收工的时候，刘亮德拿出一瓶茅台酒送他们。他说自己平时不喝酒，这酒是一个朋友送给他的，就剩下这一瓶了。

小陈和小林欣喜万分，他们轮番拿过酒瓶看来看去。议论着，这酒拿回老家喝才有面子。

几天后，房子装修好了。双方都很满意。刘亮德给他们点钱的时候，小陈和小林也在心里面数。数到最后，两个人的心抖了一下。也没说什么，拿着钱走了。

出了门，他们找一个背阴数钱，数了一遍，又数了一遍。小林督促小陈，走吧，他本来眼神就有问题，哪能怨咱们。

小陈发了脾气，他觉得他们这样走了，对不起刘亮德。

他们又折返了回来。

他们来送还多出的两百元钱。他们还想让他送两本书给他们。刘亮德讲的故事，很吸引他们。

刘亮德在阳台上看到了他们。他想，他们一定是为还那两百元钱来的。他们哪里知道，那是他偷偷给他们的奖金。

小陈和小林与刘亮德招呼的时候，发现站在高处的他另一只眼睛好像好起来了，一样地明亮有神。

原载《小小说月刊》2023 年 6 月刊

三柳洲

黄三畅

那是明朝初年的一个春日，三个秀才步行在资江堤岸上，他们是去省城参加会试的。步行，原因是家里都穷，坐不起船，雇不起车马。来到一处叫九龙江的地方，但见江边柳树刚吐出半粒米大的柳芽，风吹着柳枝轻拂水面，水是那样清澄碧澈。一个姓吴的秀才就提议说，两位仁兄，此地风景宜人，我等在此歇一歇如何？另两位都赞同。于是各自坐在堤岸边一块石头上。

正要吟诗作对，忽见一农夫荷锄而来。农夫很有礼貌地和他们打招呼，又说何不到家里去喝茶歇息？语气热情得很。三个秀才就跟着农夫来到他江边的茅舍里。茶是自家制作的土茶，入口时有点苦，少顷回甜，喝了两口，即觉神清气爽。农夫又从厨房端出一个盘子，说是家里做的社粑——用一种叫社藤的藤条浸出水来拌和糯米粉做的——请他们尝尝鲜。橙黑色，腰子形，微微冒着热气，热气里飘着一种特殊的香味。三个秀才都觉得好吃，都禁不住连吃三个。正肚饿，哪里还顾得上斯文？谢过农夫要动身时，农夫又从厨房里提出三个粗布包裹，递给每人一个，说里面是社粑，请别嫌小气，实在没有别的东西打发。三个秀才真正是千恩万谢。

农夫又送他们三人来到江边。吴秀才说，两位仁兄，老百姓这样好，倘若以后我们做了官，一定要清正廉洁，倾心为老百姓办事啊！另两位都说，不清正廉洁，不倾心为老百姓办事，对不起良心！会天诛地灭！这时那位农夫说，你们说出了我们老百姓最大的希望呢！这时一枝柳条拂在吴秀才脸上，吴秀才轻捏着那枝柳条，说两位仁兄，现在正是植树的好时节，我们各人插一枝柳条，以表明我们的心志吧！这得到另两位的赞和。于是一人折了一枝柳条，插在与一汊水流相隔的沙洲上，吴秀才插在上首。

三枝柳条都成活了。农夫也加以照护。

三棵柳树渐渐长粗、长高，柳条也能拂水了。

沙洲也叫三柳洲。

一晃就是十几年。

这一年初春，已近五十的农夫，有一天又来到三柳洲给三棵柳树施肥。他发现，上首的那棵还在昏睡，不像另两棵，已经又长出米粒大的新芽。这是怎么回事？农夫自言自语，又像是问那棵柳树。那棵柳树的枝条还是在风里飘拂着，只是显得僵硬。农夫还是给这棵柳树施了肥。

他要回去的时候，看见几个人走到洲下首的端头，在指指画画，还打灰线。农夫想起，去年秋天，保正就挨家挨户收银钱，说没有银钱的，自己要把谷子挑到指定的仓库里去；说是为在九龙江建水坝准备钱粮；还说是去年上任的知州的指令。难道九龙坝是建在那里？农夫就走过去，一问，果然是的。农夫很感谢那个知州。这一带一大片农田号称州里的粮仓，灌溉靠的是江水，提江水的工具主要是龙骨车，用龙骨车车水是很吃力的，功效又不高。如果筑了坝，把坝上游的江水抬高，再掘水渠，让江水流进水渠，就可以直接流进农田了。正因为如此，老百姓即使贫困，还是踊跃缴银钱缴粮食。

不久后的一天，九龙坝举行奠基仪式，知州吴大人亲自来了。他记起了十几年前在洲上插柳的事。仪式结束后，他来到洲下首那棵柳树下，但见树冠绿意盎然，枝条随风摇曳，柳絮翩然飘飞。就往洲上首走，他记得自己插的柳树是从上首数来的第一棵。隔老远，他就发现那第一棵的情况不对了：哪有绿意？哪有柳絮？枝条是光秃的，一副死气沉沉的样子。忽见一个人提着一只桶子从那头走向那棵柳树。他也走到那棵柳树边时，那个人已经在给柳树浇什么了。他没有认出那个人就是十几年前有过交集的农夫，农夫也没有认出他。这棵树怎么死了？知州吴大人问农夫，似有责怪之意。农夫说，我也不知道是什么原因。又说，这三棵柳树是十几年前三个秀才同时插的，我是一样照护的，那两棵一直长得好，只有这一棵，今年入春以来就没发芽了。那是什么原因？知州想起"病树前头万木春"的诗句，悲哀起来了。农夫说，见它没发芽，我过些天就来浇浇水，施点肥，希望它活过来。

吴知州吴大人叹了一口气。

农夫心想事成。夏天到来的时候，那棵病柳树竟然又发芽了。有人报告了知州吴大人，知州吴大人又专程骑马而来，向那棵柳树作了三个揖，又向老天作了三个揖，然后长叹一声。

其中的奥妙很少有人知道。

老百姓为建九龙坝捐的钱粮，知州吴大人伙同账房私分了不少。钱财是草木发芽的春天归入他两个人的账户的，那棵柳树在春天就没发芽。后来朝廷颁布了《大明律》，官员贪污银子六两以上，一旦查明即处以枭首示众、剥皮实草之刑；随之又公布了几处案例。吴大人被震慑了，把贪污的钱粮退回了。

那棵柳树也重新发芽了。

原载《天池小小说》2023 年第 18 期

娘和大妮

乔正芳

当娘又一次给大姐端出藏着的猪肉时，我终于忍无可忍喊了出来，你为啥总是偏向她？她又不是你亲生的！

大姐一下呆住了。娘很快反应过来，骂道，你胡说些啥！看我不揍你。

我理直气壮，西街四奶奶亲口对我说的，大姐是你们从七里沟抱来的，来时只有耗子那么点。我比画着。

啪。娘抬手给了我一巴掌，我叫你胡咧咧。

似乎就是从那天起，我们和大姐的关系有了微妙的变化。爹腿脚不好，大姐是家里的顶梁柱，她初中没毕业就下学了。大姐既聪明又能干，她不仅庄稼活干得利落，还做得一手好针线。

那天娘悄悄问我西街四奶奶都说了些啥，我赌气转过脸。娘摸出一颗水果糖塞给我。我说四奶奶说您嫁给我爹五年没开怀，我奶奶天天打鸡撵狗地骂，爹心疼您，就四处打听着先抱个孩子来养，恰巧七里沟吴瘸子家又生了一个闺女，怕养不活，就送给你们了。

娘低头抹起了眼泪。

我继续叨叨着，四奶奶还说您抱着大姐满村子给她找奶水喝，人家脸色不好看，您就拿鸡蛋和花生米去换。有一次您去了村南头的槐树家，槐树娘说嫂子呀我可没时间，俺家槐树爹要种白菜，急等着俺掏大粪送到地里去呢。您二话不说放下大姐，挽起袖子就去给人家掏大粪……是这样吗？

娘长叹一声说，也合该是我和你大姐有缘，那么一点小东西，一接过来就往我怀里钻，钻得人心里——娘说不下去了。

这段时间大姐总喜欢串门子。娘迟迟不睡，坐在灯下做针线。凌晨一点多了，大姐才回来。娘小心地看了看大姐的脸，说大妮呀，饭在锅里温着呢。外面黑灯瞎火的，你能不能早点回来？

大姐两眼望着墙壁，没头没脑地来了一句，我去过七里沟了。

娘一针扎在了手指上，半天才嗫嚅着，你——爹娘好吗？

大姐说，我去问问他们，当年为什么生下我却不要了？

娘说那年头穷，他们孩子多——娘还没说完，大姐一甩门帘就进了里屋。

那天，镇上一个叫果果的青年，忽然提着两瓶酒和一捆桃酥来到我们家，进门就喊岳父岳母。娘吓了一大跳，扎煞着两手问你叫我什么。果果说，我和大妮谈对象呢，来和您商量商量结婚的事。果果爹好赌，三里五村没人不知，受他爹影响，果果从小也不正干，吊儿郎当的。

你走，你快走！娘愤怒了，我家大妮怎么可能嫁给你这种人？正推搡着，大姐回来了，她沉着脸说，您别管了，我愿意。

娘像被当头打了一棒子，她哆嗦着嘴唇，冲大姐扬起手。大姐示威似的仰着头，一副大义凛然的样子。娘哎哟一声，捂着脸蹲在地上大哭起来。

就在几天前，娘问过我表舅母，娘看好了我表舅母家的世平哥，世平哥人长得好性格也好，正在北京当兵呢。

晚上，冷静下来的娘想和大姐好好谈谈，可等了一夜，大姐也没回来。

大姐到底还是嫁给了果果，听说大姐是在她亲爹亲娘的主持下出嫁的。

娘病了，一个人躺在大姐的房里待了两天。

第三天，娘从箱子里抱出两床红绸棉被，棉被上绣着大朵新鲜的牡丹和扑扇着翅膀的花喜鹊，娘要我们给大姐送去。

自从大姐出嫁后，就再也没有回过我们家。左邻右舍的婶子大娘却时常把大姐的消息带过来：大妮两口子感情好着呢，那果果赶集在人群里还搂着大妮腰呢，那样子，哎哟哟。

听说大妮男人在外边做生意，挣了不少钱呢。

娘听着，眉头渐渐舒展开来。

坏消息是四奶奶带来的，她说大妮她娘，你家大妮可遭罪了。果果出去挣了钱也不交给大妮，尽喝酒赌博呢。大妮管管他，酒劲上来了，就抓着大妮头发往死里打。

娘大瞪着眼，牙齿咬得咯嘣响，她抄起铁锨就往外跑，却被爹拉住了。爹说大妮的婚事是她亲爹娘给主张的，她眼里哪还有咱们？这事应该叫她亲爹娘出面管。四奶奶一拍大腿说，快别提他亲爹娘了，当时果果带了好些东西上门拜访，老两口乐得屁颠屁颠的。现在大妮受委屈，她那爹娘却装聋作哑，还指望他们管呢。

娘不管三七二十一，一阵风奔到镇上。大姐披头散发坐在院里，果果又着腰站在旁边。娘挥舞着铁锨就朝果果头上劈去，一边骂着，你个畜生，可怜我一把屎一把尿养大的闺女，我都不舍得碰她一下，你竟敢这么祸害她。我今天非和你拼个你死我活不可！吓得果果逃出了院子。娘紧追不舍，惹得镇上的人都出来看热闹。看娘真豁出去了，果果就边跑边回头求饶，后来干脆跪下了，发誓以后一定改，并写下了保证书。

我们全都惊呆了。我们怎么也没想到，一向文文弱弱的老娘竟然这样威武，这样势不可挡。

这件事后的第三天，大姐回家了。一进门，大姐就哭着跪下了。她说，娘，大妮错了，您能原谅大妮吗？

我的妮呀！娘上前抱住大姐，两人哭成一团。

原载《时代文学》2023 年第 3 期

看这爷儿俩

顾文显

"爸，原生态的东西，为什么要这么糟蹋？"

"这话说的。"一番苦心传授，老彭没想到儿子说话这态度，"人靠衣装，佛靠金装，货卖一张皮，这道理是人就懂。"

儿子彭秋茫然地摇了摇头："不懂。这硫黄挺冲的一股臭味，光知道它避蛇，没听说有啥补益功能，何况高温下叫它这么一熏，只怕吃出啥毛病来。"

"你把心给我放到肚子里。别的，甭管。"老彭不打算跟儿子纠缠下去。这孩子打小没娘，指定是让他给宠坏了，如今居然敢和他针锋相对，老彭想想就犯堵。

彭秋还想辩论。老彭一句话把他顶得没了下文："你不是说包子有肉不在褶上吗，我问你，对门小琳哪点不好，你咋还横竖看不上。"

彭秋语塞。那么多热心邻居撮合，道是俩年轻人真般配，可他就是嫌人小琳长得黑，这事不凉不热地撂着呢。老彭的意思，要是小琳长得白，跟这加工后的桔梗似的，保不齐你得屁颠屁颠去追人家！

彭秋让老爹抓住了话把儿，找借口溜了。

老彭才不跟他计较。他想，你不愿意干这正合我意，把书给我念好就得，彭家不希望代代没文化。

老彭天生就是做生意的脑子。三年前他把自家的地全种上桔梗。这东西能当药材不说，还可以制作成朝鲜族风味的泡菜。在几十种可做泡菜的食材中，桔梗最受欢迎。果然今年价格疯涨，可不就让老彭逮着了。收获了上万斤桔梗干货的同时，他脑子又一转，不急卖，囤着。老彭见卖桔梗的商贩，收回干货后用硫黄一熏，那桔梗立刻变得白生生的。老彭就去帮忙熏桔梗。几天后不但学会全部流程，还让他琢磨出新招，加工出来的成品，比所有的都白都挺括！老彭激动得好几宿没合眼，聪明！现在自己边加工边慢慢销售，搭点工夫再赚一份钱，这叫锦上添花！

满以为让彭秋知道你爹不白给，哪想到这小子跟他扯原生态。小城每天卖出的桔梗，哪家不是用硫黄熏白，没人管就证明无大碍！

下午，就有一小伙子买走 20 斤桔梗，不到天黑，卖出 300 斤。老彭早把跟儿子惹的气忘到了九霄云外。干货 18 元，加工后零售 24 元，按这个销量，春节前后库存全部出手，纯赚七八万。

几天热闹过后，老彭感觉到哪里不对劲：他的客户锐减，原先几个预定的大户也没了影。照这样，库存得卖到明年上秋！老彭正伤脑筋，来了个小伙子，这不上礼拜开张的第一个客户吗？

小伙子让老彭带他去看了所有库存，点点头："叔叔，你这桔梗不用加工，我按 20 元一斤全收。我没仓库，从这儿分批拉，一次一结算咋样。"

签约后老彭想："好是好，可惜我这熏烤绝技埋没了。难不成那小子还有比我更高的手段？"他嘱咐原先的雇工守摊，他亲自调研去。

城市不大，步行俩小时走一直径。老彭找到一家同行，店老板抱怨："邪了门。今年愣是没人买，气得我一下子贱卖掉，等人拉光之前，卖点是点吧。"再打听，这同行一次出手，只卖到 18 元一斤！

老彭暗自庆幸，自己多赚了两万多！接下来又走访了好几家同行，这些人都看清形势不妙，也是 18 元定了出去！

怎么就变了天？老彭认真打听，原来，在城市最北端冒出一家卖桔梗的，听说生意很火。咋回事？老彭骑上电动车跑了过去。哟，一个废弃的车库，被改装成桔梗批发点，门外车水马龙，都是进货的。他搞的啥猫腻？老彭戴上口罩、墨镜踱了进去。

里面好多人张罗着货，其中一个当头儿的，分明是帮他开张的那小伙子！

小伙子不认得老彭："老先生，买桔梗？"

"啥价？"

"26元，一口价。"小伙子指着墙根码得老高的编织袋，"嘎嘎干。"

"你就这么卖，"老彭诧异莫名，"不加工？"

"这是原生态的，健康无害。那边有加工的，15元。"年轻人说。

端过一筐笋桔梗，老汉目瞪口呆，这贱卖的分明是他老彭的独门手艺！

"这么白净的卖相，你怎么反而降价？"

"您说呢？"小伙子一脸坏笑，"这东西外表漂亮，其实是用硫黄熏的，卖给别人行，您自己肯定不用。"

他妈的！老彭气得双腿哆嗦，他摘掉墨镜。"你小子用这种方法坑我，这叫不平等竞争！"

"老人家息怒。"小伙子这回认出了他，赶紧赔着笑，"找我们老板。他用这方法提醒消费者，原生态食物才最健康。对了，他派我收购，每斤还多给您两元钱。"

"你们老板是哪个？我找他理论。"

话音未落，老板从储藏间出来。老彭手里的墨镜差点掉地上，原来是他儿子彭秋！

"好小子，算计到你爹头上了！"

"老爹呀，"彭秋一脸坏笑，"您儿子去年就在省城注册品牌……我研发出特殊灭菌法，哪个也学不去。来家乡，主要冲着原材料好，只可惜让你们的硫黄给熏坏了。我只是在这边扩大一下战果，事后还得移师省城……"

老彭糊涂了："你不在北京念书，咋又去了省城？"

"老爹呀，"彭秋一副无赖相，"我哪是读书的料，读大学是被您逼出的谎话。"

老彭不由苦笑："唉，咱家呀，也就这档次了。"

原载《小说月刊》2023年第1期

吉星高照

孙艳梅

　　米家糁铺是北斗镇生意最红火的早餐店。每天早上，食客就像地里长出的韭菜，一茬又一茬的。"糁"是我们沂蒙山区特有风味小吃。食客之所以喜欢光顾米家糁铺，一个原因是米老二熬的糁好。还有一些食客是冲着枝子去的。枝子是来糁铺打工的，有一手"冲蛋花"绝活，鸡蛋打进碗里，把滚热的糁汤举到半米高处，手腕一扬，汤如瀑布急流而下，准确落入碗中，不洒一滴。别说喝，光看这手艺也是一种享受。

　　那个清晨，枝子正在糁铺忙活。镇上王嫂子一挑花门帘进来了，进来就说，哎呀，枝子，你男人都考上镇上的文书了，你成官娘子了，怎么还干这营生？

　　王嫂子声音响亮，满屋食客的目光唰唰地投向枝子，弄得一向快人快语的枝子害羞起来，问，你怎么知道的？王嫂子朝镇政府方向伸了一嘴，说，告示都贴出来了。

　　枝子忽然就觉得时间过得慢起来。好容易等太阳挪到糁铺门口的大槐树上，枝子带着一塑料袋糁和两根油条，挺直了腰杆，喜气洋洋回家了。

　　老板兼油条工米老二看着枝子渐渐远去的背影，拿起旁边的水杯咕咚咕咚喝了个底朝天，感觉嗓子还是绝望地冒烟。米老二曾经向枝子表白过，可人家枝子看中的是高高瘦瘦的四眼赵大强。米老二管赵大强叫四眼，是从内心深处的鄙视，他想，一个大男人跟娘儿们似的，天天躲在家里书不离手，靠枝子养活。现在看来，是自己狗眼看人低了。

　　话说枝子提着糁和油条，还没等掏出钥匙，门一下子就打开了，从里面蹿出一个清瘦的身影，一下子把她拦腰抱起来。双脚离地的枝子一个劲地喊：糁，洒了，洒了！

赵大强扛着枝子，一路小跑，最后把枝子放在堂屋的椅子上。他说，从此我赚的金的、银的，都是你的。赵大强双手在胸前比画着，仿佛真抱了一座金山银山。枝子见状，激动地接过"金山银山"，夸张地趔趄了一下说：好重！

第二天五点，枝子仍旧去糁铺报到，让米老二喜出望外。枝子很清醒，当文书能赚金山银山吗？以后得好好替赵大强把关。

很快就到了把关的时候，那天枝子忙完，仍旧带糁和油条回家，一进屋，就看到桌上摆了一只烧鸡。赵大强撕下一只鸡腿递给枝子说，烧鸡店老王送的。枝子说，平白无故的，他凭啥送烧鸡给你？赵大强得意地说，还不是你男人有用嘛！枝子说，送回去。赵大强瞅着少了一条腿的鸡哭丧着脸说，下回我不收了还不行吗？

枝子说，不行。

枝子不允许赵大强再动那只鸡，她把塑料袋里的糁倒进碗里说，咱还是吃这个放心。赵大强拗不过枝子，撕了油条泡进碗里，喝到第三口时，嘴里被一个东西缠绕，吐出来，竟然是一根长长的头发。枝子内疚地说，肯定是我打糁时不小心弄进去的。可是赵大强已经发作，他把碗摔到地上。

一气之下，枝子回了娘家，硬着心肠在娘家过了三天。赵大强没来接她，枝子沉不住气了，她惦记赵大强胃不好，她不在家他吃啥呀。到家，赵大强没在，饭锅都生了一圈锈。枝子在镇政府旁边的酒馆里见到了赵大强，赵大强坐在主宾位置，四周七七八八坐了一圈笑面人，还有一个女人正殷勤地给赵大强敬酒。

离婚是枝子提出的，她想等着赵大强像往常一样哭着求她原谅。可这次她的大强哥居然同意了。离婚之后的枝子像剪纸一样轻飘飘地坐在北斗镇的钟楼楼顶上。这时，后面冲过来一个人，比兔子还快，一把抓住她往后拽，说，别真掉下去了，我做个实验给你看。说话的人是米老二。米老二扬扬手机，手机屏保竟然是枝子笑吟吟的大头照，也不知道啥时候偷拍的。他一松手，笑吟吟的枝子和手机就掉了下去，枝子"啊"了一声，闭上眼睛，仿佛真是自己掉了下去一样。米老二说，你的骨头比手机还结实吗？不信你下去瞧瞧手机现在的样子。枝子看着远处星星点点的万家灯火，沉默半晌，说，我想离开这个地方。

不久，米家糁铺像棵树一样搬到了一百里之外的城里，生意比在镇上还兴隆。店里又招了几个人，枝子见其中一个妮子很灵透，就把"冲蛋花"的绝技教给了她，她自己先后生了两个儿子给米老二。乐得米老二一个劲地说，枝子你是我老米家的吉星，吉星高照！

有些消息总是比风跑得还快。枝子生大儿子的时候，赵大强当了副镇长，和一个打字员好上了。枝子生二儿子的时候，又有人告诉她，赵大强进去了，判了刑，那个打字员和他离婚了。

枝子听了这些，叹口气，赵大强和她还有什么关系呢？

一个秋高气爽的早上，米家糁铺快要打烊的时候，一个戴眼镜的男人忽然进来了。枝子脸色大变，一闪身躲进里间。

外间的男人头发乱糟糟的，佝偻着腰，点了一碗糁和两根油条，慢慢地吃着。里间的枝子来不及难过，就有一个小人儿迈着粗壮的小腿蹒跚扑过来，一边叫着妈妈一边往枝子身上拱。枝子敞开怀，小人儿心满意足地叼上去，黑眼珠像小牛犊一样瞅着枝子。这眼神让枝子安静下来。枝子抱着熟睡的小儿子，听外间那个男人和妮子对话。

男人说，你能往糁里放一根头发吗？

妮子呆住了，问，啥？

男人说，我曾经喝过一碗糁，里面有根长长的头发，那是世界上最好喝的一碗糁了，可惜，我……我……

原载《天池小小说》2023 年第 19 期

豆 娘

熊君红

等了半晌，依然不见豆娘来吃饭。杨庄主在大堂徘徊。

管家低声回道："已差第三个丫鬟去请了。"

"算了，是我惯坏了。"杨庄主摆摆手，"一个女孩子，想做酱油，哼，非分之想。"

杨庄主祖上开酱园做酱油，四海闻名，可他五十岁才有了女儿豆娘。豆娘一岁半，夫人病逝。杨庄主怕豆娘受委屈，一直不曾续弦。掌上明珠也真够任性的，八岁时哭着闹着要读私塾。唉，惹尽乡邻笑话。十三岁那年，她竟然偷偷女扮男装，跑到湖南岳麓书院读了两年新书，还结交了什么异性同窗，简直是要逆天呢。幸好杨家不差钱。这不，读书回来，鬼使神差，又要做酱油。整得杨庄主脑子嗡嗡的。

杨庄主的酱油生意，甚是兴隆，奈何杨氏祖训有云：秘方传男不传女。

杨氏酱油汁浓香醇，味鲜耐储，营养丰富。因酱油表面结出一层厚厚的冰晶，俗称冰油。传说有一年乾隆皇帝游江南，尝到用它做的菜，龙颜大悦，御点为贡品。如此天宝，不可失传哪。

真是两难啊！这也正是杨庄主的一块心病。

"豆儿啊，你说你学习琴棋书画，学习女红，哪样不好？做酱油是粗人们的事。"杨庄主让丫鬟扶小姐回绣楼。

"娘啊……"走了几步，豆娘突然甩开丫鬟的手，双膝跪地痛哭。见女儿哭娘，触及杨庄主的痛处，只得同意："好好好，你到酱坊去帮忙吧。"

没多久，冰雪聪颖的豆娘就能独当一面了。豆娘终于得到允许，单独酿制几缸酱油。到了出酱油那天，杨庄主入酱坊坐定。只见豆娘用长柄提勺，舀满酱油，倒入蓝花金边小碟盏内，捧到父亲面前。杨庄主凑近闻闻，眉头微皱，端起酱油抿了一小口，猛然吐出来："呸！"

豆娘忙问："爹，怎么了？"

杨庄主满脸阴云，不搭话，起身离开。

豆娘又悄悄问管家："我爹，咋回事？"

管家小心翼翼地说："小姐，你草率了，原料里有霉变黄豆，酱油倒味了。"

豆娘仔细追查，查到了杨庄主侄儿、豆娘的堂兄身上。杨庄主的二弟，好说歹说，把游手好闲的儿子送到酱坊，交给大哥管教，想着兄长把酱油绝技教给儿子。谁知此儿积习难改，偷偷往豆娘用料中混入烂黄豆，换出好黄豆卖钱喝酒。

为此事，杨庄主罚豆娘蒸煮八担黄豆。管家嘀咕："小姐那是冤枉的，代人受过啊。"

杨庄主说："难道我不知道？女孩子家家的，吟诗绣花，多好，偏要做酱油。哼，趁机让她断了这个念头。"

连续几天，丫鬟一趟趟禀报杨庄主："小姐躺在床上，不吃不喝，瘦成了一把骨头，只怕命不久矣……"

杨庄主听了，甚是烦恼，在房里来回踱步："冤家哟！真的惯坏了……去，告诉豆娘，就说我让她重回酱坊。"

某天夜里，管家急匆匆来到正房，说："老爷，人赃并获！您侄儿……"

杨庄主惊异地问："他又掺假？"

管家吞吞吐吐说："岂止掺假？他还倒卖黄豆。"

杨庄主气恼地说："你把那不成器的货，送交我二弟。等等，记得结清他的工钱。"

豆娘又一轮新酱油出缸了。杨庄主品尝过后，满意地点点头："离正宗杨氏酱油还有距离，要努力。"从此，杨庄主把祖传秘法教给豆娘，还刻意带豆娘谈生意，读账本。

又过了两年，杨庄主心中像塞了团棉花。几年前，媒人来杨家跟赶集儿一样，门槛踏破三条，可眼下……哎，不想了。

一天，豆娘拉上一个后生直奔房门口喊爹。杨庄主正想着心事，没太在意。豆娘扯了那后生一把，低声说："跪拜呀。"后生一头雾水。

豆娘扯掉头巾，一头黑绸缎般的长发像瀑布倾泻下来，惊得后生连连后退。豆娘转头冲后生抿嘴浅笑。后生一个激灵朝杨庄主双膝跪下，口呼："岳父大人在上，请受小婿一拜！"

杨庄主大惊，岳父？那是随便喊得的？豆娘急忙红着脸解释："这就是我岳麓书院的同窗师兄王川……"杨庄主见后生俊朗憨厚，身材壮实，心中颇喜。

二小成亲之日，杨庄主喜笑颜开，把一枚刻有"杨氏酱油坊"的印章和几页泛黄的稿子放入豆娘手中。

泛黄的稿子上写着杨氏祖上好看的蝇头小楷：杨氏冰油制作技艺。

原载《传奇·传记文学选刊》2023 年第 2 期

不是一个西瓜的事

徐国平

自从分地到户后，父亲有个习惯，每年除了上缴公粮和留足自家口粮，都要挤出一亩多地栽种西瓜。

四邻八村的人都夸父亲种瓜是把好手。父亲却说瓜好，是要下功夫的。点种，留苗，打头，压蔓，浇水，每道工序都不能马虎。关键是底肥，一定要施土杂肥和豆饼。只有这样结出的西瓜，才跟用化肥催熟的西瓜口感大不一样。

西瓜熟了，父亲就日夜守在瓜棚。瓜地紧靠大道。烈日炎炎，过路的人汗水淋漓，干渴难忍，看见那一个个熟透的西瓜，就忍不住放慢了脚步。

父亲在瓜棚里瞧着，抬手打起招呼，来，吃个西瓜解解渴吧。过路人巴不得，来到瓜棚坐下。父亲躬身从瓜棚的木床底下扒拉出一个西瓜，放到喝水的小木桌上，操刀一碰，嘭，西瓜裂开。瓤红，味甜，质沙。过路人口里啃着西瓜，不住口地夸，好瓜！

父亲一听人夸，就格外热情，跟人家唠嗑，东拉西扯，越唠越近乎，便成了熟人。

成了熟人，父亲自然不好意思收钱，吃瓜人也不再客套，一抹嘴走人。

只是，父亲的熟人越来越多，地里的西瓜就越来越少了。我眼瞅着，心痛地抱怨父亲，不要动不动就给过路人切西瓜吃。父亲却毫不在乎，说，前村后店的，都是熟人，不就一个西瓜，还要啥钱？

就这样，父亲每年种瓜，用母亲的话说就是赔本赚吆喝。我一直不明白，他心里是咋想的。

一年秋后，父亲跟母亲赶着马车去乡粮管所卖粮。雨后路滑，马车不慎翻了，将母亲压在下面。父亲一个人掀不动，路人见此都拥上前，七手八脚，用力将马车翻过来，搬开粮袋，拽出母亲。母亲当时骨折了，路边一家果园的老汉，卸下一扇门板，几个有力气的大叔，一路轮换着将母亲抬到乡医院。父亲感激万分，他们都说，谢啥，俺吃过老哥的瓜，都是熟人。母亲回到家后，还有好几个人，专门送来接骨草和顺筋枝子，也说吃过父亲的西瓜。

父亲自豪地对我说，看见了吧，这就是平时吃俺的瓜结下的人缘。

父亲有了充足的理由，我也无话可说。

又一年，由于干旱少雨，麦子的收成自然不好。好在父亲种的西瓜长势喜人。父亲说，旱瓜涝枣，这瓜保准沙瓤透着甜。

当时，我刚考上了乡中学，学校放暑假。由于母亲的身体不好，家里的花销大。这次，父亲决定拉到城里卖瓜，换些钱给母亲卖药。

头天下晚，挑好瓜装满车。第二天没放亮，父亲就叫醒我赶着马车出了庄。

老家离县城三十多里路。赶到城区，天已大亮，父亲刚停下车，拴好牲口，还没歇歇脚，就跟人打架了。

来找事的是街头的小贩，看父亲的西瓜品质好，就缠着要全部收下，可他出的价钱太低。父亲盘算半天，连豆饼钱都回不来，实在不舍得卖。

那个小贩穿花衬衣，敞怀露着胸口的刺青，说话有些结巴，虽然个头不高，瘦了吧唧，却一脸横肉，一看就是个欺行霸市的痞子。

瘦个子见父亲不卖，就拦在车前，指着父亲的鼻子说，这……这块地，我早……早就占下了，快……快滚！

父亲一听瘦个子说话不干净，就犯了倔，推开瘦个子说，啥事有个先来后到，再说这是公家的地盘，又不是你家的炕头。

瘦个子见唬不住父亲，就恶狠狠地抱起马车上一个西瓜摔在地上。

那个西瓜很大，是当年的瓜王。头一天晚上摘下来的时候，我搂着它睡了一夜。我舍不得卖它，可早晨装车时父亲还是默默地把它搬上了马车。

可是，那个瘦个子凭啥把我家的西瓜摔在地上？我很害怕，也很委屈。我藏在马车后面，眼里蓄满了泪水。

父亲知道瘦子是在故意找碴，气得手都哆嗦不停，指着瘦个子说，你吃个瓜，俺不在乎，可你凭啥欺负人，摔俺的瓜？

瘦个子气势汹汹地说，摔……摔瓜……咋了，我还……还要……揍你。说着，他一把拽住父亲的衣领，一拳凶狠地打在父亲脸上。

父亲一个趔趄，歪倒在马车上。没想到，一向懦弱的父亲，瞬间像只发威的猛虎，顺手摸起车厢里一个铁秤砣，怒气冲冲地朝瘦个子扑去。父亲四十多岁的年纪，这是我第一次看到他和人打架。

父亲的鼻子流血了，殷红的血吧嗒吧嗒滴在脚下那个摔碎的大西瓜上。

最后，瘦个子也没有沾到多大便宜，被父亲砸了一秤砣后，嘟嘟囔囔着有些心不甘地退去。

这时，我上前搂住父亲，哭着喊，你平时给人白吃那么多西瓜都不心痛，今天偏偏为了一个西瓜去拼命，你这是为啥？

父亲用手抹擦着鼻子上的鲜血，平息下心中的怒气说，今天不是一个西瓜的事，你知道吗，它代表着咱家的果实，送人吃，是交情，俺心甘情愿。但不能眼瞅着让人白白给糟蹋了，咱更不能让人欺负！

我听了，立刻止住了哭声，使劲地冲父亲点着头。

原载《天池小小说》2023 年第 9 期

鱼香大抄手

陈美桥

春雨浸润，泥土幸福得浑身起酥，暧昧地粘在赶路人的鞋帮鞋底。于是，街道上交错着各式黄泥鞋印。有一双大头皮鞋，在无名饭店前停留很久，鞋头已经磨损，鞋带也因长时间拉扯，失去了张力。

蒙蒙细雨落在穿皮鞋的老人头上，花白的头发丝像吐出了细微的气泡。他退移到饭店屋檐下躲雨，久久打量着斜对面的"鱼香大抄手"店铺。

店老板张瘸子正在刷洗客人刚刚吃完的面碗，洗洁精的泡沫和红油的残余，在那双厚实的手掌上四处游移。这间不到三十平方米的小店，生意十分兴隆。他操持这家抄手店，亲自揉面团，压面皮，做得很精细。特制的抄手皮，比普通抄手皮更方更大，更有韧劲，包着鲜嫩润泽的肉馅，量足饱满。他发明了用辣椒油、酱油等作料调和的鱼香汁干拌吃法，滋味醇厚，食客忍不住赞赏："张瘸子，你这是菜刀剃头——与众不同哦。"

每每这时，张瘸子习惯性地挤出憨笑，向大家拱拱手。他为人仁义，如果有人身上钱揣得不够，他便说："下回一起给嘛。"

这天的洗碗量比平常更多一些。急涌的自来水撞在碗壁，又弹出来，砸在他的眼角。他用手肘去擦水的瞬间，视线移到远处，发现有双眼睛盯着他。目光撞过之后，又各自移到了别处。

无名饭店的老板云巧出门去张罗一些杂事，在街上走了个来回，见老人还立在门口，便问道："大爷躲雨呀，外边风大，进屋坐一会儿嘛。"

风确实吹得老人的脸颊有些泛红，双手冻得微红。他干咳了两声，说道："那就多谢老板了。"

老人在一张条凳上坐下，云巧递来一杯热茶。他双手捧住杯子，轻轻呷了一口，问道："你这饭店咋没营业呢？"

"快了。大爷想吃点儿啥子？"

"我肚子确实饿了，能不能帮我到对面买一碗抄手？"

云巧好生奇怪，老人在门口站那么久，为何不自己到抄手店里吃上一碗？但她看老人的气色确实欠佳，便朝着对面的抄手店喊道："张叔，还有抄手没得？"

张瘸子抬头，看看托盘里的抄手，赶忙答复："不够一碗呢！"

老人听后，对云巧说："不要紧，喊他煮起。"

"煮起哈！"不一会儿，云巧撑着伞过去端抄手。张瘸子给煮好的抄手淋上鱼香汁，又加了小半勺蒜泥和葱花。老人看到碗里鼓胀的大抄手，瞬间眼睛明亮，精神抖擞。云巧将筷子递过去，只见大爷夹起抄手咬了一口，突然走神似的并不吞咽。

"大爷，抄手不对味吗？"

"不是不是。"

"那您……"

"这个张瘸子是本地人吗？"

"不是，是前几年来镇上租那间屋开的店。"

"哦？"

张瘸子是单身汉，勤快老实，除了那条瘸腿，挑不出别的毛病。有媒婆主动为他介绍过好几回对象，他都以残疾为由笑着婉拒，也有人揣测，他心里已经有人了。

他隔壁是一家裁缝铺，铺子的主人，是带着八岁儿子的寡妇严琼花。每当集日，严琼花铺子里人多，来不及做午饭，便打发儿子到隔壁吃抄手。张瘸子知道孩子不吃辣椒，特意做成清淡口味。孩子快要吃完，他又拌上一碗鱼香味的，让孩子端给妈妈吃，而碗里抄手的数量总要比别人多上几个。严琼花端着抄手对着张瘸子笑，两个酒窝显露出来特别好看。

街坊有意撮合他们，但张瘸子总是笑而不答。时间长了，严琼花觉得张瘸子嫌弃自己，便不想和他再有任何瓜葛。张瘸子想向她解释，却又不知如何开口。严琼花也只冷冷回他一眼，那张圆脸再没泛起过一丝涟漪。

老人端着空碗走到抄手店，把钱递给张瘸子，夸赞道："这个鱼香大抄手味道安逸，跟我在永川吃的差不多。"

"难得您夸奖。"张瘸子的脸一下子红了。

老人没有马上离开，他在旁边瞅着张瘸子调完作料，用勺子点一滴沾在指尖尝了尝："浓稠、咸鲜、甘香，就是这个味！"接着从裤兜里拿出一张照片，叫了声："刘道义！"

正埋头往瓶里装调料的张瘸子听到这声呼唤，瞬间呆立，手中的汤勺坠落在地。

"当真是你啊！尽管你隐姓埋名，可你的手艺出卖了你。这世上的瘸子多，但会做鱼香大抄手的瘸子不多。"

"躲得过初一躲不过十五啊！"

"告诉你，你那个老板，坟上都长树了！"

"老板死了？我不是故意的，是他误会我偷钱，跑到厨房来打我，我顺手一推，他撞在厨台角上了……"

"那你为啥子要跑？你晓不晓得，我从警队退休到现在，因为你这桩没有破的命案，一直到处找你。"

"我害怕说是我杀了人……我……没有杀人，真的没有杀人……"张瘸子双膝跪在老人面前。

老人一把将他拉起来，要带他去自首。他瞬间又跪着央求道："警官，请相信我一回，办完这件事，明早就跟你走。"

黎明时分，张瘸子写好两封信，一封塞进严琼花的门缝，又将一大包钞票藏到她放置废布的纸箱。另一封塞进无名饭店门内，便随老人一起搭乘汽车进了城。

云巧展开信，里面详细地记录着鱼香大抄手的制作方法，包括肉品的选用、肉馅的调配，以及鱼香汁的调法。而严琼花那一封呢，不仅道尽了一个男人的深情与无奈，而且他把这几年辛苦赚得的钱，都留给了她。

原载《啄木鸟》2023年第5期

一 诺

张礼新

以前，俞胜有一头长发，留很文艺的中分发型。他的头发柔软而黑亮，由耳边长长地梳过去，在脑后垂下，一丝不乱地搭在衣领上，和他写的诗一样清秀而飘逸。是的，他喜欢写诗，喜欢抒情，喜欢迎风朗诵，而后情不自禁地流泪。即便娶妻生子，他依然这样仙气飘飘。本来他可以一直这样生活在诗中，或者把生活过成诗篇。但是，一场车祸，让他跌回人间的柴米油盐。当然，出车祸的不是他，是他的大哥大嫂。

哥嫂在城里工作。他一直不知道那个大雪的清晨，他们乘车去哪里。大巴车侧翻在郊区的山沟里，一车只幸存几个人，可惜没有哥嫂。他闻讯赶到已是下午。哥嫂的尸身摆放在山沟的斜坡上，上面蒙了一张白布。掀开白布，大哥的眼睛睁着。他抱着从幼儿园接来的柱儿，柱儿伸手去抹大哥的眼睛，但小手一松，眼睛还是睁着。俞胜摸了一把自己的泪水涂在大哥的眼睑上，当着众亲戚说："哥，我承诺，我会把柱儿抚养成人，你安心地走吧。"

大哥的眼睛闭上了。

柱儿是大哥唯一的孩子。那时俞胜的儿子牛牛刚刚出生，妻子素珍还在月子里，他把柱儿接回家。俞胜就弟兄俩，父母早早过世，他不养这孩子谁养呢？素珍懂这个理。

两个孩子相差不大，几年后，都是顽皮的年纪，在一起难免争吵打斗。素珍虽也疼柱儿，但她觉得大的就该让着小的，自然总袒护自己的儿子，俞胜不答应。原本小孩间的吵闹，渐渐演变成大人的纷争。一来二去，矛盾愈演愈烈。有一回，素珍动手打了柱儿，俞胜忍不住也给了她一巴掌。素珍不依不饶，闹着要离婚，俞胜不想纠缠，就同意了。

他单独抚养柱儿，素珍带着牛牛回了娘家。当然，俞胜每月得出一份抚养费。

俞胜是矿上的机电工，工资不高，日子过得紧巴。这期间有人给介绍了几个，女人们都嫌他负担太重。因此，俞胜一直单着。

俞胜倒也没有在意，他的精神世界又回到诗里。诗写了好几本，陆陆续续地在一些报刊上发表。他想出一本诗集的时候，煤矿能源枯竭，关井了。按下诗集的事，他去建筑工地做了搬运工。本来他不需要这样苦自己，可以找一个轻便的活儿，可是他实在是需要钱。这时柱儿上高中，牛牛也在读初中了。

柱儿很争气，也很懂事。知道叔为了他妻离子散。他没有让叔在学习上操过心，一路都是三好学生，高中考上了市里的重点。老师说按照这个趋势，柱儿上清华北大没有问题。俞胜很高兴，他每天往楼上运水泥石子都是一路小跑，嘴里还吟唱着他的诗。只是曾经飘逸的长发变得乱糟糟的，逐渐花白，开始脱落。

等到俞胜第二次想出诗集的时候，柱儿已经在北大念书了。为了柱儿读研究生，俞胜只得放弃自己的梦想。柱儿读完硕士，没有接着读博士，尽快找了工作。他知道叔实在负担不起了。

柱儿的工作不错，在大型国企，收入挺高，他让俞胜不要再去工地打工了，这时候的俞胜腰也弯了，头也秃了。

俞胜的诗集终于出版了，是柱儿出的钱。柱儿要结婚了，说是让俞胜的诗集作为他婚礼上的回赠礼，每个嘉宾发一本。

柱儿在婚礼上说："为了当年的一个承诺，叔辛苦扶养我二十多年，如今，用这本诗集，给这个诺言画上圆满的句号。"

"今天我还请来了一个特殊的嘉宾。"说着让礼仪搀出一个女人，俞胜一看是素珍。素珍也已满头白发。

柱儿带着妻子跪在素珍的面前，柱儿说："婶，当年因为我拆散了你们，今天我要把叔还给您。"

然后，柱儿就翻开俞胜的诗集，里面有好多诗是写给素珍的。柱儿流着眼泪读，每读一首，下面就响起雷鸣般的掌声。

有人高喊："破镜重圆！喜上加喜！"

有人起哄："在一起！在一起！"

俞胜和素珍坐在婚礼台上，都已经泪流满面。素珍摸着俞胜的光头说："当年是我对不起你，对不起柱儿。"

"都过去了。"俞胜叹了口气，"我知道你也一直单着。"

素珍脸一红，拿起诗集，看到封面上烫金的两个大字：一诺。

她不解地望着俞胜。

俞胜嘿嘿一笑："书名是柱儿起的，又描上金水，说这就叫：千金一诺。"

原载《小说月刊》2023 年第 6 期

写牌匾

刘怀远

乔小梁是民国时期的民间书法家，除了种好家里的十亩水田，剩下的时间就是读帖写字。

乔小梁的一手好字是爷爷教出来的，爷爷中过秀才，写一手上好的蝇头小楷。小梁的字写得端正，爷爷就敲他哥哥大梁的头："快临帖吧，弟弟的字比你好！"大梁头一歪躲过去，就是不写。大梁字虽然写得不好，却聪明乖巧，长大后读完大学谋了一份公职。

小梁早上写，中午写，晚上写，从田里回来顾不上洗去两脚的泥，就拿起毛笔。在街上和邻里说几句话的工夫，小梁的手指也会不自觉地画动。乔小梁心情好时，想教儿子练字，小梁老婆却不让，说你除了写字什么都做不好，害我跟你清汤寡水地过了半生，还想再误下一代吗？

爷爷却以小梁为骄傲，走在街上逢人就说："小梁临摹王右军已出神入化，他的字早晚会值钱。"

有人不屑地问："能值多少？"

爷爷并不作答，将下灰白的胡须说："知道交通银行的几个招牌字吧？郑孝胥写的，一字一两黄金！"

众人惊呆，很多人劳作一生也没见过一两黄金哪！

"知道汉口最高的楼吧？猜猜上面'江汉关'三个字花了多少钱。是请湖北省教育厅厅长宗彝写的，给了 500 两纹银！"

"三个字就给这么多？"

从此，人们对乔小梁多了一份尊重，也多了一份期盼。什么时候他的字能卖出好价钱呢？哪怕一个字只卖一块钱，也总算得到了回报，也不会再被他老婆每天戳着脑门子唠叨。

终于，机会来了。

汉阳城里新开了一家大钱庄，钱庄贴出通告，说门前牌匾上"晋商钱庄"四个字要面向大众征集，谁都可以写，只要字好，入选即付500银圆的润格，但只悬挂一年，下一年再重新征集。今天来看，老板就是在变相做长期广告。

通告一出，百里之内的文人墨客都积极响应，三天时间，钱庄已收到上万幅作品。乔小梁也精心写了几幅，送到钱庄。

红木牌匾挂出来，入选的是柏泉镇张老举人的字。据说还不是老举人主动写的，而是钱庄老板对所有应征作品都不满意，亲自带着银票慕名到张府求的。擅长颜体的张老举人稍作推辞，还是非常高兴地收下润格，挥毫之后，顺便把家里的10万银圆存进钱庄。

第二年，规模更加宏大的征字活动开始了。这一年的闲暇时间里，在老婆的监督下，乔小梁只练四个字。乔小梁信心满满地挑出这一年里写得最好的几幅送去了钱庄。不想还是落选了。

小梁老婆安慰道："字是越练越好，说不定明年就能选上你的，就能把银圆拿回家了。"

不想第三年，乔小梁的字依然落选。

乔小梁比平时更少言语了，但还是坚持每天练字。老婆发现他并不是在练"晋商钱庄"这几个字，就扯高嗓子吵："要么就不练，要练就写钱庄那几个字！"

正吵得火热，哥哥大梁来了，了解了原因，又看了案上的字，说："论水平，你绝对能选上的。"

小梁说："选不上就选不上吧，第一年选张老举人的字我是服气的。第二年选的是警察局王局长写的，就有些离谱。第三年更可笑，选了来汉阳城开万国洋货公司的一个洋人写的，写的那是字吗？怎么就入选了呢？"

大梁笑了："是啊，有些需要题字的地方，并不都是写字好的人去写。"

小梁老婆说："我还是希望小梁的字选上，能拿回500块银圆呢，我跟他这么多年，过的都是紧巴日子。"

大梁听了，笑眯眯地点点头。

终于，晋商钱庄的征字活动又开始了，可任凭老婆说干了口舌，乔小梁就是不参加了。老婆说："你若不参加，今后我就不让你写一个字。"

小梁说："宁可不写一字，也绝不去参加。"

夜晚，有人敲门。开门一看，竟然是钱庄老板。老板满脸堆笑地说："久闻先生大名，特来求赐墨宝。"

乔小梁淡淡一笑："我的字功底不够，之前已参加三次，贵庄都没选用啊。"

老板长叹一口气说："都怪请来的评审有眼无珠，造成遗珠之憾，实在可惜，今年您一定要赐字！"

一张银票放在桌上，随后老板展开桌上的宣纸。

乔小梁被老板的诚意打动，他静气凝神后，饱蘸墨汁，一挥而就。

乔小梁的字刻上了钱庄的新牌匾，老板专门设宴款待小梁。席间，老板说了很多恭维的话，说他的字精美绝伦，会给钱庄带来好运，会让钱庄八方来财，所以他认真考虑了，明年可能会破例，牌匾会继续请小梁来写，并且是双倍的润格。小梁借着酒劲有些飘飘然，感觉这些年对书法的痴迷和坚持终于得到了回报，也想起哥哥大梁之前说过的，什么"有些需要题字的地方，并不都是写字好的人去写"。现在看来，这是多么荒谬的一句话呀，看我小梁，不就是凭借书法功力，终于被钱庄选中和认可了吗？

酒宴散时，老板又悄悄塞给他一张银票。小梁以为老板喝醉了，忙推出去："您不是提前给过润格了吗？"

老板谦恭中透出狡黠一笑："我这小生意还请令兄大人多多照应。"

乔小梁耳朵轰地一响，险些栽倒在地。哥哥乔大梁新任了汉口市财政局的科长，分管银行和钱庄。

第二天，小梁老婆兴冲冲地拿来纸笔让他教儿子练字，不想一向温顺如绵羊的小梁咆哮成一头狮子，把面前的纸撕成鹅毛飞雪："字好有什么用？字好有什么用？"

从此，乔小梁再不写字，不写。哪怕夜深人静辗转难眠时，他也只是悄悄用手指在肚皮上画，一撇一捺……

原载《故事会》2023 年 3 月下半月刊

我的老乡叫杰森

崔 民

深夜十一点，手机嘀嘀响起来。我翻个身，摸索着把手机拿过来。瞧一眼，是杰森发来的微信：哥，你说我要做个事儿，咋比登天还难呢？

我认识杰森大概有两年时间。那次我站在京都韵风理发店门前踌躇，一个小伙子从我身后突然冒出来：这位，您要理发吗？那就进来吧。小伙子一头有型的黑发，看着和哪位明星相似。至于哪个，我说不准，反正有些眼熟。

那就进来吧，说得多么轻松。显然他不知道，我对发型的要求是苛刻的，一般的理发师入不了我的法眼。在这之前，一直给我理发的师傅离开北京回老家去了。

我决定赌一回，看看这小伙子是不是能令我满意的理发师。

进了店，我看了看他的胸牌，他叫杰森。

杰森在我头上梳了几下，说：哥，就按照您这个发型理，是吧？

我点点头。

杰森开始用理发剪给我理发，剪子喇喇喇很有节奏地响着，被他摆弄得像个乐器。

哥，你老家哪里？杰森跟我攀谈起来。

哈尔滨，我停顿一下，补充说，索菲亚大教堂附近。

杰森很兴奋地说：哥，我也是哈尔滨的，家离萧红故居没多远，索菲亚大教堂我常去。你看，咱是纯老乡啊。跟我熟络得像老朋友。

哥，你看看发型效果。给我理完后，他询问我的意见。

我对着镜子照，果然，这发型给我增添不少光彩。

后来我知道，杰森来北京已经六年了，曾跟一名很有名气的师傅学徒。听他说他师傅很厉害，经常给大明星理发。

那次我去理发，杰森的脸格外光亮：哥，我师傅真厉害，他又给大明星理发了。哥，我师傅说我的手艺，也能给明星理。说这话的时候，杰森看着我，眼里放着光。

杰森，照这么下去，我看你给明星理发指日可待，祝贺！我夸奖他。他笑着点点头：哥，我听你的。

过了几天，杰森给我打来电话，说他要去给明星理发了。他非常激动，说话声音很大。我为他高兴，也大声说：祝你成功！杰森在电话那边兴奋地回：哥，瞧好吧！

杰森给明星理发的事，在我心里也算是风平浪静了。然而他突然发来这个信息，弄得我睡意全无。我不知道杰森那边出了什么状况，可从他的话里不难听出，给明星理发的事肯定是泡汤了。

我决定帮他这个忙。

大概过了两周时间，许强帮我联系到一个明星，答应杰森可以给他理发。许强是我们报社跑娱乐口的记者，认识的明星多，门路熟。

我带着杰森去见明星的路上，杰森脸上洋溢着笑，跟我说：哥，北京这个地方明星就是多，我来北京最大的愿望，就是给明星理发，连做梦都想这个事儿，真的。

我拍拍杰森肩膀，替他高兴。

我们和许强会合后，便直奔明星住的酒店。到了酒店，许强让我们在大厅等，他上楼联系。

过了十分钟，许强回到大厅，把我拉到一边，说：唉，这个明星掉链子了，说根据剧情需要，他的头发不能理。

这个情况很难让人接受。我回头看一眼杰森，他已经感觉到什么，走到我身边，低下头说：哥，我先回去了。杰森用手摸摸肩上装着理发工具的背包，背包外面贴着的明星的图像，很耀眼。

过了一个月，许强找到我，说他又联系到一个明星，已经敲死了，肯定不会掉链子。

我立刻给杰森打电话，可是电话却无法接通。我连打了三遍，仍然是无法接通。只好去理发店找杰森，到了店门口，我的手机响了，是杰森打过来的。我接起电话，抢先把这个好消息告诉他。

我松了口气，要是再联系不上他，就会失去这个好机会。

我把手机靠近耳朵，仔细听杰森回话。我想这个消息足以让他欢呼雀跃。然而杰森的语气极其平静：哥，我想明白了。谢谢你为我费心。

我目瞪口呆，不知他那边发生了什么。这个杰森，怎么突然来个一百八十度的转弯。

我准备了一大堆的话，要跟杰森讲。走进理发店，听说我找杰森，一个小伙子走过来：我就是杰森。我看那小伙子一眼：你不是杰森。小伙子指着自己胸卡说：您看看，杰森就是我，没错。

旁边一位理发师笑了，跟我解释：杰森是工作代名，你要找的那个杰森是以前的杰森，他已经辞职了。

杰森辞职了，这可太出乎我预料。

不久，家乡朋友告诉我一个消息，哈尔滨新开了一家明星理发店，是北京理发师经营的，喜欢新潮发型的人，不用去北京了。他说：嘿，好火啊，天天有人排队。这个店长声称来店里理发的人，全都是明星。你说是不是挺有趣。

我想到了杰森，百分之九十九是他。

原载《当代人》2023 年第 8 期

时间煮雨

王利群

二舅，又没调成。小雅在电话里沮丧地说。我心一沉：咋又调黄了？她愤恨地说：还是公司里那个管人事的女人捣的鬼……哎呀，又下雨了，好冷。

小雅挂了电话，我仿佛看见她顶着秋雨失魂落魄地奔跑的身影。

小雅是大姐的独生女，其父在她很小的时候就去世了，当海员的丈夫长年在海上漂，这就把抚养孩子、打理家务和照顾母亲的重担全压在小雅肩上。于是她就跟领导申请从目前工作的总公司调到离家较近的分公司上班，想腾出更多的精力照顾家庭。

按理说，一个系统内调动，不该太麻烦，可她的调动竟连续多次未获批准。仔细一打听，原来是公司跟她有过节的主管人事的一个女人从中作梗。小雅知道后，除了不断向她示好，还千方百计跟她改善关系。结果调动还是屡次受挫，那个女人还甩给她一句话：你想在我手里调成工作，除非太阳从西边出来。

每当听小雅在电话里像要杀了这个女人似的跟我诉说调动失败的原因，我总是极力劝慰她：别急，好事多磨。好啥呀，她叹口气说：只可惜你在外地当局长，远水难解近渴。我便笑着哄她：要不我调到你们县当局长去？她苦笑着说：你可拉倒吧，我在本公司调动都这样难，你从外地往这调不就更……哎呀，又下雨了。真倒霉，每次在外面给你打电话说调动的事就下雨，好像都浇到我心里了，好冷。

放下电话，我的眼前又仿佛闪出她在雨中奔跑的身影。联想这些年因工作调动引发的恶性事件，我真担心小雅情绪失控，对那个女人采取过激举动……

后来，小雅虽然还一直奔波在调动的旅途上，但不知是她被屡次调动失败打击麻木了，还是她感觉有关调动的话题太腻烦了，总之，她在电话里很少再跟我提及调动的事了。这倒使我十分疑惑，即使她那边没下雨，我也好像看见她还在雨中奔跑似的。

一晃十余年过去了，今年省里开展领导干部异地交流活动。说来真巧，我竟被派到小雅她们县里工作。我想小雅听到这个消息，说不定会高兴成什么样子呢。

小雅并没像我想得那样特别高兴。见到我，也没像从前那样扑上来，给我一个大大的拥抱，只是含笑拉着我的手不停地询问我的身体状况。看她变得这样成熟稳重，心想，也难怪，我都是奔六的人了，她哪能还是过去那个天真的小姑娘的样子呢。便不无感慨地说：时间真不饶人哪，一晃都把我们小雅变成中年人了。这算啥，她笑着抬手把垂落前额的一缕白发往后一撩，说：赶明儿个还要变成老太婆呢。

这时，有个女人被人搀扶着一瘸一拐地路过小雅身边，冲小雅苦笑，还不停抖动着惨白的嘴唇，使劲啊哦、啊哦地喊，似乎想努力说出点什么，双眼都喊出了眼泪，可最终也没有喊出话来。

天上飘起雨，搀扶她的人忙催说：下雨了，快走吧！女人又冲小雅苦笑了一下，这才一边不停地啊哦着，一边似乎很不情愿地慢慢往前蹭。

小雅望着她摇晃远去的背影，说：二舅，她就是在我调动上一直坏我事的那个女人。我惊讶地说：是吗？我记得那年回来看见她挺精神的呀。小雅说：嗨，那是挺多年前的事了，现在她正求人办理病退呢。

看小雅这样平静地面对这个女人，我感到非常奇怪。按小雅的脾气，即使不臭骂她一顿，起码也得冲她横眉冷对呀。可是，她竟这样轻易放过了这个女人。难道小雅的心胸真变得这么宽广吗？我便假装愤恨地板起面孔试探说：有病也不行，这些年她把你害苦了。我明天就跟有关科局打招呼，让他们都不给她办病退，替你好好报复她一下。但说完马上就后悔了，我怕小雅真会黏着我这么干，那我岂不成了公报私仇的领导了吗？

可是，小雅却冲我淡然一笑，举头望向佝偻着身子在雨中蹒跚的那个女人，轻叹一声，说：二舅，不用了。这么长时间，该过去的，都过去了。

听小雅这么说，我不知该为她对过往的恨怨释怀的心态感到欣慰，还是该为自己小看了她的胸怀感觉惭愧。一时间，竟不知说啥是好，便推她一把说：快走，别挨浇！想把话岔开。

小雅又淡然一笑，往天上一指，说：嗨，二舅，心里要不下雨，还怕这点雨吗？

我顺着她的手指望去，只见阳光已经冲破乌云喷放出来，地上的雨水正在氤氲飘散。

原载《北方文学》2023 年第 3 期

爱的印记

梁柱生

梁壮从学校出来后，到一家武装押运护卫保安服务公司当现代镖师。

每天早上 6 点半，他和队员们穿戴好黑色制服、钢盔和防弹衣，集合点名，之后迈着整齐的步伐来到枪械库。每两人一组依次进去，登记、领枪、领弹、验枪、上弹。一切就绪后，持枪登上押运车出发。

到达银行金库后，梁壮先下车持枪警戒，迅速观察四周，确定没有可疑情况后，才示意车里的其他人员下车。

押运员和业务员快速进入金库，在银行员工的协助下把装着现金的保险箱用一辆辆铁车子推出来。将钱款按照距离远近分类放入押运车后，便驶向各个银行网点。

到达网点后，梁壮和押运员站在指定位置持枪警戒，业务员则负责把装现金的箱子带进银行。

这天送到最后一个网点，梁壮发现该网点的保安换成了美女，手里提着警棍，身穿保安制服，飒爽英姿，他不禁眼睛一亮。

他看美女，美女也看他，并走过来对他说：嗨，我说你这持枪姿势不对呀，防暴枪怎么能平端着呢？万一走火伤了人怎么办？枪口应该向上或者向下。

他一瞅，果然是这样，原来只顾瞧美女，忘了持枪姿势，连忙说：不好意思，谢谢你提醒！

美女嫣然一笑，到旁边忙碌去了。

送款一结束，押钞员们就要离开。梁壮依依不舍地瞥了美女一眼。美女也正好朝这边看。两人的目光相碰，铿锵，似有火花闪现。梁壮的心弦动了动。他 26 岁了，还是光棍一条。

上了车，美女的影像还在眼前晃，以致梁壮有些魂不守舍。他盼望下午四点早些到来，因为那时要到各网点去把钱箱收回送至金库，就又可以看到美女了。

可这次，他只看到她的背影，因为她一直在补登机那儿为客户服务。

钱箱收毕，路过员工栏，他瞥了一眼其上的照片，知道她叫班江。

此后，班江经常在他的脑海里出现，令他辗转反侧夜不成寐。

这天下午，押运车停在最后一个网点，大家才把钱箱提出，突然从业务大厅蹿过一个戴大口罩的客户，掏出手枪，截住最后那个提钱箱的银行职员：不许动，跟我走！

突发的变故，令押运员们如临大敌，纷纷举起防暴枪高喊：放开他，停止犯罪，不然我们就开枪了！

歹徒叫嚣：敢开枪，我就跟他同归于尽！一步步挪向门口。

押运员怕伤着人质，只好后退，伺机制服劫匪。

说时迟，那时快，只见一道矫健的身影凌空一闪，歹徒手中的枪被踢飞。众人一看，是班江！人质趁机挣脱，把钱箱递给押钞员。歹徒恼羞成怒地跟班江格斗起来。

看样子，歹徒学过武术，功夫了得。班江的武艺也不俗。两人打得难解难分。业务大厅成了演武厅。顾客们先是惊慌，后是掏出手机录视频。这种原汁原味的警匪片，可是很难看到的。

班江毕竟是女性，渐渐体力不支，便从腰间抽出警棍，往歹徒身上一杵。网点主任连忙喊：别……

嗞——随着一股焦味弥漫开来，歹徒被击昏，木头一样倒到地上。

主任跑上前：哎呀，这是演习，你怎么真电？快叫救护车！快！

班江喘着粗气：演习？有没有搞错呀？我咋没接到通知？！

梁壮没跟你说？他说班江他来通知，我就没再跟你说。

他哪跟我说过？他在哪儿？班江环顾四周，她并不认得梁壮。

他就在这儿！主任往地上一指，就是这个被你电昏的人！你刚才踢飞的是玩具手枪!

班江俯身摘掉梁壮的大口罩,原来是那次持枪姿势不正确的那个押运员。

救护车来到,班江和主任把梁壮抬上车。

车子开走后,主任安慰班江:不要紧,顶多是轻伤。小班,真看不出,你的武艺十分高强啊!

班江受到表扬,却高兴不起来:我以为是真歹徒,所以下了狠手。

他忘了通知你,那是咎由自取。经过这次教训,他就会知道,细节决定成败!

下班后,班江到医院去看望梁壮。后者已经醒来。

你怎么不通知我那是演习?班江又嗔怪又抱歉道。

梁壮苦笑:事情一多,就忘了。

还痛吗?

被电处起了水泡,问题不大。关键是倒下时得了脑震荡,要住一段时间的院。

那你就安心养伤,好好休息。我每天下了班就来看你。

两人聊了一会儿,班江问:你的南拳打得不错,跟谁学的?梁壮说:白花堂。班江高兴道:我也是!再深谈,两人还是郊区一所农村高中的校友,梁壮高班江两届。

原来那时梁壮成绩不怎么好,就想扬长避短,报考体育院校,便在高二时跟当地武术名人白花堂学习南拳。后来考上一所大学的体育系。毕业后,又考上了体育学院的武术研究生。

他参加高考那年,发现低他两届的校花班江也到白花堂的武术培训基地学武。只是青涩年纪,羞于表白。不过他暗暗发誓,一定要考上大学,给班江等学弟学妹做个榜样。

我笨,只考上一所不大理想的大学。后来干脆报名参军,在武警部队当一名特警。班江说。

难怪身手不凡。叫你当网点保安，屈才了。

退伍后，自谋职业，慢慢来吧。

众人后来虽知是演习，但那"警匪"激烈格斗的视频还是很快在微信中传开。班江被这家民营银行刮目相看，女行长把她提为贴身保镖。而梁壮也很快被保安公司提拔为押运大队副大队长。

两年后，一对保安夫妻结合。新婚之夜，新郎告诉新娘，那次演习，其实是他故意不通知她的。一是考验她的应急能力，二是创造跟她接触的机会，三是测试一下她的武功，四是把他和她的武艺展示出去，是金子总会发光。

只遗憾在你身上留下了电击的疤痕。

那没啥——爱的印记！

原载《民间文学》2023 年第 3 期

剑　影

郑玉超

鹅城西门有眼古井，井口可容俩成人合抱。一场地震，竟震出了藏于内壁的暗门。连着暗门的是条地道，曲曲折折，通向城外墓穴。我就是沿着这地道进入墓穴的。

第一眼就看到了那只剑匣，抬手欲开，碎了。露出一剑，长丈许，锋利无比。我在史册里见过，它名曰碧血，斩金断玉见血封喉，相传沾血便闪绿光。幽暗的光线里，有具遗骸，身形魁伟。我知道，他就是我一直寻找的鹅城侠士——吕灿。

此刻，风从墓穴顶部的孔中蛇般游进来，凉飕飕黏糊糊的。我不禁打了一个寒战。我用火折子照着那剑，见剑上却烙着"吕不弃"。我一怔。

我将火折子向墓穴深处照了照，不远处，散落着骷髅头，数了一下，21个。它们瞪着空洞的眼眶，让人想见死前的恐惧。

这一切，都仿佛印证着古井的传奇，并非空穴来风。

那是个金戈铁马的年代。公元1139年，刚执掌金朝大权的兀术，就像饿肚多天的豺狼，任绳果为帅、乌烈为先锋，率十万大军浩浩荡荡，朝着南宋这块肥肉扑来。马蹄踏起的尘烟铺天盖地，瞬间将大宋边关重镇鹅城笼罩其中。一个时辰，就破了西门。

怪事就是在此时发生的。乌烈策马挥戈刚近古井，晨雾尚未散尽，忽然，一柄长剑从井中劲射而出，闪着寒光，奔他而来。他挥戈去挡，那剑像长了眼，拐弯转其身后。他根本来不及转身，头就没了。再瞧那剑，放出绿光，引着那头，入井而去。

井中出剑，乌烈被杀，剑又带着头回了井，绳果觉得像是梦。于是，遍寻会水之人，欲下井寻剑。奈何大金地处北边，兵都是旱鸭子。忽想起随军驸马吕不弃，叫来一问，果然会水。让其下去寻剑，爽快应了。众兵跟着看热闹，可想到那剑就发了怵，只好远远望着。

吕不弃立于井沿，头也不回，纵身跳下。众兵惊呼。半天不见动静。绳果手一指，让一兵近前看个究竟。那兵硬着头皮，缩着脖子，两腿筛糠，挪近井边刚一探头，急急抽回。绳果一声喝，他的头弹簧般再一伸，又一缩。井水幽暗，平静如常。

一兵嘀咕：淹死的喝足水，会浮上来。

绳果又一指，让那兵夜间守在井边。那兵哭笑不得，恨自己多嘴。一夜过去，并不见有尸浮出。

又有兵管不住嘴：井里八成有妖。这话一传十，十传百，很快传遍军营，搅得人心惶惶。偏有一副将不信邪。他拍着胸脯，打着酒嗝，向绳果打包票：我在井边守着，看有妖没有？

入夜，他一手拎酒坛，一手持火把，坐在井沿上，边狂饮边瞅着井。一阵风起，火把灭了，副将噌地扔了酒坛，就去拔剑。这时，井中剑又闪着寒光，飞了出来。不远处的兵惊叫一声，晕了过去。等醒来急报绳果，再去查看，副将的头无影无踪。

绳果吃惊异常，命在城外安营扎寨。即便这样，也难安生，不定深夜哪个时辰，那剑又飞进大营，取的不是带头将领的头颅，就是杀伐太重的兵的脑袋，而后，闪着绿光奔古井而去。那刚被斩的头颅像中了蛊，紧随其后。众高手想拦，谁知连影也沾不到。绳果摸了摸光秃秃的脑袋，倒吸了一口气。

21颗头颅丢了。绳果思来想去，决定填井。谁知，它就像个无底洞，填了三天，也不见石头露出水面。他只好悻悻作罢。

坐在墓穴里，我望着那些骷髅头，脑中不断跳跃着两个名字：吕灿，吕不弃；吕不弃，吕灿……我感觉自己距离真相更近了。

眼瞅天色渐暗，我向着吕不弃深深鞠了一躬。这时，风从墓孔里吹进来，轻轻的柔柔的，舒服极了。我顺着地道返回古井，耳边听得残破的井壁中，有秋虫在鸣唱。

我只是个考古工作者，续写历史不是我的主业。但如此经历强烈地刺激着我的好奇，让我夜不能寐。我借来满床的鹅城史志，甚至野史，丝丝缕缕中无不佐证着我在墓中的灵光一闪。当晚，我很激动，喝得酩酊大醉，倒头便睡。

不久，就见白发飘飘、侠士装束的吕不弃走过来，腰间挎着的正是那剑匣，我知道匣中就是那柄碧血剑。

你是他吗？我问。

没错。他答。

我笑了。

你真是一个怪人！他也笑，问我，你是怎么瞧出吕灿和吕不弃都是我一个人呢？

我邀他坐下，两人就像久别重逢的好友，端起酒杯，边喝边聊。

吕不弃告诉我，他本就是鹅城人氏，名叫吕灿，乃当年剑侠吕少秋后人。三岁，习剑道练轻功。十岁，身快如电，剑术无双。十三岁，被时任鹅城太守李纲举荐给了康王赵构。其时，赵构胸怀大志，目光远大，料定金国将是大宋头等大敌。遂遣吕灿入金，成为卧底，蛰伏待机。并在重镇古井暗挖地道，巧设暗门，以备后用。吕灿为表心志，遂取不弃作为化名。入金后，他赢得兀术之女芳心，成为驸马。

我尚有疑虑：为何只杀乌烈，不杀绳果？

吕不弃叹了口气：在金国，我虽贵为驸马，却受尽乌烈百般挑衅侮辱。每一次，都是绳果帮我，我才得以保全。不过，要不是因为门……他欲言又止。

你是成功的间谍。我赞道。

吕不弃摇摇头说，与其说我，不如说速度。

我再一细瞧，哪有吕不弃？那酒杯尚在冒着热气，那是我刚斟上的暖酒。忽然，风起，见一长剑，在空气里恣意游走。

我击节赞叹。

风止，可空气如波，犹在颤动。再一瞧，吕不弃赫然坐于对面，端起那酒，对我说，谢谢了，一饮而尽。他大笑三声，身形晃动，转眼不见。

我从梦中惊醒，发现床头的《鹅城野史》正翻在新的一页——吕灿乃鹅城千古传奇，曾谜一般存在，又谜一般消失。我知道，正是当年的填井之石堵死了暗门，也堵住了吕不弃的生命之门。

原载《安徽文学》2023 年第 9 期

界 河

安晓斯

五十岁的时候，夫妻俩都觉得很累。老李就对老婆白燕说，吵了三十年了，也不知道还能活多久，能不吵就不吵吧。白燕同意老李的意见，不吵了，真不想再吵了。

退休后，夫妻俩回到了十几公里外的农村老家居住。老家的院子宽敞，阳宅，坐北向南的堂屋是五间大瓦房，宽大的院子像个小花园。农村的房屋布局，当中三间是大客厅，两头是两间小卧室，东屋一间是小厨房。

抽了口烟，喝了口茶，叹了口气，老李对老婆白燕说，为避免吵架，咱各住各屋，各做各饭，各花各钱。他们还商量着在院中间挖了条小沟，找工匠用砖、水泥和瓷片砌好，做成一条长长的水池。

老李说，男左女右，东为上，我住东边卧室，你住西边卧室。

不想再争吵。老婆白燕说，成。

从此，院中间那条长长的水泥池子就成了夫妻俩的界河。

植树节到了，夫妻俩又商量着在大门口正中间栽了一棵绿化树，约定好了，老李走东边，白燕走西边。

小院里，界河边，放着两把一模一样的竹椅子。为消磨时光，老李买了张小桌子架在了界河上，上面摆着他们常下的那副五子棋。每天，夫妻俩就隔着界河说说话，下下棋，有时还争论点从朋友圈看到的稀罕事。遇到家里的大事小情必须决策，又争执不下时，就下五子棋，谁赢棋就按谁说的办。大多的时候，赢家都是老李，白燕就嘟哝着说老李耍赖。小日子慢慢过，老夫妻糊涂活，一天天就这样稀里糊涂地过去了。

农家小院里，窗台上都会有青砖垒成的鸡窝。鸡要下蛋了，就会飞上去，呆卧在鸡窝里铺垫的麦秸上，肚下面压着主人预先放好的引蛋，愣怔半天后，咯咯嗒、咯咯嗒地叫起来。这是告诉主人，下了一个蛋。

那天，白燕喂养的一只黑花母鸡发癔症迷瞪了，飞过界河卧在老李的鸡窝里下了个蛋。在界河边竹椅上晒太阳的白燕，就去老李的鸡窝里收走了那枚热乎乎的鸡蛋。同样在界河边那把竹椅上晒太阳的老李，正好看见白燕去他的鸡窝里收鸡蛋。

这不太好吧。老李说。不是自己喂的鸡下的蛋，就不要去收。

白燕不服气。是我的黑花母鸡飞错了地方，把蛋下到你的鸡窝里了。

老李说，啥证据？白燕就拿出手机，给老李看自己抓拍的照片。照片上，那只黑花母鸡刚下完蛋走出老李的鸡窝，正仰着脖子咯咯嗒、咯咯嗒地叫着。

无话可说，老李就点点头。

趁着老李上洗手间，白燕顺手在老李的小菜园里薅了一把蒜苗。转过身，老李正站在她身后。

这季节蒜苗正贵，按市场价，再低一点，收两元钱。老李的竹椅上用小绳子拴着个微信二维码，就顺手递了过去。"嘀"一声，白燕扫码支付两元。

那天正值农历二十四节气的惊蛰，夫妻俩没事闲聊。老婆白燕就问，惊蛰是啥意思？老李说，惊蛰的意思是天气回暖，春雷始鸣，惊醒蛰伏于地下冬眠的昆虫。农谚说，"未过惊蛰先打雷，四十九天云不开"。白燕就问，真的假的啊？老李笑笑，很准。当天晚上，真的就电闪雷鸣，下起大雨来。老李知道白燕害怕打雷，就端着茶壶来到老婆的卧室陪她坐着。看到老李进来，白燕眼角湿湿的。你还记得啊？给老李的茶壶加过开水，白燕又端过一盘老李喜欢吃的水果。《晚间新闻》播完了，雷停了，雨小了，老李从沙发上站起身，端起茶壶往外走。你睡吧。白燕的泪水就一个劲儿地往外涌。

结婚纪念日到了。白燕割了韭菜，包了饺子，坐在界河边吃，还剥了大蒜，倒了一小碟醋。正巧那天老李吃酸汤面叶（方言：面片），薄薄的白面片在碗里晃，上面撒着葱花、香菜末，汤上漂着的小磨香油闪闪发光。

白燕知道老李喜欢吃水饺，就递过去几个。老李也用勺子盛了点酸汤递过去。白燕说，知道今天啥日子不？老李装出一副茫然的表情。高兴了，天天都是好日子。

吃过饭，两人就看界河里养的鱼。白燕养的鱼是红色的，老李养的鱼是黑色的。白燕就说，上次那鱼食钱，该算算了。老李就用手机扫码支付五元钱。白燕的手机设定了语音：微信收款，五元。老李笑笑，真像个卖鱼食的老太婆。

日子如春水般平静流过，界河两边的竹椅子上，老李和老婆白燕就这样打发着漫长的光阴。界河两边的葡萄树也长得旺盛，粗壮的老藤蜿蜒曲折，爬满了界河上面用竹竿做成的葡萄架，一嘟噜一嘟噜的葡萄紫红紫红，很是喜人。

忽然有一天，他们接到闺女的电话。闺女要生孩子了，想让白燕去那座大城市里帮着照看孩子。

临走前那个晚上，白燕走到老李的卧室前。我明天就要走了。

半夜，老李走到老婆白燕的卧室前。我查了查，得坐两个小时高铁。

送走老婆白燕，老李坐在界河边，呆呆地看着对面那把空荡荡的竹椅子，心里空落落的，有一种莫名的酸楚。

老李拿出五子棋摆在界河上面的小桌子上。擦擦眼角的泪水，老李对着那把空椅子说，老婆啊，咱下盘棋吧，我让你赢。

正流泪间，手机响了，是老婆白燕在高铁上和他视频。

老李就把手机镜头对准界河上的小桌子让白燕看，黑白相间的棋子摆满了棋盘，那局五子棋，界河对面的白燕真的赢了。

原载《民间故事选刊》2023年8月上半月刊

荞麦花开

肖曙光

荞麦花开了一茬，又开了一茬。粉色的花落了一层，又落了一层。门前那条路，你望了一回，又望了一回，回回都让你的心空落落的。

这条路上，你曾经背着他，后来是牵着他，再后来追着他，看蝴蝶儿风筝升起、升起，再升起。他咯咯地笑，哈哈地笑，把欢乐洒在路上。

那年，为了一家人不被饿死，三斗荞麦面让你进了他家的门。夜里，你要醒来好几次，轻声唤醒他。他枕着你的胳膊，睡眼蒙眬不肯起床。他尿了炕，婆婆又要责备你。

小懒虫，莫磨叽了。你咯吱他。他呵呵笑着，在你怀里打滚。姐，痒，好痒呢。他喊你姐哩。你叹口气，硬声道，不去撒尿，不要跟我睡。

不嘛，我怕黑。他奶声奶气道。

你的心软了，抱他起床。撒完尿他又钻进你的怀里，摸着你瓷实的奶、柔软的腹，安心地睡觉了。

等到你眼角爬上细细的鱼尾纹，他长成了少年，稀疏的胡须，突出的喉结，俊朗的面容，你心里有了一丝欣慰。

他去城里读书了。一去就是好多年。

公公婆婆相继去世，你还没把他等回来。

当粉色的荞麦花点燃村庄的黄昏，一支队伍从路尽头走来。几名女兵搀扶着一位怀孕的女干部住进了你家。

女干部原来是城里的一位学生，后来成了队伍里一名宣传员。她教你识字，告诉你妇女要解放自己，要破除一切封建的东西，包括自己的婚姻。我解除了父母包办的婚姻。她抚摸着隆起的肚子，满脸自豪地说，我们是自由恋爱的。

没有爱情的婚姻就是一座坟墓。

她的话让你懵懵懂懂，父母之命，媒妁之言，怎敢不从？你想起他奶声奶气的声音，想起他腼腆的笑容，想起他渐渐长出的胡须，心里柔柔的，暖暖的。

女干部批评你没觉悟。一脑门子的封建思想。她挥舞着手里的纸说，签吧，在离婚书签上你的名字，就解放了自己，与这个封建家庭彻底决裂了。

你愕然，但不能违抗。用颤抖的手签了字，"荞妹"两个字就像煮熟的荞麦粑粑，滚烫滚烫的，把心都烫伤了。

密集的枪炮声响起，敌人包围了村子。你抱着一个月大的荞花，拼命往森林里钻。寻到一处山洞，便躲藏起来。生产后的女干部因身体虚弱，被战士抬着朝另一个方向突围。

等到枪炮声稀疏了，你望了望山下，开着荞麦花的地里，此刻，被炸弹撕开了一个个巨大的口子，荞麦花在硝烟中痛苦地呐喊、呻吟。

夜深了。黑黢黢的山洞里，躺躺睡觉了的荞花一只小手伸到你的胸脯，摸着你下垂的乳房。你轻轻把荞花的手拿开，一会儿，荞花又把手伸过来，小嘴咂巴着。你也怕黑呀。你摸着荞花粉嫩的小脸蛋，长叹一声道，咋跟你爹一个样。

突围时，女干部把荞花托付给你：见到她爹林子，就把孩子交给他。

荞花的爹竟然是林子，那一刻你惊呆了。难怪这么多年他不回来，难怪要我签名。你摸摸怀里的那张纸，现在明白了，心里一阵哀叹，解放了我吗？是解放了你们呀。

姐。你好像听见他在喊你。你猛然惊醒，环顾四周是黑沉沉的夜。我是姐呢。你清醒过来，抱着荞花，悲凄的哭声弥漫在山洞里。

天亮了，通往村里的泥土路上，躺着一地的荞麦花和人畜的尸首。

女干部得救了，在增援部队的帮助下冲出了包围圈。女干部和一位身材高大魁梧的首长，向你敬了个军礼，感谢你保护了荞花。

首长叫林子，但不是他，这让你额手称庆，又有点失落，你们不再是夫妻了。

增援部队的一名连长负了重伤，部队决定让你来照顾他。几名战士抬着连长进了屋。刹那间，你愣怔了——林子！躺在担架上的林子，胸前凝结着一团紫黑色的血。

林子吃力地抬起头，冲你歉然地笑了笑。那笑容烫了你的眼，泪水瞬间扑簌簌落下。你制止了要把林子抬上炕的战士，抻平了床单，又拿出一个枕头，和你那个泪迹斑斑的枕头并排放在一起，然后，俯下身轻轻抱起林子。他躺在你怀里，安静得就像当年你抱他起床。

荞麦花又开了，艳艳如火焰般映照你的脸。你虚着眼，往门前那条路看去，一个蹒跚的身影欢实地向你走来。你急切地迎上去，几缕白发飘扬在风中……

原载《小说月刊》2023 年第 4 期

恩　人

冯伟山

　　杨连长和小陈躲在一座大山半山腰的山洞里，已经两天两夜没吃东西了。杨连长望着瘦弱的小陈，眼睛湿了。他吃力地从地上坐起来，拍了拍小陈的肩膀，说："干革命嘛，总有困难和牺牲的，咬咬牙，我们会挺过去的。"小陈是他的警卫员，刚满十六岁，身子骨瘦小，但聪明机敏，杨连长很喜欢他。

　　已是深冬，从洞口向外望去，大山连绵，那些光秃秃的树木在寒风中战栗，满眼的萧瑟。小陈说："连长，这附近连个野果也没有，你又有伤，咱不能困死在这里啊。我下山看看附近有没有村子，想法弄点吃的吧？"连长说："也好，一定要注意安全啊。"小陈点了点头，为了便于隐藏身份，他把旧军衣脱下来，又反着穿上了。

　　半夜时分，小陈悄悄下了山洞，他定了定方向，沿着崎岖的小路一直向西走去。走了十几里，竟听到了狗叫声。是村子！小陈兴奋得在心里叫起来。村子不大，住户也稀稀拉拉，小陈小心翼翼地在村子里走着。走近村北的一座屋子时，里面漏出了微弱的灯光，小陈停下脚步，竟隐约听到了说话声。他停顿了片刻，走到后窗轻轻敲了几下。

　　里面问："谁啊？"

　　小陈说："过路的，想讨碗水喝。"

　　里面又说："院子没有院门，进来就行。"

　　小陈进去时，屋子里飘着一股直钻鼻孔的香气。他忍不住使劲吸了吸鼻子，又仔细看了看，才发现屋里一男一女两个老人正在忙活着。老头很瘦，但精神挺足，他抬头打量了小陈几眼，和蔼地说："孩子，不光渴了，也饿了吧？"

　　小陈赶紧说："是啊，是饿了。"

"这锅里烧的是豆浆，马上就好了。"老人说着，又往灶膛里添了一把柴。

通过简单交谈，小陈才知道老人是做豆腐的，每天都是这个时候忙活，等豆腐做好鸡就叫头遍了。稍微打个盹儿，再早起到各个村子走街串巷去卖。每天起早贪黑，好歹能挣碗饭吃。等一碗热气腾腾的豆浆递给小陈时，他竟有些不好意思了。推辞了一下，还是接过来一口气喝下了肚。老人又给他盛了一碗，他说啥也不喝了，犹豫了一会儿说："大伯，我还有个伙伴在挨饿呢，能不能给我找点吃的捎着？"老人点了下头，让老伴给拿了几个窝窝头，又用瓢盛了一些豆浆让小陈端着，然后说："走吧孩子，你的伙伴也许饿坏了。"小陈做梦也没想到，这老人太通情达理了，心里暖烘烘的，说了声谢谢，转身走了。

隔了一天，小陈又来了。老人一点也没感到意外，他边做豆腐边和小陈聊天。他轻声问："孩子，你是队伍上的人吧？"小陈吃了一惊，还没回答，老人又说："那晚你一进屋，虽然你特意反穿了衣服，我还是一眼看出了军服。看你那么懂规矩，我猜你是共产党队伍上的人吧？"小陈警惕地看着老人，一句话不说，下意识地用手碰了下腰里的盒子枪。老人一笑，低声说："这个村里没有杂七杂八的人，你就放心吧。我儿子也是共产党队伍上的人，比你大不少呢，他参军整整八年了。"老人说得很自豪。小陈松了口气，说："大伯，那咱们就是一家人了。"小陈就简单把连长如何带人去村子里筹粮，如何遭到日本兵伏击，队伍如何被打散简单说了几句。老人皱眉听完，长长地"唉"了一声。屋子里的香气又氤氲开来，豆浆在大铁锅里欢快地跳跃着。还和上次一样，小陈喝完，带走了一些窝头和豆浆，这次还让老人给准备了一捆干草。老人说："路上不好走，我帮你送去吧，也顺便看看那位受伤的同志。"出于安全和警惕，小陈婉言谢绝了。

小陈还和往常一样，隔一天来一次，算算也五六次了。每次老人都是竭尽所能，除了吃喝，还去镇子上的药铺好说歹说买了一些消炎止痛的药物，并把自己平时不舍得穿的一件棉袄也送给了小陈。

小陈最后一次来的时候，天快亮了。豆浆没喝上，却得到了老人割下来的一大块豆腐，热气腾腾的，把小陈感动得不知说啥好。小陈说："大伯，我俩要去找队伍了，您的恩情永世不忘，请您留下名字，等革命胜利的那天，我们会来报答您的。"说完，从口袋里摸出仅有的一块银圆塞到了老人手里。老人说啥也不要，银圆又塞回小陈的口袋里。他说："孩子，这点小事不值得报恩，都是为了革命嘛，你就知道这个村里有个做豆腐的卢老汉就行了。"小陈再三感谢，朝老人深鞠一躬，带着豆腐走了。

五年后，杨连长带着队伍又打到了当年避难养伤的大山附近。这时，杨连长已经是杨团长了。他没有忘记那位做豆腐的卢大伯，就让小陈去找，并一定把卢大伯请来当面感谢。当小陈高高兴兴地把老人请来时，杨团长快步迎上前去。当两双手紧紧握在一起时，他一下愣住了。"爹！怎么会是你呢？"老人听到喊爹，也愣住了，等看清真是自己儿子时，"哇"一声哭了。好久，老人才说："那年你跟八路军走了，地方反动武装就三天两头来家里折腾，实在没法活了，就和你娘逃到了一百里外的卢村，多亏村里的族长相帮才住下来。因村里全是卢姓，为了亲近，也为了不暴露自己的身份，就谎称也姓卢，还学了做豆腐的手艺，总算活下来了。活着，就是盼着全国解放的那天，咱们一家团圆啊。"

杨团长眼含热泪，意味深长地说："是啊，全国解放的那天，团圆的何止咱一家啊，是千家万家，这多亏了咱们军民的鱼水之情啊。"

原载《短篇小说》2023 年第 4 期

爱情飘摇

崔 立

一大早，李小丽被一个催命符般的电话给吵醒了。不用猜也知道，是鲍晓菲。鲍晓菲是李小丽的闺蜜，这么多年的死党了。

"李小丽，你起来没有啊？"

"哦，起来了起来了。"

"别忘了今天的约会，我帮你约了多少次才约到的啊。"

"我，我能不去吗？"

"什么什么，李小丽你到底什么意思啊，你怎么可以不去呢！"

鲍晓菲的声音陡然拔高，像一台匀速行驶的车，油门一下踩到了底！这速度，可是让李小丽吃不消呀。

"好，好，我去，我去还不行吗？"

咖啡馆里，鲍晓菲李小丽还来早了，这个叫唐海波的中年男人几分钟后也到了。唐海波带着笑，连连道歉说："对不起对不起，让两位小姐久等了。"李小丽打量着眼前这个男人，脸周正，浓眉大眼，如果不看日渐稀疏的头发，真看不出这是一个40多岁的男人了。

唐海波显然看出了李小丽在看他，不由微微一笑说："这位是李小姐吧？晓菲，你们看看，想吃什么——"

鲍晓菲说："唐总，我们可不是来喝咖啡吃糕点的啊。"

唐海波说："哦，那我先自我介绍下吧。我叫唐海波，单身，有个上大学的儿子，基本不用管了，开一家公司，规模不大不小，一年几千万利润没问题——"

这个男人在滔滔不绝地讲，李小丽在默默地听，也在想鲍晓菲的话：这可是个金龟婿，你千万不要错过呀，他老婆是五年前过世的，为了儿子，一直没再娶，这次也是因为儿子读大学了，才想起来续弦的。又想起了鲍晓菲的数落：你眼角的鱼尾纹，你也三十好几的人了，不要再挑三拣四了，找上这么一个身家的男人，过富太太的日子，你知道我费了多大的劲儿帮你找到的吗？

李小丽还想到了另外一个影子，那个影子说："小丽，和我一起走吧，我照顾你。"那个影子说："小丽，我等你三年了，你就不能和我走吗？……"

李小丽是完全神游了，直到听到唐海波的声音："李小姐，你还好吗？"

回去路上，鲍晓菲吧嗒吧嗒地数落李小丽，说："你到底是怎么想呢？"李小丽说："我没怎么想啊。"鲍晓菲盯视着李小丽的眼睛，说："你还在想周楚生？我觉得你还不如当他死了的好。"那个被尘封的名字猛地又跳了出来，覆在了影子的身上，往事、回忆，排山倒海般地袭来。

李小丽再见到唐海波，是在一家海鲜餐馆。李小丽喜欢吃海鲜。鲍晓菲知道，那唐海波自然也知道了。

一桌子的海鲜，鲍鱼、扇贝、生蚝，还有霸王蟹，唐海波给李小丽的盘子夹满了。唐海波说："李小姐，别客气，不够再点。"

唐海波看向李小丽的眼睛里，暖暖的。

李小丽隐约看到了周楚生的影子。那个时候，周楚生也喜欢给李小丽的盘子里夹满菜，说："可劲儿吃呢。"

唐海波还开了一瓶茅台，给自己面前的小杯里倒满了，要给李小丽倒。李小丽拦住了，说："我不喝酒的。"鲍晓菲说："小丽，喝一点吧。"鲍晓菲拉住了李小丽阻拦的手，唐海波顺势倒了酒，也就是倒了一小杯。

唐海波说："李小姐喝一点点就可以。"

鲍晓菲笑了，说："看不出来，唐总还挺照顾小丽的啊。"

李小丽不由看向唐海波时，看到了他眼中的另一点的暖意。像触电似的，李小丽的眼睛迅速地逃离了。

李小丽决定忘记周楚生了。

李小丽接到了父亲的电话。父亲说："你妈的病，不是很乐观。"又说："你妈还是希望能看到你结婚的一天。"

母亲病了有几年了。前几天，李小丽去看母亲，母亲已经不能说话了。

那天晚上，李小丽去了鲍晓菲的家里。鲍晓菲的老公去外地了。

李小丽打开周楚生的号码，拨过去，毫无例外地，你所拨打的电话已关机——记不得已经有多少日子，这个电话打不通了，像这看不到尽头的夜晚的黑。

"李小丽，不要再想周楚生了。"

"好好和唐海波过日子吧。"

"要不是我结婚了，那个唐海波哪有你的份儿哦。"

最后一句，是鲍晓菲的玩笑。李小丽听着，突然像被触动了什么，是不是女人心头的那根敏感的弦。

鲍晓菲收拾几件衣服去洗澡了，扔在沙发上的手机闪着光，还没来得及自动锁屏。

李小丽不知道自己是怎么想的，走过去拿起手机，查找通话记录，很快翻到了唐海波的电话，就拨了过去。

电话响了三下，被接起了。

"晓菲我的小妖精，是不是又想我了？今晚你老公不在，我现在过来？——"

原载《南方农村报》2023 年 3 月 4 日

狼　嗥

张建春

令子山常回老屋。老屋宅在紫云山深处，山石构建的，上百年了。老屋陈旧，不大的窗户难点亮黑洞洞的空旷。

令子山回老屋主要是去看望爷爷、奶奶和父亲、母亲，他们都已挂在了墙上。

爷爷、父亲的目光像刀子，奶奶、母亲的目光柔和，都一律的古旧，却又能把令子山一而再地吹动。

令子山顺带着还要看看一张狼皮，它也挂在墙上。

狼皮是挂在四张相片对面的墙上的，若干个铁钉固定了它，如是一张干枯的树叶，悬在嶙峋的山石上。据令子山父亲生前说，这是紫云山最后一匹狼的皮，是令子山的爷爷领着父亲埋伏了一天一夜猎杀的，枪弹穿过了狼的双眼，皮毛完好无损。

狼皮剥下绷在了墙上。和狼皮同时存在的还有一张奖状，是给打狼英雄令子山的爷爷的，也曾贴在墙上。但纸质的奖状被山雨和虫子叼走了，狼皮似铁，多少年了还承接着爷爷刀子样的目光。

令子山一直以为，墙上爷爷和父亲刀子样的目光是专门对着狼皮的，狼皮也是狼。

令子山爷爷一辈子猎杀过一百零一匹狼，令子山父亲说起这些时很是骄傲。那时的紫云山狼多，成群结队，还常结队下山，撕咬家禽家畜不说，很多紫云山人留下过狼咬的疤痕，甚至有孩子被狼扛进了深山。

夜间的狼嗥，往往吓得窗户的灯光明了灭，灭了又明。于是就有了爷爷持枪打狼，就有了不止爷爷一个的打狼英雄。

随着令子山爷爷的枪响，最后一声狼嚎消失了。令子山的父亲说，自此晚上的觉睡得安稳，有了长长的梦乡。

令子山没听过真正的狼嚎声，紫云山狼嚎声消失已久了，令子山也就没了少时害怕被狼扛去的提心吊胆。

令子山到深山老屋和祖父母、父母对视，不知何时多了样事情，学狼嚎，嗷——嗷——嗷。令子山是对着狼皮嚎叫的，嚎声让狼皮上的毫毛抖动，如是一匹狼又活了。令子山学狼嚎过后，转身看爷爷和父亲，他俩的目光交汇了下，变得锋利，狠狠地投向狼皮，似是令子山的嚎叫磨亮的。祖母和母亲的目光是游离的，像在说：这不是狼嚎，那嚎叫有杀气，有血腥味。

嗷——嗷——嗷。令子山不管，他放开了嗓门嚎，让群山呼应了再呼应。令子山太希望听到狼嚎声了，希望这嚎声穿透山的寂寞，和群鸟的啼鸣交织在一起。

令子山有些责怪爷爷和父亲，为何不停止扣动扳机，让最后的狼嚎留在紫云山？

曾死去的山如今又活了，活了的山缺少狼嚎的穿插。倒是野猪、兔子、獾子、山鸡等横行霸道，让令子山头痛。

单就一个野猪，祸害了多少山林、良田。野猪赶不走，撵不完，猖狂得和人对峙，血红的眼像是要吃人。

有了狼，有了狼嚎，野猪们还敢造次吗？

令子山是大学毕业后只身回到紫云山的，他是山之子，他爱紫云山，他要在紫云山干一番事业。紫云山是多好的地方啊，山清水秀物产丰富，大有用武之地。

令子山干得不错，紫云山的一角因他而沸腾起来。可没有狼嚎的山不是紫云山，令子山为这苦恼。

前不久，一家文旅公司找到了令子山，要在山里办家名为"紫云星野"的民宿，规划设计都是一流的，令子山为之心动不已。"紫云星野"打出了"深山观星语，林间听狼嚎"的广告语，令子山一下子愣怔了，哪来的狼嚎？

令子山又一次来到山中老屋，他把责怪的目光投向祖父和父亲，转而冲着狼皮，嗷——嗷——嗷地嚎起来，一声比一声惨烈……令子山要唤醒爷爷和父亲，阻止若干年前的那场猎杀。令子山知道这是不可能的，场景置换不过来。

"紫云星野"还是落户了紫云山。令子山做了保证，山大林深什么鸟都有，山和山相连，狼会来的，林间的狼嚎会出现的。"紫云星野"信了令子山，实际上是听信了紫云山。

果然，在"紫云星野"开园的夜晚，星子从苍穹飘来，闪闪烁烁；而狼嚎声隐约地从林间传来，忽忽悠悠。

是孤狼的嚎声，但也真切。这一夜，令子山潜身在老屋里，背对着祖父母、父母的目光，对着狼皮嗷——嗷——嗷地嚎着，直到嗓子嚎出了殷红的血……

终于有一天，深夜的紫云山响起了群狼的嚎叫声。那嚎叫声从山的深处传来，连带着山声林声夜鸟声，交响而混杂，但狼嚎声是主调。令子山在睡梦中惊醒，蓦然间就热泪盈眶，多好听的声音哦。

第二天，令子山去了山中老屋。老屋依旧，打开门，令子山惊呆了，那张枯叶般的狼皮不见了，留在粗糙的山石墙上的，是一匹朝天狂嚎的狼的身姿，深深地铭刻在山石的纹理间。

墙上，令子山祖父母、父母的四道目光平和，悄然地投向门外，向山岚处飘飘而去。

嗷——嗷——嗷。紫云山的狼嚎此起彼伏，搅动山云和日月。

原载《安徽文学》2023 年第 5 期

雕花木床

张学鹏

老梁祖上阔绰，不料中途败落，到老梁这一代，只剩下一座老屋，一张雕花木床。

雕花木床很精美，惹得方圆百里的人来看稀奇。

老梁知道花床是古董，很珍贵，很值钱，具体值多少钱，他不得而知。

杏花初绽，老梁扛起铁锨，开始在路两旁栽树，这是村子通向外界的唯一道路，老梁住在路旁。

日近头顶，村主任领着两个城里人来看花床，碰见老梁在栽树，老梁将三人领到花床前。

两人围着床转。老梁说："这是典型的清代鎏金黄花梨木架子床，整床线条感强烈，雕刻精巧，图纹讲究，寓意深刻。"

老梁还说："这张床浑身上下富丽堂皇，由内向外共有五层，每层檐板上雕着梅、兰、竹、菊，花丛中穿插蝙蝠、喜鹊、寿桃等多种动物植物，寓意平安吉祥，浓缩了古人对美好生活的向往，确实难得。"

城里人说："这床卖了吧，我们出五万块。"

老梁的头摇得像拨浪鼓，说："不卖。"

城里人依依不舍，无奈离去。

荷花绽放时，老梁正在修路，路连接着国道，老梁每天走这条路，修路方便自己也方便别人。村主任领着四个人又来看床了。

四人来到床前。老梁指着床腿说："这四条床腿很特别，分别套装四个铜狮头，狮头毛发飘逸，五官端庄，又不失萌态，非常俊美。"

老梁又说："你看这围板，刻着松柏仙鹤，仙鹤在呼唤伴侣，寓意夫唱妇随，益寿延年。"

老梁还说："你看床罩上雕刻的百合花，花丛中立着十只凤鸟，凤鸟形态生动，似在放声歌唱，象征着十全十美、百年好合。"

城里人围着花床拍了一些照片，说："这床卖了吧，我们出八万块。"

老梁摇了摇头。

"十万呢？"

老梁说："不卖。"

四人苦笑，只好离去。

秋叶飘零时，老梁正在给雨水冲坏的路基培土。村主任带着八个人来看床。

在床前，老梁说："你们仔细看一下，这个床的雕刻技术非常讲究，用了镂雕、透雕和浮雕等工艺，图案纹饰遍布全身，具有很高的研究价值。"

老梁又说："你看第三层的床罩排面，九朵牡丹花盛开在藤蔓中，六只绶带鸟栖于枝叶之上，呼之欲出，'绶'与'寿'谐音，同牡丹花在一起，寓意富贵长寿，是很有学问的。"

老梁还说："你看床板下的排面，雕着鼠戏葡萄，九只老鼠趴在葡萄上，惬意地戏耍。葡萄多籽，而老鼠又叫耗子，'耗子'谐音'好子'，寓意为家庭多子多福，家兴人旺呀。"

八个人围着床转了一圈又一圈。城里人说："这床我们出二十万，卖不卖？"

老梁摇了摇头。

村主任说："老梁老梁真奇怪，价钱越贵越不卖。"

八个人悻悻离去。

一场大雪之后，老梁正在道路上清扫积雪。村主任带着男男女女十多个城里人来看床。

一个人说："这条路泥水太多，我们的车就不进村了。"

村主任说："这条路早该修了，但是村里没有钱修，已经打过报告了，等吧。"

十多人围着花床忙了一上午。一个人说："我们给你二十五万，卖不卖？"

老梁说:"不卖。"

"三十万呢?"

老梁依然头摇得像拨浪鼓。

村主任说:"老梁,三十万不少了,卖了吧,过了这个村,可没这个店了。"

老梁又摇了摇头。

城里人说:"你说个价吧。"

老梁说:"我不要钱,床白送你们。"众人皆惊。

老梁又说:"但是我有个条件,你们修好村里这条路。"

城里人说:"这不是小事,我给领导汇报一下,再答复你,好吗?"

很快,报纸对老梁的事迹做了报道:《一个人和一条路》,大意是村民出行难,老人义务修路三十年,如今想捐献自家的花床来修路。

报道一出,市县领导高度重视。

刚一开春,修路开始了。春暖花开时,一条平坦的水泥路与国道连在了一起。

为感谢老梁,村主任让老梁给路取名字。老梁说:"就叫致富路吧,路是党委政府为人民修建的,希望村民沿着这条路,跟着共产党致富奔小康。"

路修好了,老梁信守承诺,把床捐了出去。花床成了当地博物馆的珍宝之一,观赏它的人络绎不绝。

老梁一生修路护路,99岁仙逝。村民为了纪念老梁,在路口立了一块碑,将"致富路"改名"红心路",碑上刻着一副对联:一颗红心两只手,战天斗地绘新图。

顺便说一下,老梁名叫梁红心,中共党员,抗美援朝后勤运输老战士。老梁无数次冒着枪林弹雨,沿着被炸毁的道路运送战争物资,侥幸捡回一条命。

原载《商丘日报》2023年2月24日

我的煎饼摊

陆惠明

于军与同事在工作上发生了点小摩擦，一生气他就没去上班，早上睡到自然醒，洗漱完毕就去跃进路弄堂口买早点。高新区打工的人多，弄堂口煎饼摊的生意自然不错，当然主要是味道不错。于军经常光顾，与煎饼摊老板成了老熟人。

队伍排得不长，等轮到于军的时候，煎饼摊老板接了个电话，然后对于军说："小兄弟，我有点事走开一会儿，你要不急就等我一会儿，顺便帮我照看一下摊位。"说完老板急匆匆地走了。

老板一走，排队的顾客嚷嚷开了，有的人等不及就走了。于军也是打工的，知道早上赶时间上班的辛苦，见顾客急不可耐的样子，他一时心血来潮，决定露一手，为大家摊起了煎饼。还别说，于军做得有模有样，刮，铲，起，翻腾，折卷，一气呵成。

于军长得神气，惹得排队的几位年轻姑娘惊叫起来："好酷啊！"纷纷拿着手机在拍视频，有人开玩笑地说："你这颜值做煎饼真是浪费了！"有人问："你是不是大学生啊？"更有人直接问："你有没有女朋友啊？"边上的人就跟着起哄。

可于军自始至终保持一个表情——微笑。他一声不响，专心致志、娴熟地摊着煎饼，一张又一张，动作潇洒地将煎饼折叠起来，装进了纸袋里，递给顾客。

于军正全神贯注地在摊煎饼，突然"嘎"的一声，一辆城市综合执法车停在了摊位前面，从车上跳下来两位执法人员，让于军出示身份证件，说："在马路边摆摊是违法行为，我们反复宣传，你却依旧不改，今天我们只能对你进行罚款，并没收工具。"

于军连连摇手说："我不是老板，老板有事走开了，叫我临时照看一下，见大家等得心急，我才想露一手，为大家摊起了煎饼。"

执法队员笑了："你这故事编得谁信啊，你手法熟练，技术一流，绝对是个老手，你的视频都霸屏了。"

于军哭丧着脸说："我真不是老板！我以前没工作，也是干这行的……"无论于军怎么说，执法人员就是不信，开好罚单让他尽快去处理，然后车子嗖的一下开走了。

围观的人七嘴八舌地议论开来，说这个老板肯定是知道执法队员要来，故意逃跑了，因为这个摊位不值几个钱，抵不过罚款的金额。大家的中心话题就一个，觉得于军被罚冤枉，他不该来蹚这浑水。

于军开始不相信老板是故意离开的，可他左等老板不来，右等老板不来，这下不由得他不信了。老板不来，于军蒙了，摊位不是自己的，可罚单上留的是自己的信息，好端端地来买早点的，没事找事，招来了罚款之祸。不去处理是绝对不行的，会影响自己的征信，以后坐高铁都买不了票。

正当于军不知所措的时候，煎饼摊的老板从马路对面飞奔而来，惊惶失措地大叫着："我的煎饼摊呢？……"

于军见煎饼摊老板回来了，终于松了口气，这说明他开始的判断是正确的，老板没有故意离开。他急忙将罚单递到他眼前，然后把自己帮他摊煎饼，执法人员来执法的事情经过讲了一遍。

煎饼摊老板听了，急切地拉着于军就走，来到执法大队，老板跟执法人员说："他是来买煎饼的，我才是摊主。"执法队员打量着煎饼摊老板，说："你是老板？当时你怎么不在？他是顾客怎么又在摊煎饼？谁能证明？"

煎饼摊老板低着头说，早上他接到医院打来的电话，医院给他老妈下了病危通知，让他马上去医院签字。到了医院，医生详细告知他他老妈的病情，准备明天就手术。他在医院办好了一切手续就赶回来准备收摊，没想煎饼摊没了。

老板继续说："我们社区能证明，因为我老妈常年生病需要照顾，我没办法出去正常工作，只能靠摆摊维持生计……"

执法队员打电话给社区，确认煎饼摊老板说得没错，就跟老板说："在马路边摆摊是违法行为，基于你家庭的实际困难，这次就免于处罚，但今后一定要到指定的合法区域摆摊，不能影响市容市貌……"煎饼摊老板连连感谢！

回来的路上，于军说："大伙都说你为了逃避罚款不要摊位了，起初我真不信，可等了半天不见你人，我不得不信了，没想你是去了医院。如果你还不来，我就只能自认倒霉去交罚款了。"老板说："那我成什么人了？我虽然现在生活很困难，但我相信，只要我伸出双手认真做，真诚地面对未来，将来一定会好起来的。"

于军郑重地点点头，心里为他点了个大大的赞。突然他的脸一红，跟老板相比，他跟同事那点小摩擦真不是个事，于是他决定明天就回单位上班去。

原载《微型小说选刊》2023 年第 6 期

关小宝

邢庆杰

关小宝在家里是独苗，自小沉默寡言、体弱多病。他爹怕他长大了吃亏，就带他拜到了北乡武师李铁头门下学武。李铁头的功夫一般，教了五十多个徒弟，没有一个出类拔萃的。后来，关小宝成为当地名师，真正的功夫并不是出自李铁头，而是一个神秘的高手传授。

关小宝二十岁的时候，父母相继去世。他白天去生产队干活挣工分，晚上练武，倒也自得其乐。

这年冬天的一个雪夜，关小宝正要睡觉，忽然听到有轻轻的敲门声。开始他以为自个听错了，因为他不善言谈，也无打扑克、下棋之类的喜好，所以私下里和村里的人极少来往。他走到院子中央，侧耳听了听，直到敲门声再度响起，他才拉开门闩，打开大门。

雪光映照下，门口站着一个陌生的男人，极瘦，衣衫单薄破旧，冻得像筛糠般抖个不停。

关小宝吓了一跳，随即将他拉进来，关紧了大门。

关小宝把那男人安排到土炉前，让他烤着火，自己动手给锅里添了水，升上灶火，馇了一大锅黏粥，并把饼子切碎，烩到黏粥里。那人连吃了三大碗，身子才不抖了。

关小宝这才问，你是从哪里来的？

男人苦笑了一声说，落难之人，不说也罢。

关小宝从男人穿的号服上，已经猜到他是从东边的劳改农场跑出来的，在这个农场改造的，全是一些被打倒的知识分子。但关小宝没有说破，他把锅里的热水淘出来，让男人洗了脚，擦了身子，把他安排到热炕头睡下。

大雪整整下了一夜，又下了一天，傍晚前才渐渐停下来，积雪已经有一尺多厚了。晚饭后，关小宝把院子里的雪打扫干净，开始自己每晚的功课。那个男人站在门口，看着关小宝练基本功，正踢、侧踢、斜踢、里合腿、外摆莲、前扫蹚、后扫蹚、二起脚、旋风腿、前空翻、后空翻……练完基本功，又开始练套路，长拳、短拳、燕青十八翻……

等关小宝练完了，那男人轻轻拍了几下巴掌说，好！漂亮！

关小宝咧开嘴，笑容还没舒展开，男人又说，这种花拳绣腿，中看不中用。

关小宝有些不高兴了，你懂武术？

男人点了点头说，略懂一点。

关小宝立即来了兴致，那你露一手，给俺开开眼。

男人说，咱们过两招吧！

两人在天井里拉开架势。

男人说，你尽管来吧，不要留手。

关小宝开始还有些放不开，怕伤着男人，几招过去，发现自己根本碰不到对方的一丝毫毛，这才放开手脚，攻势迅猛起来。那男人动作幅度不大，却恰恰能躲过密集的拳脚。不到几个回合，关小宝已经气喘吁吁了。而那男人，还气定神闲，犹如闲庭信步一般。他求胜心切，猛然一个侧踹，想把对方踹出去。不料，男人绕过他的腿，欺身贴近，用肩膀在他前胸一靠，他整个身子便跌了出去，直挺挺地摔在了地上。关小宝不服，起身再战，却被对方连连击倒。他这才明白遇上了高手，赶紧跪下拜师。

男人将他扶起来说，拜师就不必了，咱们兄弟有缘，我长你十几岁，你就叫我大哥吧。

男人这才告诉他，自己在柴火垛里已经躲藏三天了，晚上听到他练武的声音，觉得有缘，才敲了他的门。

男人练的是八极拳，属地方小拳种，但极重实战。因关小宝有较好的武学基础，男人也是倾囊相授，仅用了一个月的时间，他就掌握了八极拳的精要。

男人走时，没和关小宝打招呼。是一个早晨，关小宝一觉醒来，男人就不见了。

第二年的冬天，临近年关时，抢劫、盗窃案件明显多了起来。最恶劣的一起，是城关镇信用社半夜被抢，两个值夜班的男子，一个被杀，一个重伤。由于两人宁死不肯说出保险柜的密码，劫匪并没有抢到钱，只掠走了一些物件。公安机关推测，劫匪没抢到钱，还会寻机作案，贴出公告让各单位提高警惕。一时间，各个信用社、银行储蓄所人心惶惶。

关小宝的邻居大壮在镇信用社工作，他本来就胆小，出这档子事后，再也不敢一个人去值夜，轮到他时，就央求关小宝去陪他。关小宝反正是光棍一条，在哪里都是睡觉，所以也就应了他。

说来也巧，就在关小宝第二次陪大壮值夜的那天，劫匪真的来了。下半夜，关小宝和大壮睡得正香，劫匪用撬棍撬下防盗窗，破窗而入。关小宝和大壮从睡梦中惊醒。大壮拉开电灯，就看到床前站着四个男子，一个胖子手持猎枪，一个瘦高个持撬棍，另两个长发男子各持一把短刀。

大壮当即就瘫在了床上，连话也说不出来了。

持猎枪的男子低声喝道，想活命的，赶紧把钱交出来！

关小宝从床上一跃而起，随手将身边的一个枕头甩向持猎枪的胖男子，乘他躲闪，一个箭步上前，左手抓住枪管，往上一抬，一声枪响，子弹打在屋顶上，他右拳迅速击出，重重击打在那人的太阳穴上，那人摇晃了一下，就软在了地上。拿撬棍的瘦高个已将撬棍带尖的那头向他狠狠刺过来，他一把抓住棍尖，一个侧踹，将他踹了个仰面朝天！随即把撬棍投了过去，棍端正击中面门，瘦高个当即晕了过去。那两个持短刀的对视了一下，发一声喊，一起拿刀向他砍过来。他侧身避过，绕到一人侧面，左手抓住对方持刀的手腕，一拽将其胳膊抻直，右手在其肘下一托，随着一声惨叫，对方的胳膊咔嚓一声就折了！剩下的一个大骇，拿刀拼命乱舞，不让关小宝靠近。关小宝上面虚晃一招，同时一脚蹬在对方的膝盖上，又是咔嚓一声，对方惨叫着，抱着腿在地上翻滚起来……

四名劫匪落网，关小宝一战成名，周围十里八乡爱好武术的人纷纷拜到他门下学艺，一时间竟收徒上百人。

不久，县体委将关小宝招聘到武术队，做了散打教练。几年后，关小宝双喜临门，一是县体委为其办理了正式调入手续，他成了一名正式的体育教练；二是他和一位教体操的女教练喜结良缘，成了家。如今，年逾八十岁的关小宝身体仍硬朗，他退休后回到以前的旧院里，早晚练功，还教着几个徒弟。

原载《边疆文学》2023 年第 8 期

永不放弃

王明新

对于那次去桃花沟煤矿，老所长曹宽回来后讳莫如深，好像保守着一个巨大的秘密。事情的起因是这样的，18年前，他们这个派出所辖区内发生一起重大杀人抢劫案。两个农民去县城赶会卖羊，因为路程远，回来的时候有点晚了，说晚其实也就是刚刚黑下来。他们卖了羊，一路说说笑笑，兴致勃勃地往前走，路过一片玉米地的时候，突然遭到两个人的棍棒袭击，两个卖羊的农民全被打死，钱被抢走。第二天，一个叫刘强的到派出所自首，供出另一个人叫刘洪。据刘强交代，他们要的是钱，并不想让受害者死，当时因为过于紧张，失控了才发生了那样的不幸。因为死了人，他太害怕了才自首的。

刘洪在逃，一直没有归案。

刘洪有个姐姐，已经出嫁，刘洪出逃后家里只剩下刘洪父母两个老人。对于这桩悬案，曹宽一直没放手，每年他都要带着民警小马多次去刘洪家走访，看望两位老人，问问刘洪有没有什么消息。据刘洪的父母说，自刘洪出逃后从没与家里联系过，走访邻居得到的答案也大致如此。大约是两年前，刘洪的父亲突然来到派出所，送来一张刘洪的死亡证明，证明说刘洪在陕北一个叫桃花沟的煤矿挖煤时发生矿难身亡。第二天曹宽就去了陕北。派出所总共三个人，除所长曹宽，还有一位是女同志，剩下的就是小马了。小马要与曹宽一块去，曹宽以经费紧张为由拒绝了。对于这次陕北之行，曹宽回来后只字未提。

下午，曹宽带着小马来到镇上的墓碑作坊，因为刘洪的父亲去世了。刘洪父亲的墓碑已经刻好，在"先父刘良昆之墓"一行字下面，依次是刘洪和刘洪姐姐姐夫的名字，再下面是刘洪两个外甥的名字。出了墓碑作坊，曹宽给刘洪的母亲打电话。电话接通，曹宽先表达了哀悼之情，让刘洪的母亲节哀顺变，然后问刘洪的父亲什么时候下葬，届时他要送老人一程。年年家访，曹宽早已与刘洪的家人成了熟人。镇上有一片公墓，是一片山林，人死了火化后大都安置在公墓里。

刘洪父亲下葬那天，曹宽带着小马去了公墓，刘洪父亲的骨灰安放下后，他们一起向刘洪的亡父鞠了三个躬，然后就回来了。

按照民间风俗，人死七天后，要举行一次大的祭奠活动，俗称"过头七"。刘洪父亲头七这天，曹宽让小马换上便服与他一起去公墓。小马说，一个死亡逃犯的家属，下葬的时候我们已经去了，够意思了，头七就算了吧。曹宽说，现在还不到你说了算的时候，小马就闭了嘴。小马其实不小，30多了，老所长曹宽面临退休，小马是接任者。

除了刘洪家的亲戚，村里人也来了不少，曹宽与小马随着众人参与了全部祭奠过程。半上午的时候活动结束，人们开始下山。曹宽快步走到一个40岁左右的男子跟前，让他留步，然后掏出警官证问他，你就是刘洪吧？男子乖乖地点了点头。这一切发生得太突然了，小马还没反应过来，刘洪已经被曹宽铐了起来。

这之后，曹宽才公开了那次去桃花沟煤矿的"秘密"：桃花沟煤矿是个不合法的小煤矿，刘洪的确在那个矿上打过工，矿难发生后，矿主潜逃，工人很快也作鸟兽散了，至于那次矿难死了几个人，死者是谁，没人说得清楚。这些信息是曹宽在煤矿附近的当地农民那里打听到的，因此他对刘洪的死存疑。

曹宽说，果然这家伙还活得好好的，不容小马打断他，曹宽继续说，后来刘洪的父亲去世，我打电话告诉刘洪的母亲我们去参加葬礼，目的是麻痹刘洪。他父亲的葬礼我们去了，过头七的时候，我们没打电话通知，他肯定以为我们不会再去，而他没能参加父亲的葬礼，过头七必定要去。

但是，刘洪有死亡证明，你去桃花沟调查也没查出结果，怎么断定刘洪一定还活着呢？小马迫不及待地抓住机会说。

曹宽说，按照当地风俗，立碑人如果死了，刻在墓碑上的名字要用黑框框起来，那天我们去看刘洪父亲的墓碑，刘洪的名字并没有黑框，所以我断定刘洪不仅没死，而且与家里有联系。至于那张死亡证明，可能正是刘洪本人搞的鬼把戏。

原载《南方农村报》2023 年 7 月 8 日

香 水

刘永飞

今天是她面试的日子，她觉得她应该让她未来的同事们觉得她与他们有些与众不同的地方。于是她取出了那两款香水。

此刻，正当她在镜子前对使用哪一款香水犹豫不决时，她的父亲已经汇入了上班的人流。路上，他一边抹去额头的汗珠，一边狠狠地给了自己一个巴掌。他觉得把女儿送出去是他这辈子犯的最大的错误。否则，都退休了，也不至于还要拖着肥胖的身体去挣钱养老。

他是个导游，经济并不富裕。当年，为了让女儿出国，他40万卖掉了一套回迁房。天知道，由于被划成学区房，待女儿回国时，这套房子已涨到1500万了。

这些也就算了，倘若拿个绿卡回来也值了。可是女儿偏偏未能如愿。当初，为了留在国外他们也是想尽了办法。比如为了积分，连袜子都不愿洗的女儿申请去做志愿者——帮人家扫马厩。可是就连这个又脏又累的活人家也不给她机会。后来一打听，她前面还有100多个留学生排着队呢，等轮到她签证早过期了。

后来，为了延长签证，给女儿找工作换取时间，他们不停地给她报各类培训班。总之，只要能让她留在国外的事情他都去做。一来二去，夫妻俩的棺材本被掏空了。结果，女儿还是回来了！

回来就回来吧！他相信凭着女儿的留学背景找个好工作并不难。可是他做梦也没有想到，如今的留洋生已经没有先前的吸引力了。甚至有的单位觉得她们出去就是镀金的，未必真有本领。别说好工作，一般的工作也不好找了。

无奈他上下打点，求爷爷告奶奶，总算帮女儿落实了工作。他一打听收入，差点昏厥过去，就凭这点年薪，女儿工作 100 年也赚不回那套 1500 万的房子啊！想到此，他又给了自己一个耳光。巴掌落在多汗的脸上格外脆响，惊得座位两旁的人赶紧逃离。他顾不得这些，他真希望每个人都过来给他一巴掌。

其实，她今天的面试只是个过场，因为之前的铺垫父亲早帮她做好了。她过去就是填个表格，下个月正式上班。所以她的脚步格外轻松。

当她填完表下楼经过卫生间时，一下子停住了脚步。她闻到了一股浓烈的与她身上同款的香水的味道。家里的两瓶香水是她在那个让她倾其所有仍不能留下来的国家买的。这香水很贵，贵得让人望而生畏，一般都是上层人士才用得起的！显然，这个公司有人跟她用同一品牌的香水，而这个人很可能就在卫生间。想到这里她浑身不自在起来，于是快步离开了。

正式上班的那一天，她换了另一款香水。初次上班，人事部的领导带她每个部门走走，互相认识认识。她的所有精力都集中在谁在使用那个牌子的香水上。每当领导介绍同事时，她会主动上前跟人家握手，其实，她是想闻闻人家身上的味道。这样一来，她大抵就知道这个人的身价了。

几个部门串过来，她发现今天的同事没人涂香水，她有些失望。可是接下来的事情就是让她不舒服了。因为当她去卫生间时，她竟然又闻到了现在身上香水的味道。也就是说，她们单位里有同事跟她一样在使用这两款昂贵的香水。接下来的日子，她一直在留意这个人是谁，一直未能成功。

这一天，她刚走进卫生间，突然，从一个紧闭的位子的门里传来喷东西的声音。随之，一股浓烈的和自己身上一模一样的香水的味道传来。她心里一阵激动，她断定喷香水的这个人就要出现了。她想这个人倒是怪异的，竟然在卫生间里喷香水。同时，她已经在揣测这个人的职务、年纪、容貌和背景了。

正琢磨间，门开了，出来的是打扫卫生的阿姨。让她惊掉下巴的是，阿姨手里拿着一瓶香水，而且是那种超大装的。阿姨以为她等着上厕所，连忙说着抱歉，给她让路。她没有挪步，而是眨巴着眼睛有些结巴地问阿姨："这……这卫生间的香水是……是你喷的？"阿姨说："是的，我一般两种香水轮流喷。"

"哦，咱们公司可真有钱，买这么贵的香水喷厕所！"

"不是公司买的，是我从家里带来的。"

"啊……"

见她表情吃惊，阿姨又告诉她，这香水是个亲戚从国外带回来的，而且每年都给她带，其实她本人并不喜欢喷这些东西。

她说："阿姨，您可真奢侈，拿这么贵重的东西喷厕所，您知道吗，这两款香水可都是很贵很贵的！"

阿姨说："嗨，这有什么奢不奢侈的，不就是个香水嘛。你不知道，这厕所时不时的会反味儿出来，工程部几次都修不好，我就是想喷一点压压臭气，对我来说，这东西就是用来压臭味儿的。"

"啊……"

见她张大嘴巴，阿姨又说："小青年，你要是喜欢就拿去，我家里还有好几瓶呢。"阿姨说着话就递香水过来。她看到这华贵的香水的瓶体上沾满了灰尘和黏腻的斑点，显然阿姨用完都是随手丢在什么地方的。

阿姨伸过手来时，她闻到了一股更为浓烈的香水味，不知为什么，她的胃部一阵痉挛，然后抑制不住地干呕起来。只见她有些慌乱地摆摆手，逃也似的跑了。

原载《当代人》2023年第7期

那年的单车

秦兴江

肖亚鹏的手机里有一张照片，照片上有一个穿红色上衣的青年，推了一辆单车，在驻足观望，好像在等一个人。

那辆单车上曾有一个叫李卫红的女孩蹦上蹦下，像一只小鸟快乐地飞来飞去。

第一次见到李卫红的时候，肖亚鹏并不知道她的名字。那天晚上下班后，他走出广告公司，在路口迎面走来一个细高条女孩。那个女孩的腿很长很标致，她上面穿了一件浅蓝色的小型牛仔裤，一头齐肩短发在路灯的照耀下微微呈金黄色，随着走路的步伐轻轻飘荡。肖亚鹏站在路边不动，他就那样看着女孩走来，而女孩始终仰着脸，好像对肖亚鹏完全视而不见。

女孩走的路正好和肖亚鹏回宿舍的路同一个方向，肖亚鹏就一直跟在女孩后面走。虽然手里有一辆单车，但肖亚鹏骑得很慢很慢，他就是想跟在女孩后面，他想看女孩在前面走路的样子。他突然发现，女孩的脖子从后面看起来有些短。肖亚鹏想，可能是因为脖子短她才仰着脸走路吧，也可能是齐肩短发造成的错觉。

这个女孩，就是李卫红。

那天晚上，当肖亚鹏走到出租房门口时，发现女孩也停住了脚步。

这个出租房是城中村里的一栋居民楼，三层，每层六个单间。肖亚鹏租住的是三楼，李卫红住二楼。

我叫李卫红，昨天刚搬来的。女孩很大方，先做了自我介绍。

怪不得以前没见过你呢。我叫肖亚鹏，今天晚上碰到你的地方就是我上班的地方，山河广告——肖亚鹏嘻嘻笑着，干广告的人脸皮从来都不薄。他一只手把单车提上了楼梯，一边说这是我的宝马，是用我来这个城市打工的第三个月的工资买的，前两个月的工资都交了房租和生活费。

李卫红说，你已经不错了，我刚来，一无所有。她又仰起了脸，好像天上有她想要的一切。

从此，肖亚鹏知道了女孩叫李卫红，知道了女孩上班的地方是一家服装店，和他的广告公司就隔了一个路口。

还知道了女孩来自广西，而肖亚鹏的家在东北。

早上，他们有时候一起出门。肖亚鹏听到二楼李卫红关宿舍门的声音，会有意无意咕噜噜从三楼跑下来，然后假装很巧合地说，刚好——我用宝马捎你一程！李卫红也不客气，头发往后一甩，就跳上车后座，一手扯住肖亚鹏的衣襟。

晚上呢，就没有那么巧了。肖亚鹏的广告公司是 9 点下班，而李卫红的服装店是 10 点关门。有几次，李卫红下班的时候，正好碰见肖亚鹏也加班下班，她不知道肖亚鹏是不是故意的。

第二年，阳春三月，不管是白天还是晚上，空气中满满的都是花香。

"这是春天的味道，春天真好！"李卫红依旧是仰着脸，眯着眼睛深吸一口气，"我要去远方，我要当一名服装设计师！"

真的吗？肖亚鹏以为她在开玩笑，李卫红现在只是一个服装店里的打工妹，才刚来这个城市一年。

随后的几个月，肖亚鹏经常见不到李卫红的影子了。不过有几次，李卫红找他借单车。

"肖亚鹏，肖亚鹏——把你宝马给我用一下！"

李卫红在二楼喊。李卫红找到广告公司，在门口喊。

好像这个单车不是肖亚鹏的，而是她李卫红的。说实话，肖亚鹏和李卫红共享的唯一财产就是这辆单车，另外还有一个二人群，两个人时不时在群里发一个随机小红包，看谁抢得多。

很快，一年过去了。

第二年春天，依旧是阳春三月，依旧是满街的花香。

一样的黄昏和清晨。可是，空气中没有了李卫红的声音。

李卫红偷偷搬走了。肖亚鹏去服装店找过几次，都没见到人影。微信留言，只回复一个字：忙。原来，李卫红兼职去当服装模特了。

终于有一天，肖亚鹏远远地看见李卫红在服装店门口上了一辆红色小轿车。小轿车刚要起步，肖亚鹏飞车而至，横挡在车前。

开车的是一个染着红蓝黄七彩长发的酷型男子！此时已经瞪起眼珠子。

李卫红打开车门，仰脸看着肖亚鹏，沉默了几秒钟，一把拉开了肖亚鹏手中的小单车。

花开花落，人来人往中，肖亚鹏不再去找李卫红。只是在一些夜晚，他也学会了抬脸仰望，也学会了吸烟喝酒，对酒当歌。有时看着星空，他会想起李卫红这个名字。想起那个名字的时候，他还会想起李卫红左眼眉上有一颗黑黑的痣，每次李卫红扬起脸的时候，她眉上那颗痣就像一颗黑色的星星。

如今二人群里只剩下肖亚鹏一个人，那个群里最后发了一张照片，是李卫红发的。李卫红把单车送给他，发完照片就退群了。只留下照片上一个穿红上衣的青年，推了一辆单车在驻足观望，像是在等待一个人，又像是马上要出发去远方。

原载《宝安日报》2023 年 1 月 15 日

小蒜煎饼

王 苟

那是周末的上午，你正在书房写小说，一缕阳光透过落地窗照进来，暖暖的很舒服。嘭嘭嘭的敲门声，打乱了你的思绪。谁呀？你站起身，边想边出来开门，看到娘站在门口，一手提着鸡蛋一手提着淘洗干净的小蒜。双手接过娘拎的东西，你微笑着把娘迎进家门。

"小茜和涵涵呢？"娘笑眯眯地问。

"小茜带着涵涵去上早教了。"你说着，给娘沏了一杯茶。小茜是你的妻子，涵涵是你不满三岁的儿子。

娘系上围裙，挽起衣袖，走进厨房，当当当地切着小蒜，搅拌面糊，又往面糊中打几个鸡蛋，搅匀，准备摊小蒜煎饼。

小蒜煎饼是你的最爱，啥时喜欢吃这道美食，你已记不清了。只记得小时候，娘的奶水不够吃，你饿得哇哇直哭，娘就给你摊小蒜煎饼。你吃着娘摊的小蒜煎饼，就不哭了，脸上挂着泪珠却洋溢着笑容。每次过生日，娘问你想吃啥，你总是说想吃小蒜煎饼。娘不论多忙，都要停下手中的活计，背着铁锨，提着竹篮，到田间地头挖小蒜。有了小蒜后，娘先用水淘净泥土杂质，再放到蒸馍箅子上控水，切碎。调面糊的时候，娘说过，要慢慢加水，边加水边搅和，调出的面糊不起疙瘩。面糊的稀稠度应适中，用勺子舀起来，倒下去，以缓慢的直线流下为宜，放一个小时左右醒面后，摊出来的小蒜煎饼才能完整有味。大学毕业后，你在省城参加工作，逢年过节回老家看望娘，还是嚷嚷着要吃小蒜煎饼。好在，老家离省城不远，坐公共汽车一个多小时路程。娘来省城时，常常备好小蒜鸡蛋，给你摊你爱吃的小蒜煎饼。

不大一会儿，小蒜煎饼的清香，就从厨房弥漫开来。

"娘，这么快就做好了。"你还像小时候似的，这样说着，快步来到娘的身旁，把小蒜煎饼切成片，蘸着辣子醋水，吃得有滋有味，两眼直勾勾地看着娘不疾不徐地摊小蒜煎饼。

娘摊小蒜煎饼时，用的是平底浅沿锅，直径有40厘米。娘先往平底锅上擦油，再舀一勺面糊倒进锅里，然后双手端起锅耳朵，上下左右摇匀，再放到灶台上。随着水分蒸发，大约一分钟，娘就摊好了一张小蒜煎饼。

娘在省城住了三天，就要回老家去。"娘，再住几天吧，涵涵离不了你呀。"你拉着娘的手，想留娘。

"不啦，我得赶紧回去。"娘笑呵呵地说，"家里的鸡呀，让邻居招呼喂食，也不是常法。"

"娘，"你突然想起了什么，转身从卧室拿出一把钥匙，放到娘的手上，"再来，就不用敲门了。"

"嗯。"娘把这把钥匙，与老家的钥匙串在一起，抬起头来，问道，"你知道，娘为啥总给你摊小蒜煎饼？"

"我从小就爱吃这个呀。"你不假思索地回答。

"这只是其中之一。"娘无限深情地说，"听老年人讲过，小蒜营养价值特别高。你是高血脂高血糖，多吃小蒜煎饼，对身体有好处。"

这一刻，你的眼睛潮潮的，强抑制着，没让泪水流出来。"娘，中秋节放假，我就回去看您。"

"好的。"娘笑得挺开心。

目送娘坐着公共汽车，渐行渐远，小茜瞅你一眼，问道："娘知道你爱吃小蒜煎饼，你知道娘爱吃啥吗？"

"知道呀，娘爱吃红薯油饼。爹活着的时候，娘每次过生日，爹都亲自下厨，给娘烙红薯油饼，娘可爱吃了。"说完这句话，你一下子沉默了，若有所思。

离中秋节越来越近，你和妻子小茜已经做好了回农村老家的准备，到万家乐超市给娘买件紫红色的大衣、一双运动鞋，还有一些生活用品。意想不到的是，在中秋节那天，小茜的单位要组织中秋诗会，涵涵的早教班要举行亲子游戏，你的杂志社约稿还没有完成。看看实在走不开，你就给娘打了个电话，说不回去了。

小茜单位组织的中秋诗会，涵涵早教班举行的亲子游戏，都是中秋节上午活动。吃过午饭，你没有心思品尝圆圆的月饼，开着车，与小茜、涵涵一起，向老家的方向驶去。

老家门前的广场上，你停好车，看到家门紧锁，心想娘可能在邻居家闲聊，就掏出钥匙打开房门。伙房门后有半篮红薯，你灵机一动，想学着爹的样子，烙红薯油饼，给娘个惊喜。你先把红薯洗净、蒸熟、去皮，搅成薯泥，放到面板上掺面，边掺边揉，直到形成面团，然后切成面块，撒上面粉擀成饼状。

小茜忙着生火，你忙着往平底锅中倒油，油热，就开始放饼。你拿着小铲子，不时地翻动着，正反两面起好多泡泡，吱吱冒着热气，香甜爽口的红薯油饼就烙制而成。看到自己像模像样烙成的红薯油饼，想到娘吃红薯油饼时那种开心的样子，一种自豪感涌上你的心头。

"娘，您在哪儿？"左等右等不见娘回来，你给娘打了个电话。

"娘正在给你摊小蒜煎饼呀。今天是中秋节，万家团圆的日子。你们忙，没有时间回老家，娘就到省城来了。"电话那头，娘格外兴奋，没有一点儿疲惫的样子。

你赶忙用保温饭盒，装起刚烙好的红薯油饼，驱车回省城。看到你们一家三口，娘笑逐颜开，端出香喷喷的小蒜煎饼。你也把自己烙制的红薯油饼端出来，与娘摊的小蒜煎饼放在一起。

你用小蒜煎饼卷着娘事先调制好的绿豆芽、土豆丝、豆腐皮，与小茜、涵涵吃得满口留香。而娘却坐在那儿，不动声色。

"娘，这是您喜欢吃的红薯油饼，我亲手做的，您尝尝吧。"你给娘夹块红薯油饼，放在娘面前的小碟里。

"我胃溃疡，已经有五年不能吃红薯油饼了。"娘向你摆摆手，喃喃地说。

看着白发苍苍的娘，你顿感无地自容，脸上热辣辣的，眼里闪着泪光。娘因患胃溃疡，五年不吃红薯油饼，作为儿子的你，竟然一点儿也不知情。

原载《山西文学》2023 年第 1 期

抉 择

林万华

短短的五分钟，主任军医龙晓阳接听了两个电话，这使他再次面对一道必须做出抉择的难题。

庚子年正月初五的清晨，龙晓阳刚走出 G 市火车站出站口，军裤兜里的手机就急促地响起了铃声。他避开出站口的人群，接听电话，是大哥的声音，低沉、焦急：晓阳，你到 G 市了吗？县医院的医生，刚刚又下了病危通知书，父亲现在已昏迷不醒，昨天他还问你什么时候回来呢，你……

父亲病危，随时都可能离他而去，此前，父亲一直都在盼着他回家过年，他是父亲最疼爱的小儿子。龙晓阳想到这里，心"咯噔"一下沉了下去，眼圈也红了。

作为主任军医的他很清楚，父亲 86 岁，癌症晚期，已无力再与病魔继续抗争，但他不相信，病情发展得这么快。初秋，父亲刚做完手术，送父亲回老家时，父亲拉着他的手说，今年春节回家过年吧，爸等着你。为让父亲高兴，他毫不犹豫地说，过年时一定回家陪您。当兵二十多年了，春节他很少回家，最近几年，春节都是在战区总医院度过的，医院还有住院的战友，他是主任，也是老兵，他要陪战友们一起过年。

今年春节，院领导特意安排他休假回老家看望父亲，就在他将要启程时，科室军医小庞接到妻子的电话，说孩子早产了，让他尽快回来。这可急坏了小庞，他恨不得马上飞到妻子身边去安慰她，陪伴她，也想第一时间看到自己的孩子。可他清楚，龙主任已经多年没回老家陪父亲过年了，而且父亲身患重病，他能陪伴父亲的机会越来越少了，自己请假，龙主任一定会留下来替他值班，他于心不忍啊。正不知如何是好呢，龙主任主动找到小庞，并命令他赶快回去照看妻子。

这个春节，龙晓阳又是在病房里度过的，直到正月初四。

年三十晚上，在值班室里，望着窗外夜空中绽放的烟花，听着时远时近炸响的爆竹声，他心里无比想念父亲。他用手机联系大哥，让大哥把手机放到父亲的耳旁。他知道父亲说话已经很困难了，他强忍着悲痛，仍一五一十地把自己不能回家的原因讲给父亲听，他知道父亲是个明事理的人，他相信父亲会理解他，支持他。果然，父亲听他说完后，断断续续地说，年三十回不来，初五回来，你什么时候回来都是年，爸等着你。父亲的话，顿时让龙晓阳热泪盈眶。

正月初四晚上，龙晓阳把春节前就为父亲准备好的营养品、新衣服都打包装好，半夜乘坐动车，次日一早就赶到了 G 市，再转乘开往郊区的公共汽车，一个多小时后，就可以回到老家，见到父亲了。

此刻，他接听完大哥的电话，便加快脚步朝汽车站奔去，突然，裤兜里的手机再次响起铃声，是院长的电话：遵照上级指示，我院已连夜组建了第一支抗击新型冠状病毒肺炎疫情的医疗队，次日奔赴武汉。第二支医疗队，五天后出发，你的假期只能缩短至两天。

"疫情就是命令"，龙晓阳重重地吐出一口气，随后，给大哥拨通了电话。他请大哥转告父亲，任务紧迫，他不能回家陪伴父亲过年了，更不能在父亲的病床旁尽孝，请他老人家原谅，并请大哥代他尽孝。未等大哥开口，他便挂断了电话，转身，朝着火车站售票大厅跑去。

当天傍晚，龙晓阳的身影出现在战区总医院里。

次日凌晨，在战区总医院第一支奔赴武汉的医疗队中，龙晓阳的身影出现在队列的第一排。

载着解放军医疗队员的专机，在静寂的晨空中飞行，隔着机舱的悬窗，龙晓阳双眼凝视远方，远方有故乡，远方有期盼他回家过年的老父亲。他答应过父亲，今年过年一定回家陪他，这次他又食言了。二十多年前，是父亲鼓励他报名参军，是父亲送他到乡里的柳河桥畔，目送他从那里跨上部队的大卡车，踏上从军之路。没有父亲的养育，哪有今天的他。然而，他回报父亲的实在是太少、太少了，他愧对父亲。此刻，龙晓阳心潮起伏，双眼涌满了泪水，他强忍着，没让泪水滚落下来。

不由的，他又想起母亲。六年前，战区总医院组织转场外训，就在那段日子，母亲病重，也是大哥打来电话，让他尽快回来。如何抉择，他犹豫过，矛盾过，但最终还是留下来了，任务在肩，怎能分身。待外训完毕，他赶回老家时，母亲早已安葬，他没能见到母亲最后一面，也没能与母亲告别。面对母亲的墓碑，他双膝跪地，痛哭着给母亲磕了三个头。此情此景，他永远难忘。

如今，父亲病危，作为军医，他十分清楚父亲已坚持不了几天了。他这次赶赴武汉，不知多久才能返回，很可能就再也见不到父亲了，面对这一切，他内心感慨万千：自古忠孝难两全，何况，自己是新时代的一名共产党员、一名军人、一名军医，面对生死、使命、亲情，必须做出抉择，无怨无悔。

满载部队医疗队员的专机在晨空中飞行，向湖北，向武汉……

原载《龙乡老兵》2023 年第 1 期

打"包票"

王培静

边防中队的谢中队长强烈要求转业，听说上级批下来的转业名单里没他，先是休假不归，回来后也一直穿着便装，撂挑子不干了。

这天，团政治处石主任带着一个干事来到了边防中队。

谢队长没在位，也没在连队。石主任让副队长派人把他找回来，几个人分头出动，好不容易在荒野里把他叫了回来。

见了石主任，他始终低着个头。

石主任生气地说：把头抬起来。你看看你，现在别说别的，你自己觉得，自己还有个军人的样子没有？石主任走上去，指着谢队长的鼻子，接着说：你今后走哪儿，千万别说是我带出来的兵，我为你感到丢脸，我跟你丢不起这人。

我要求转业，别人都批了，为什么不批我，就因为我是您带过的兵？石主任，您说句良心话，过去我给您丢过脸吗？谢队长瓮声瓮气地说。

大家都转业回内地，谁来守卫我们的边疆，总得有人做出牺牲吧。石主任沉着气说。

我做出的牺牲还少吗？这些年，我给营里、团里、师里争来了多少荣誉？我原先的爱人出国不回来了，现在的女朋友要求我转业回内地，不回去就要和我吹灯，我该怎么办？谢队长双手抓着自己的头发说。

石主任叹了口气：谢大强同志，请原谅我刚才的态度不好，这样的恶劣环境，谁也不想在这儿多待一天，谁都有自己的实际困难，你的困难我更是心知肚明，这样吧，现在我答应你，你好好工作，我给你打包票，明年让你走行不行？

谢队长盯着石主任的眼睛：您说话可得算数。

石主任说：你见我什么时候给人开过空头支票。

行，石主任，我听您的。再坚持一年，绝对和从前一样，好好工作。

谢队长说到做到，从那天起，重拾精神，官兵们感觉到，往日里那个争强好胜的中队长又回来了。

后来，谢队长没走，石主任却走了。

在那次夜间军事行动中，一个新兵由于没有经验，陷进了雪山边沿的雪坑中，稍有不慎，这个新战友就可能随着雪崩滚下山去。石主任对身边的战友说，都离远点，我过去救他。没有我的命令，谁也不能向前多走一步。官兵们纷纷抢着向前，石主任说：我再重复一遍，没有我的命令，谁也不能再向前多走一步。石主任去救这个战士，雪山开始有雪向下滑落，眼看有雪崩的迹象，战友们大喊：危险，石主任，快回来吧。石主任大喊：大家都再向后撤几步。他用力拉住了那个战友，用力向上一推，那个战士顺势趴在了地上。那个新兵得救了，石主任却随着塌下来的雪堆摔了下去，战友们声音嘶哑哭喊道：石主任，石主任……

后来大家才知道，由于石主任长期在高原生活，他爱人一直不能生育，在世界上没有留下一儿半女。年轻的战友们去看望石主任的爱人，他们说：妈妈，我们都是您的儿子。

谢队长一直当到了军长，都没有离开高原。

他到内地开会什么的，从不敢多待，时间一长，就感觉水土不服，醉氧的滋味太难受了，浑身都不舒服，一回到高原，什么反应都没有了，人也一下子就有了精神。

苦恼了，有心事了，过年过节，谢军长都会去烈士陵园看看石主任。他谁都不带，喜欢静静地和老领导说说话，聊聊家常。每次去，他总忘不了念叨，老领导，我没给您丢脸吧，我做您的兵够格吧。您放心，假若要有来生，我还会到您的手下来当兵。

原载《橄榄绿》2023 年第 2 期

桥

王生平

据内线可靠情报，五天后，日军一支辎重部队将要经过凌水河大桥，前去增援与中国（国共两党）军队激战正酣的第六师团。

上级首长命令桐宁武工队：想尽一切办法，不惜一切代价，赶在日军辎重部队还未到来之前，炸毁凌水河大桥！

接到战斗任务后，大牛队长对武工队龚政委说：老龚，这是块硬骨头，不好啃啊！

是啊！龚政委说，要不然分区首长怎么会把这么艰巨的任务交给咱们桐宁武工队。

大牛队长说：政委，我先带领几名队员到凌水河大桥附近侦察下敌情，你在家管好队伍带好兵，我相信咱们总能找出小鬼子的破绽来，炸毁凌水河大桥的！

办法是人想出来的，龚政委说，只有想不到，没有做不到。

侦察完敌情归来后，大牛队长对龚政委说：老龚，总算摸清楚了，守桥日军是一个中队建制。

日军守桥兵力不少啊！龚政委说，足足多出咱们近三倍的兵力啊！

大牛队长说：要炸毁凌水河大桥，一个字——难！

龚政委接嘴道：是啊，困难不小。

大牛队长卷了支"喇叭筒"，用舌头舔了舔接口处，龚政委拿起桌子上的洋火为他把烟点燃。

大牛队长深吸了几口烟，接连咳嗽了几声，他说：老龚，你看这样行不行……

武工队仅用了两天时间，就定下了炸桥方案，相关事宜也安排得妥妥当当。

第三天，他们就准备去炸凌水河大桥了。

当天下午，就传来了凌水河大桥被炸毁的好消息。军分区张司令员喜形于色，他对罗政委说：日军辎重部队提前行动了，刚上凌水河大桥，桥就被炸毁……桐宁武工队干得漂亮，我们赶紧向晋察冀军区汇报，为桐宁武工队请功！

罗政委大叫一声：钟参谋！

到！

马上向晋察冀军区报告，凌水河大桥被桐宁武工队炸毁！

是！

接下来，武工队张参谋详细地向张司令员和罗政委汇报了炸桥的经过。

大牛队长对龚政委说：我带领一部分兵力，袭击桥东守敌，你率领一部分队员袭击桥西守敌，咱们来它个声东击西，醉翁之意不在酒。

原来，大牛队长和龚政委分头率领桐宁武工队袭击桥东桥西守敌，是转移日军的注意力，真正的用意在桥下。

顷刻间，大桥两岸枪声密集如炒豆。

武工队小队长张春生，带领四名爆破队队员奋力划着小船。大桥越来越近了，日军的迫击炮弹不断地在小木船周围炸响，掀起的水柱使小木船忽高忽低，几经沉浮。

好不容易才靠近桥墩。爆破队队员们迅速把事先准备好的折叠长梯往桥墩上一搭，春生便"腾腾腾"地蹿了上去。春生扔下来一根绳子，下面的人立刻把炸药包绑牢，春生双手一前一后交替向上拽着绳子……往返几次，就把炸桥用的炸药包全弄上来了。

队长，有鬼子兵往桥下冲去，不停地朝爆破小组开枪射击。有名武工队队员朝大牛队长喊道。

机枪！机枪！大牛队长声嘶力竭地喊道，打！给我狠狠地打！

歪把子机枪"咯咯咯"不停地朝桥下的鬼子兵扫射，撂倒一大片鬼子兵，其余的鬼子兵趴在地上不敢动弹了。

春生将炸药包码好，捋顺导火索，然后轻轻地将导火索顺着长梯边往下放，紧接着他扶着长梯退了下来。春生说了句：火！

柱子赶忙把洋火递给他。

春生对着导火索划着了洋火，这时，桥头两端的鬼子兵潮水般朝桥下涌来。大牛队长和龚政委率领武工队队员在大桥两边的山岗上，居高临下不停地朝鬼子兵们开枪射击，极力阻止他们靠近爆破小组；手榴弹够不到鬼子兵，武工队队员们便冲下山岗，近距离不停地朝鬼子兵投掷手榴弹，多名武工队队员不幸中弹牺牲。手榴弹炸得鬼子兵鬼哭狼嚎，不敢向前半步。

忽然，桥面上传来汽车的喇叭声和坦克的轰鸣声……

不好，日军辎重部队上桥了！春生说完，顺着长梯迅速地往上爬，回过头来对桥墩下的几名爆破队队员高声喊道：柱子，你们赶快撤！

柱子说：小队长，要撤咱们一块撤！

春生说：没时间了！快撤，服从命令！

是！柱子和几名爆破队队员齐声应道。

爆破小组的小木船刚离开桥墩不远，就被日军的迫击炮弹掀翻……

柱子——

春生大喊一声，簌簌泪下。

小鬼子，我日你十八辈祖宗！春生抽出随身携带的匕首，在炸药包的寸长处割断导火索，划着了洋火……

原载《传奇·传记文学选刊》2023 年第 9 期

琴 神
——聊斋新编

马宝山

温如春从小喜欢琴，走到哪儿，就把琴带到哪儿，弹到哪儿。一次，他出游到山西。那天走着走着，天就黑了。他走进一座古庙。只见一位道人盘腿坐在廊下，身边一个布袋子，里面装着一把琴。温如春揖拜过，说："师父也爱琴啊？"道士说："只是弹不好，愿意向行家学习。"说着把琴从布袋子里取出来，递给温如春。温如春接过来看，琴纹理精妙，勾拨一下，琴声清脆悠扬。他就为道人弹拨一曲。道人微微一笑："还好，还好！"

道人接过琴放到膝上，才拨动几下，就觉得和风徐来；又弹拨几下，百鸟群集，庭院里的树上都落满了。温如春跪拜向道长求教。道长边弹奏边讲解琴艺琴法。温如春仔细听，用心记，略有领悟。道士让温如春再次弹奏，其琴法大有长进。道人说："琴声就是心声，几根琴弦奏尽人间喜乐悲苦，神妙得很哪。"

游玩几个月，温如春想家了，便返乡。路上遇到大雨，见前面有一个小村，村头院里有两间小屋，便进去躲雨。北屋出来一个女子，十七八岁的样子，长得十分艳美。温如春说了借宿的事。女子说："我叫宦娘，这里只有我一个人，不方便的。"温如春见院子里寂静无人，就抱着琴往外走。女子见大雨滂沱，就拦住说："先生若是不嫌弃，南屋倒是闲置着，只是没有床铺，我给你搭个草铺，可以安歇的呀。"

一会儿，宦娘点了蜡烛，抱着稻草，铺在地上，走了。屋里阴湿，稻草也潮霉，没办法睡觉，就弹琴。温如春在南屋弹了一夜，北屋里的灯亮了一夜，窗棂上映着女子的身影。天快亮了的时候，雨停了。温如春怕打搅宦娘，没打招呼就悄悄走了。

回到家，听说在外做官的葛公回乡来了。他爱听琴，温如春就去他家里为葛公弹奏。弹拨时，帘幕后隐约有一个女子在偷听。忽然一阵风吹开帘子，现出里面一个十七八岁的女子，貌美如仙。原来是葛公的女儿，名字叫良工。温如春动了爱慕之心，回家就央求母亲为他求娶良工。母亲请媒人去提亲。葛公嫌温家清苦，回绝了。

不想，良工自见了温如春，也暗生情愫，天天想见他，天天盼着听他的琴声。一天，她在花园里散步，捡到一张旧信笺，上面写着一首题为《惜余春》的诗：因恨成痴，转思作想，日日为情颠倒。海棠带醉，杨柳伤春，同是一般怀抱……良工吟诵几遍，甚是喜欢，便藏进袖子里。回到闺房，拿出一张精美的信笺，认认真真抄写一遍。刚抄完，一阵风吹来，两张信笺都被刮跑了。

葛公躺在床上，正要入睡，一张纸落在脸上。拿下一看，是良工的笔迹，看过悱恻缠绵的诗句，他知道女儿想嫁人了。这时候正好有媒人领着县里的刘公子来提亲。刘公子衣着阔绰，相貌英俊，葛公很满意，热情款待。他们告辞后，有人发现刘公子座席下遗留一双绣花女鞋。葛公认为刘公子是个轻薄的人，就把媒人叫来，说了这件事。刘公子又上门百般辩解，葛公不听，坚决不应这门亲事。

良工茶饭不思，日渐消瘦。一天，家里来了一位道人，说是懂得些医术。他给良工把过脉，说："女公子心上有人了，快快嫁了，病就好了。"

"良工心上人是谁？"葛公问。

道长说："夜有所梦，听她梦里的话就知道了。"

葛公叫妇人晚上听良工的梦话。果然良工喃喃自语："温如春，温如春……"

良工嫁给了温如春。婚宴上，温如春焚香弹琴，一直弹到送走最后一个客人，才拥着新人进洞房。刚刚上床，就听外间琴声响起，哀怨悲戚。温如春以为是有人弹着玩，大声呵斥。可是没有人应声，琴声依旧。走到外间察看，并没人。琴不弹自鸣。温如春夫妻二人惊惧不已，疑有神怪作祟。良工说："我从娘家带来一面古镜，可以照出神怪原形。"取出镜子一照，只见一道白色影子一闪，躲进帘幕里，只露一张脸。温如春细看，认出是去年躲雨时遇到的宦娘，急忙上前拉她出来。宦娘说："你们先把镜子收起来，我再出来。"

镜子一收，宦娘走出来，坐到二人面前，说："我为你们费心尽力保媒，你们就这样苦苦逼我吗？"

温如春、良工不知所云。

宦娘说："那张信笺没有忘记吧？刘公子座席下的那双绣花鞋还记得吧？这些都是我做的事，为的是帮助你们喜结良缘啊！"

良工急忙拿出茶点招待客人。宦娘却不吃也不喝，说："咱们弹琴吧。"说着坐到琴案前，弹奏一曲《惜余春》，琴声柔情似水，情意绵绵。温如春也弹奏几曲，也是情深意长。最后请新娘弹奏。良工喜欢古筝，就弹奏起古筝。不知不觉天就要亮了，宦娘站起身要走。温如春、良工再三挽留。宦娘拿出一张画像说："这是我的画像，你们想我了就拿出来看看，再为我弹奏一曲，就算我们相见相聚了。"说完，不等主人相送，出门就不见。

过了两天，来了一位化缘的道人。温如春一看，是在古庙里教授自己琴法的那位道长。急忙请进来，茶点招待。他们边喝茶，边说起葛公，说到成亲，又扯出宦娘的事来。说着拿出宦娘的画像给道长看。

道长"哦——"了一声，说："这是前朝赵太守的独生女儿，自幼学琴，十几岁就被人称为琴神了。可惜，不到二十岁就死了。"

温如春惊诧："死了，死了百年啦？"

道长点点头。

温如春、良工知道了宦娘的事，毫无惧怕，还时时想念。一想就拿出她的画像，端端正正摆好，燃上一炷香。温如春坐到琴案前，弹奏一曲。

——这时候的琴声清脆悠扬，好似天上的仙乐一般。

原载《百花园》2023 年第 4 期

送不出去的桃子

呼庆法

后院栽的五棵桃树，今年第一次挂果就结得这么稠实，李老冒看着满树红鲜鲜的桃子压弯了枝条，心中特别欣慰，特别有成就感。

他摘了满满一篮送给了大儿媳妇，又摘了一篮送给了邻村的女儿，又摘了一篮，等在乡里陪读的二儿媳妇来取。三篮桃子，才摘了一棵树的果实。周边邻居家也都种了桃树，在乡下不是啥稀罕的果子。

老冒就挨个想自己的亲戚，县城有自己的两个外甥，还有嫁到外乡的两个侄女，都还是过年时见过面的。大外甥人不错，每年过年来，临走都要给几百元，让自己平时买点营养品呢。老冒想到这儿，就掏出手机，拨通了大外甥的号码。

电话那端，大外甥很兴奋，说这几天上班正忙着呢，等过几天有时间了，就来摘桃子。

挂断电话后，老冒又拨通了二外甥的号码。二外甥说最近出差不在家，回来得一个多月呢。二外甥其实就在家，挂断电话，媳妇问："老舅啥事？"

"能有啥事，老舅让回去摘桃子。这回去能空手啊，不得给老舅买礼品啊，提件奶，买箱面包，伸手得二三百呢。"二外甥给媳妇唠叨着。

"啧、啧，就是呢，现在大街上桃子便宜得很，回去摘桃子，成本可不低，看着便宜，吃的可是金贵的价。"

老冒又给嫁到外乡的大侄女打手机，手机拨通后，老冒就兴奋地喊："春艳，桃子熟了，抽空来摘桃子吧。"

电话那端，春艳犹豫了一下说："伯，前天我家孩子姑刚给送来一篮桃子，孩子们不怎么喜欢吃，就我一个人，吃不动呢，你就留着让我哥家吃吧。"

"桃子那么多，你哥家也吃不了多少，抽空来摘吧。"

"好的，好的，伯，我有时间就回去了。"挂断通话，春艳想，五六十里地，回去摘一篮桃子，还不够开车的油费呢。再说，回去能空手，买礼品不都得花费啊，不划算，不去不去。

老冒又给二侄女秋艳打手机，秋艳回答倒是爽快，连连说好的，好的。

转眼几天过去了，大外甥没来，二外甥没来，春艳、秋艳也没来，成熟的桃子开始从树上往下掉，掉得老冒心里有点疼。他看着树上的桃子，心里很郁闷，喃喃道："再不来，今年这桃子就要给白白烂掉了。"

星期天，老冒坐不住，又给大外甥打手机："云岭，来摘桃吧。"

"舅，好的，好的，我今天加班，抽空过去。"

"那我给你摘好，你下班来吧！"老冒说。

"哦，那好吧，我今天抽时间去。"云岭挂了手机，媳妇问："大舅又让去摘桃？"

"是啊，三番五次地让去呢，再不去大舅就该生气了。"

"舅光想着让去摘桃子，你去摘桃，给大舅带礼物，二舅和大舅家住得又不远，去大舅家了，能不去二舅家？万一碰上了，那多难堪。"媳妇说。

"就是呢，这摘个桃还得备两份礼呢。唉，要不我中午去，都午休呢，肯定碰不到二舅。我摘了桃，就说下午还有事，不停留，早点回来。"云岭说。

炽热的阳光照着闪亮的柏油路，云岭驾车向大舅家驶去。当云岭提着礼品敲开门时，老冒一怔，说："来摘桃子，还带什么礼物。"

云岭摘了桃子走后，老冒看着云岭放下的礼物，眼里闪过一片空茫。

老冒怔怔地坐在那儿，看着树下落着的一层桃子，似乎也明白了桃子送不出去的原因。他突然有了一个可怕的想法，等这季桃子摘过后，就把桃树砍掉，只剩一棵就好，来年，再不打电话让外甥、侄女来摘桃子了。

原载《躬耕》2023 年第 8 期

盐焗鸡的故事

林惠聪

一个盲人乞丐拄着拐杖，步履蹒跚地走过惠州的水东街。在梁记酒楼前，他闻到里面飘出来的香味，于是停下了脚步。他仰起头，使劲用鼻子去嗅——真香啊！

旁人告诉梁老板，这人叫黄麻子，作恶多端，匪帮内讧被挖去双眼，现在成了乞丐。梁老板吃了一惊，仇人相见分外眼红，当年曾把自己逼上绝路，真想冲上去暴打他一顿。但转念一想，他已得到报应，没有他可能还没有现在的自己呢！

梁老板将黄麻子请进店里，端上一只盐焗鸡，柔声说道："请您慢用。"黄麻子像饿狼扑食，顷刻间盐焗鸡被一扫而光。黄麻子抹着油亮的嘴唇疑惑地问："非亲非故，为什么请我？"梁老板答道："天地自有因果。"黄麻子抬起空洞的双眼，一脸茫然。

黄麻子怎么也不会想到，当年他扫向手下的一记耳光，令梁老板重获生机。

十年前的一个夜晚，窗外，冷风飕飕；室内，孤灯只影。

梁老板端起酒杯一饮而尽，土制的烧酒顺着喉咙火辣辣地直冲而下。他已端坐店铺多时，一个人自斟自饮，饮的却是苦酒。在水东街这间二十多平方米的临街铺面里，曾经堆满了各种日用杂货，现在已一扫而空，多年心血顷刻间化为乌有。

这几年战事不断，民生凋敝，生意本就难做，今年更是旱涝齐聚，百年难遇的洪水将水东街店铺浸泡了半月之久，人挤上阁楼才勉强逃生。不经水的货物一应俱损，洪水过后勉强撑到年底，月月亏损，梁老板唯有贱价清空货物，另谋生路。

望着空荡荡的店铺，梁老板心中一阵酸楚，只有把自己灌醉，才能度过在这店铺漫长苦涩的最后一夜。

第二天一早，梁老板醒了过来，只觉头昏脑涨，但还是打起精神收拾行囊，挑起担子准备启程。推开房门却见房东李姨早在等候，手里提着一只大瓦罐。

"梁老板，没什么东西送你，做了一只盐腌鸡，你带回家去吧。"李姨带着沙哑的声音说道。

李姨早年丧夫，无儿无女，守着夫家一间店面出租过活，自从梁老板租下店铺，早已把梁老板当成亲人一般，现在梁老板离开，李姨难掩伤感。

"太贵重了！万万使不得，这鸡你养了过年的。"梁老板百般推辞。

"你一定要收下，我也只有这个送你了。"李姨把瓦罐塞到梁老板怀里，边说边红了眼眶。

拗不过李姨，梁老板只好千恩万谢收下。

惠州盛产海盐，食物保鲜都是用海盐腌制。而盐腌鸡不单是为了保鲜，还是本地一道特别的美食，赠送盐腌鸡，对于普通民众来说，几乎就是最贵重的礼物了。

"路上小心，现在土匪强盗多。"李姨叮嘱。

"李姨放心，我只在白天赶路。"

惜别李姨，梁老板踏上回家的路。梁老板的老家在东江上游，沿着江边小路，两天就可到达。

在一段人影稀疏的路段，两个装扮成路人的匪徒忽然夹着梁老板闪进路旁的芦苇丛，里面围着五六个壮汉。

土匪竟然光天化日之下抢劫。

为首的大汉手持一根木棍，厉声喝道："我叫黄麻子，识相的把财物交出来，放你一条生路。"梁老板大吃一惊，自己竟然落在大名鼎鼎的黄麻子手上，但他顾不得害怕，赶紧跪下哀求："我家就靠这点钱活命……"忽然"砰"一声，梁老板后脑挨了一记闷棍，立刻倒地昏死过去。黄麻子挥舞木棍，恶狠狠说道："敢跟我犟。"

黄麻子指挥手下将梁老板的财物洗劫一空。

一个手下向黄麻子请示："那里还有一罐盐，要不要带走？"黄麻子怒目一瞪，"啪"的一声，一个巴掌横扫过去："你傻啊！盐又重又不值钱。"

黄麻子带着众人扬长而去。

不知过了多久，梁老板缓缓醒了过来。他头脑晕晕乎乎，摸摸后脑勺，那里有一摊血。想了很久，他终于想起了发生的事情，不禁号啕大哭起来。上天为何对我赶尽杀绝？想当年他意气风发，是人人敬仰的乡绅，这次狼狈回家已不知如何面对乡亲，如今再遭此横祸，更无颜面见人，还不如一死了之。想到此，心如死灰的梁老板起身缓步走向江边，准备投江了断残生。

临近岁晚，江风凛冽刺骨。走到江边的梁老板被冷风一吹，人清醒了一些。他饥肠辘辘，想到人死不能做饿死鬼，梁老板又返回芦苇丛，找到那只仅存的盐腌鸡，不吃那只鸡也对不起好心肠的房东李姨。天气寒冷，梁老板找来枯枝杂草，直接在瓦罐下点火加热。

这时，瓦罐里飘出一股清香，一种奇特的、沁人心脾的清香。梁老板以为是自己的错觉，凑近细嗅，真是香啊！火越烧越旺，香飘四溢。梁老板迫不及待取出鸡狼吞虎咽起来。真是人间美味！而且是从未有过的人间美味！

梁老板忽然灵光一闪，何不以此美味投身餐饮业？定能闯出一番天地！梁老板天生具有经商天赋，他敏锐捕捉到里面的商机，立刻筹划出一个具体的计划。他忘记了身上的疼痛，更忘记了轻生的念头，连夜启程赶回老家。现在他身无长物，什么也不用害怕了。

梁老板反复研试制作盐腌鸡的最佳方法：鸡用纱纸包裹，既让盐气渗透，又将咸味隔开；香料选用本地沙姜，与鸡产生奇妙合味；烹制先爆炒海盐，再倒瓦煲盐焗；火则采用木炭暗火，能焗透而不致焦煳，一切都精益求精。

奇特工艺造就无与伦比的美食！盐焗的鸡色泽金黄，皮脆、肉滑、骨香。它独特的香味还能在口腔里停留，形成回香现象。

这样，第一只盐焗鸡就诞生了。

十年后，梁老板成为惠州餐饮业翘楚，他发明的盐焗鸡在惠州遍地开花。

原载《羊城晚报》2023 年 3 月 10 日

守　城

殷贤华

箭雨纷飞，硝烟弥漫。

马嘶声，呐喊声，哭叫声，爆炸声，混杂在一起。

"弟兄们，不能让敌兵攻占城堡，给我顶住，顶住！"他大声吼道。火光中，他双手乱舞，不断发出号令。

本来伸手不见五指的黑夜，此刻被战火点燃，城里城外亮若白昼。他看见城墙外，一批又一批敌兵被乱箭射伤，被乱石砸死，被滚下的油桶烧焦，但仍然像韭菜一样，割了一茬又冒出一茬，前仆后继，源源不断，像蚂蚁一样蜂拥而来。

"头，敌兵太多了，城守不住了，要不咱们从后城门逃吧！"一位士兵满脸是血，跌跌撞撞地跑到他跟前请求。

"是啊，头，常言说得好：留得青山在，不怕没柴烧啊！"另一位士兵战战兢兢上前，附和着说。

他抽出佩剑，接连两剑刺中将官的心窝，恶狠狠地呵斥道："你们胆敢乱我军心，杀无赦！"随即登上城楼鼓台，亲自擂响了战鼓。

咚！

咚咚！！

咚咚咚！！！

战鼓声外，他的耳边忽然隐约听到老母亲的哭泣声，声音很缥缈，若有若无。像从遥远的天边传来，又像从云端直坠人间。

老母亲在哭喊："儿啊，求求你别打了，快逃命啊！"

他丝毫没有理会。他一剑刺死通过云梯爬上城墙的敌兵，又阔步上前，使出浑身的力气，把架在城墙上的一架云梯掀翻。看着敌兵像树叶一样飘落城下，发出鬼哭狼嚎的惨叫，他露出胜利者的微笑。

"弟兄们，再坚持一个时辰天就亮了！冥界的阴兵见不得光，只要天一亮，这些阴兵自然烟消云散！曙光就在前头，大家给我顶住，顶住！"他的双眼在喷火，他的喉咙也在喷火。

他像一头发怒的狮子，毛发竖立，全身战栗。

咚！

咚咚！！

咚咚咚！！！

这次，除战鼓声之外，他的耳边清晰地传来老母亲的哭泣声，声音很近，似乎就在城墙外。

老母亲撕心裂肺地哭喊："儿啊，求求你快开门啊，再不开门，就来不及逃命啦！"

他皱皱眉头，望了望天边的鱼肚白，最终没有理会。

他双手乱舞，不断发出号令。

他自言自语，说出了人生中的最后一句话："这一关，终于通过了，打怪升级好难！"

…………

第二天清晨，阳光高照，但丝毫没有让人感到温暖，反而刺得人伤心生疼。山洪暴发后的村庄一片狼藉，一位老人被搀扶着，望着被淹没的家，哭得死去活来。乡亲们一边安慰着，一边忍不住摇头叹气。

就在昨夜，老人的儿子在家里玩守城网络游戏。儿子像往常一样通宵达旦，因为担心家人打扰而别上了门闩。不料凌晨山洪暴发，老人力气太弱砸不开儿子的房门……

原载《河南文学》2023年第4期

声 音

王建平

事情发生之前，她倚在四楼客厅的阳台上朝外凝视。

夏日的阳光从树叶间筛落，微风摇动树梢，在树影斑驳、风影摇曳的时刻，她没有忘记自己出生在乡下，还记得儿时夏日里在麦地里拾麦穗的情景。小时候受家贫拖累，只读了三年小学……身边的茶几上放着的养生、编织等杂志，她只能啃点皮毛，而另外一本心理学方面的书是她从旧书摊上买的，书上的话全是说给她这种人听的，所以她要求自己用心读，慢慢领悟，每读完三五页，便奖励自己观两小时的街景。

她的街景，就是窗外的公交站。

公交站有穿得花花绿绿的人出没，有男男女女老老少少走来走去，有人的地方，能引发联想。公交站站台有两道薄薄的砖墙，每道墙有五六米长，墙朝街道的那面有广告，有标语，有站点信息。两墙之间留出一个比人肩宽的口子，供人通过。这个位置总有候车人去填堵。仿佛昨天、前天，也许很久以前就是这样。砖墙背面，也就是她能看清的这一面，很粗糙，上面有办证的电话号码与治病信息。有候车的男人尿胀慌了，时不时闪到砖墙后面闷头排解。今天怪了，站在缺口里的人背后还站着一个男人，这男子全身融入阳光里，他真不怕被太阳烤焦？她判断，阳光里的男子正在行窃。

太阳直射过来，她眼前泛着白光。

她再不能让眼睛受到伤害，她回屋取来一顶布帽戴头上。噫——那男子消失了？她隐隐约约见公交车张开了长方形的口，分把钟后，再闭上长方形的口。刚才只现背影的人与那男子一定都被公交车长方形的口吞进肚子里了。她想。

她租来的这个家处于城乡结合部，楼外有一道围墙，沿墙体延伸远去有一条不宽阔的人行道，路面坑凹，地砖破残，行人行走像跳舞不说，还溅起一路尘埃。一位红衣太婆前的那条黑色的狗急切地蹿到前面一根水泥电杆脚下，无不自豪地高抬一条后腿……

公交站站台上的候车人又多起来。她看到一个人身后背着包，包胀鼓鼓的。背包人站在两墙之间的缺口一动不动。背包人身后出现的人正是她一小时之前打望过的那个男子。那男子根本没上车，仿佛是从地下冒出来的。看似男子站那儿没动，其实……此刻要有一辆公交车到站该多好，要是有人……此时她若吼上一嗓子，一定能为背包人解危……过去三五秒，她回到窗前，身体倾向窗外，用力敲击手上的不锈钢锅盖，瞬间"当当当"响声四起。

看楼上，敲锅盖子的女人是个疯子！有候车的人这么说。是个女疯子？于是好几个脑袋挤进两墙之间的缺口往楼上看。

公交车真正来了。公交车又一次张开、关闭长方形的口。她认定背包人上车了，背包人要么回某工地，或去医院看望亲人？要么到学校，或去火车站……但愿他背包里的钱物没有损失。

她第一次用声音保护了他人，很自豪，不过她也感觉到脸发烫，一定红了。

她脸红，没有人能看得见，就像曾经一样。她曾经就是一个行窃者。她十七八岁从农村出来，莫名其妙就走上扒窃之路。她无数次处于窒息境地，时常被一些突然响起的声音击垮，吓倒，多少次她身后传来追击的脚步声、吼叫声、警报声……这些声音都是她最怕听到的声音。她从二十五岁起，因为惧怕声音，连续几年没有像样的业绩，慢慢地成为团伙里吃软饭的人。

"听说你——恐惧声音！"

她的脸直直地朝向对面的墙，绷着嘴巴点点头，摆出死猪不怕开水烫的姿态。

训教她的人一声"哼"，两眼标本似的一动不动。

她二十八岁生日那天，老大面带笑容，陪她饮下一大杯品牌不详的葡萄酒。两天后她的听力减退，慢慢地耳朵听不见声音了，紧接声带也发不出声音。她生不如死，度日如年。半年后团伙的老大死于非命，她才从一个中等城市逃到一个小城。

夏天走了，秋天也去了，直到冬天最冷的时节，她在她窗外的公交站站台上也没有见到过那个男子。

腊月末的一天上午，她家阳台的窗玻璃突然破碎了。玻璃破碎不是气候寒冷的原因，是有人接连朝她家窗户射来钢珠。惊恐之余，她似乎听到玻璃被击穿的"啪啪"声。她听到的声音很微弱，但是毕竟是自己听到的。接下来，她寻来曾经敲过不锈钢锅盖的木勺子，一下接一下敲击铝合金窗框……

她，敲呀敲，越敲越兴奋。

原载《北方文学》2023 年第 4 期

找 药

邓建华

老郎中开的药煎好了，你不先吃药，斜着腰，还天天去冲什么冲？老伴冲张得茂吼。

张得茂说，话怎么能够那样说呢，谁让他和咱指门对户，人不在了，那花不是还在吗？张得茂将软水管捏扁了一点点，水注喷射的力刚好够得着对面阳台那盆花。这是个技术活，练久了也就熟练了，保证不会影响到楼下晾晒的东西。老伴知道再说也是白搭，就嘟哝道，那你就好生养着吧，他老婆孩子都不要这屋了，都和他离了，走人了，就你，这个平时他最瞧不起的没出息的看门老头儿，给他守着吧。

指门对户啊，这么多年，张得茂最不忍的恰恰是这点。当年，他许还山当车管所所长时，找他的求他的那是排着长队啊，喊不住劝不醒啊，如今终于出了事，别说朋友没了，老婆、孩子也不住这了，老鼠、蟑螂等活物都转移了阵地。你说这盆三角梅也给枯了，万一哪天他出来了，回到家，眼里还能看见一点鲜活的玩意？指门对户啊，远亲不如近邻，近邻不如对门啊，他再怎么看不起我，我也得这样对他啊，老话就是这么说的啊。

就这样，他依时按季给花浇着水。那花挺好养，该开花时开花，该落叶时落叶，该长藤时长藤，一年多工夫，藤蔓满了阳台上的护栏。

张得茂去看过一次许还山。许还山没有想象的那么惨，在农场里劳动还不时得表扬，以前凸起的啤酒肚也没了，人精神了许多。许还山说，也好，我是什么都放下来，病给治得差不多了。张得茂说，可是老婆孩子都给你玩没了。许还山笑道，我想开了，找不回的不找了，我现在急着把自己找回来，把以前那个我找回来，找回来吃好药再说。张得茂听了很欣慰，就给他说了三角梅的事。

许还山瞪大了眼，叹道，远亲不如近邻，近邻不如对门，茂哥啊你费劲了。许还山将房钥匙交给张得茂，说，那就拜托你了，客气话我不说了，谁让我们指门对户呢。许还山到了这个地步，还这么大大咧咧的，要不是隔着玻璃，张得茂都想打他一拳。

有了钥匙，方便多了，张得茂时不时去给三角梅剪剪枝，施施肥。花旺时，拍一小段视频，有蜜蜂有蝴蝶有露珠，他要老伴在微信上转给许还山的老婆看，虽然离了婚，但毕竟她没再嫁，没再嫁，就还有得救，找对一味药，说不定就缓过来了。

这一年冬天，冷得特别早，也特别凶。老伴看着张得茂拿剪刀剪一条还可以穿的棉裤，又吼了，干什么呢你这是？张得茂指了指对面的阳台。老伴说，他们家的柜子里找不出破棉絮？再说这三角梅露在外面这么多年了，也熬出点劲来了，你以为是你那老腰啊，还怕这点冷？

张得茂的腰一阵阵疼，钻心地疼，他觉得老伴的话有些道理，自己也不想动弹，就没给三角梅去嘘寒问暖了。

让张得茂万万没想到的是，几场雪下来，那盆看似生命力旺盛的三角梅竟然枯死了。张得茂后悔不迭。

他的腰又犯疼，直不起来。唉，这个老郎中怎么不显灵了呢，不都说他是神医吗？老郎中是他农村老家那边的，祖上十三代起就擅长把脉问诊，自制中草药在整个洞庭湖区都有些名气。老郎中将药配好搭过来时，都会搭句口语过来，先吃着，看能否有效。说白了就还差一味药，死活找不到，以前河坝边还长着呢，让狗日的草甘膦给灭了。那一味不见的药，可能恰恰是张得茂腰疼的克星。他吃下的中草药，都养得活一头牛了，腰却三天两头痛一次。

这个腰都直不起来的人，偏偏还记得，要去清理对门的阳台，又是剪拔护栏上的枯蔓，又是给花盆松土施肥，看样子，是准备寻一个好天气，再去移一苋新的三角梅。

春天一到，温度嗖嗖就升上来了。

张得茂找了个蛇皮袋，就去推楼梯口的电动车。

老伴冲下楼来，吼道，等一下老郎中会来，你出门去？

张得茂说，你不晓得帮我打下招呼？

老伴道，你腰疼还是我腰疼，他不见你人怎么看得了病？

张得茂拍了拍心窝子，说，不去补一苋三角梅，这里又会憋出病，他下半年就回了，我承诺过他的。

老伴说，你还不晓得吧，那花盆里自己长有好多花，这几天。

张得茂不解，问，什么花？天女散花？

老伴笑骂道，天天有黑牛屎八哥在那花盆里翻来捡去，肯定是拉了鸟屎，带了些花草种子进来，没几天就长出来了，一眨眼就开得红红绿绿的，有的花，还是我做细妹子时挖猪菜见过的。

张得茂听得出神，有这等事？哼，准是这鬼婆怕我出门瞎编的。他还是寻找抹布，揩电动车上的灰。

恰好，老郎中搭车来了。现在有老年证的老人坐公交车不要钱了，老郎中就早早出了门。

张得茂赶紧将老郎中迎到自家。老郎中忙给张得茂看腰，又问吃了药后的疗效。尔后，叹道，要不，扎一下银针，或者贴个膏药试一试，我这也是巧妇难为无米之炊啊，少了那一味药……

一阵风吹过来，纱窗布飘起。

老郎中鼻子间闻到了一阵淡淡的草木香。老郎中问，你这楼下是山地？

张得茂说，是个水泥坪。

老郎中停住手中的活，死劲嗅了嗅，说，不可能？

老郎中扶正了老花镜，将信将疑地望望窗外，是的，水泥坪。

老郎中怯生生地走到张得茂的阳台，他的鼻子马上捕获了花香的位置。

看着对面那个花盆里攒动的红红绿绿的花草，老郎中叫道，我的天，我找了多年的药啊，你怎么就藏在这里了？

原载《百花园》2023 年第 2 期

清官贪茶

孟 静

慕容涵被任太平县令。赴任前，去宁国府拜见知府大人，这是惯例。

知府大人礼贤下士，亲自给慕容涵沏茶。

此前，慕容涵从不饮茶。慕容涵平生有三大喜好：读书下棋喝清水。

知府说："你是北方人，初到宁国，属贵客啊，理应以极品佳茗招待！"

慕容涵见知府从一葫芦中取一小撮茶，茶有二寸许，暗绿色，放入紫砂壶中冲泡。少顷，暗香浮动，屋里顿觉茶雾氤氲，直浸肺腑。

知府笑着告诉慕容涵："此乃太平特产，极品猴魁，甘香如兰，养神静心，世间尤物啊！"

知府奉茶，岂有不饮之理？

尽管慕容涵不喜茶，但礼节不可失，遂起身恭敬地接过茶盏，小啜。

谁知，茶水进口，鲜爽醇厚，回味甘甜，兰香淡淡，茶香浓浓。一口清茶下肚，还想再喝。

慕容涵暗想，这茶真是神了！想我五十多年滴茶未曾沾唇，可此茶一口却让我一失足成千古恨！罢了，也是缘分所致。

猴魁之茶，真厉害也！

知府告诉慕容涵，太平县乃其故乡，有亲戚请多关照。

慕容涵谢过知府大人，翌日赴太平县。

太平县是猴魁茶之源。

慕容涵当太平县令，喝茶当然方便。没过半年，他竟然嗜茶如命，一天不喝猴魁茶就觉浑身酸软，精神萎靡不振，喝了猴魁茶，立刻就感到神清气爽。

后来，有人把慕容涵的平生三大喜好改成了读书下棋饮猴魁！

慕容涵是一位好县令，他鞠躬尽瘁，心系百姓，清正廉明，刚正不阿，口碑极好。

不过，慕容涵也有被人诟病之处，那就是有人送茶，都欣然接受。

但慕容涵受茶，约法三章：一是必收新茶，旧茶一律不要；二是新茶不超过一两，超过一两不收；三是有茶喝不收，没茶喝可收。太平县茶商不少，听说县令喜猴魁茶，便争先恐后携茶拜访。

慕容涵县令会客不在休息之所，均在公堂之上，众目睽睽，有人驰驱百里来见，掏出一小包猴魁，献给县令，众人都觉好笑。

为了避嫌，晚上慕容涵一概谢绝探视。夕阳下，门便关。除非有紧急公务，他才让师爷将他唤出。平时他自己一人关在宅里，沏上一壶猴魁茶，静静地读书品茶，自得其乐。

慕容涵喝茶喜欢酽茶，几天就存一大堆残茶。

慕容涵发现这猴魁茶的残茶柔软细嫩，放在嘴里咀嚼，没了涩味，还略有馨香，便突发奇想，做饺子馅的东西很多，这猴魁残茶可不可以剁碎包饺子？

慕容涵让师爷陪他剁馅擀皮包茶叶馅饺子。

哪知这猴魁茶叶馅饺子竟然味道鲜美，好吃极了！

因为慕容涵首创猴魁茶叶馅饺子，太平县百姓纷纷效仿，猴魁茶叶馅饺子成为当地名吃了！

慕容涵在太平县三年，人养得白白胖胖，五十多岁的人了，看上去也就三十多岁的样子。

慕容涵自然高兴，逢人便说："太平县土好水好人好，养人，更好的是猴魁茶，养心养肺养精神！"

不过，慕容涵喜茶这一嗜好，被人钻了空子，他误入陷阱，丢了官。

起因是一件官司。

那天，大堂有人喊冤，是一穷苦百姓，状告一个姓宋的财主占有了他家三亩好茶园。经过详细调查，得知事实真相，系那宋财主强取豪夺。慕容涵立刻让师爷带人把宋财主抓来。

宋财主很是嚣张，当着慕容涵的面说："宁国府知府是我舅舅，看看谁敢动我一根汗毛？"

慕容涵大怒："光天化日之下，胆敢如此蔑视法律，轻视本县令，我若怕了你，天理何在？国法何在？"

一声令下，宋财主被关进大牢。

不久，知府突然来太平县巡察。当日，知府和慕容涵坐在公堂说话，有一陌生人求见慕容涵县令。陌生人给慕容涵献上一包茶叶，师爷将茶叶包送交于慕容涵，但被知府拦下。

知府问："什么好东西？拿来我看！"

知府接过茶叶包，打开，两根金光灿灿的金条映入眼帘！

知府厉声问慕容涵："这是怎么回事？"

慕容涵忙起身解释："知府大人，这是误会！"

知府原本的笑脸立刻沉下来："不要说了！你跟我回宁国府！这个人也一并带回！"

很快，消息传来：慕容涵被免去了官职。那个人不知所终。太平县那个宋财主也被无罪释放。

不久，慕容涵又回到太平县。不过，这回他不是县令了。他自己铁了心要到盛产猴魁的猴坑、猴岗去，经营一片茶园，与猴魁茶为伍了。

慕容涵知道被人算计了，但他不悔，他自嘲："成也猴魁，败也猴魁，贪茶所致啊！"

原载《华文月刊》2023年第5期

乞 丐

王振东

早过了午饭时间，一群乞丐围在潘瑞麟家门前讨饭。

丐头俯身抱拳，不迭声地说："恭喜！恭喜！老爷办喜事，也倒点剩酒剩菜给我们吃吧。"

潘瑞麟阴着脸，摆摆手："我家既不娶亲，也非嫁女。快走，快走，别惹我不高兴！"

丐头并不在意潘瑞麟的冷淡，关切地问："老爷既不娶亲，也不嫁女，缘何置办酒席？"

"与你何干？"潘瑞麟更加不耐烦。

"对不住，是小的多言了，请老爷息怒！"丐头拱拱手，提醒道，"动怒势必有因，老爷要是说出来，心里或许好受些。"

潘瑞麟这才认真看了丐头一眼，叹了口气："实不相瞒，我准备进京赶考。之前求学读书花光了积蓄，还欠了不少外债。今日特设宴约了几位亲朋好友来家，打算向他们借点儿银子，作为进京的盘缠，他们也都答应了，谁知到现在却一个都没来。"说罢，潘瑞麟心里轻松了许多，一下子释然了。"既然诸位赶上了，就请入座，好好喝几杯吧。"

原来主人遇上了烦心事，乞丐们知趣地挪向一边。

"我等只是以为你家办喜事，才进来讨口酒喝，谁知却是这样。"丐头弓腰施礼道，"打扰了，我们这就走！"

潘瑞麟拦着丐头："诸位，我是真心实意留你们吃喝的。今天天气炎热，这桌酒席如若不吃，也会坏掉的。与其如此，不如大家吃了喝了好！"

众乞丐一齐向丐头看去，丐头点点头，乞丐们不再客气，纷纷坐下吃喝起来。

席间，丐头对潘瑞麟说："承蒙尊爷错爱，赐我等一桌酒席，小的们不胜感激。俗言道：知恩不报非君子。不知尊爷进京赶考需要多少盘缠？"

潘瑞麟说："我潘某只要能平安到京，路上不受冻挨饿足矣。"

丐头咧嘴笑了："这有何难？我们送您进京，保准不让您挨饿受冻，如期参加考试。"

众乞丐异口同声："我们反正四海为家，无牵无挂，一齐护送潘老爷进京就是了。"

潘瑞麟拱手道谢，但没有答应，暗忖道，从古到今，哪有靠乞丐帮助进京赶考的事？倘若亲朋好友知道了，岂不看我笑话？

丐头看透了潘瑞麟的心思，笑道："潘老爷，你们读书人讲究体面，一群乞丐护送您上京，一路上怕人笑话，对吧？"

丐头一语点中了他的心病，潘瑞麟不禁一惊，言不由衷道："诸位一片好心，我潘某怎能不知好歹？只是怕你们为我受累。"

丐头直言："潘老爷，你们读书人无非是为了做官，如果考中进士做了官，谁都不敢笑话您；中不了进士做不了官，坐在家中受穷，您再清高也要被人笑话。请问潘老爷是穷坐家中，还是进京赶考？"

没想到一个靠乞讨为生的人竟有如此独到的见解，潘瑞麟自叹弗如，遂同意与众乞丐一同前往。

次日一早，潘瑞麟和众乞丐踏上了进京的路。乞丐们让潘瑞麟住宿客栈，他们却挨家挨户地讨饭讨钱，竟一路护送潘瑞麟到了京城。

几天后，考期如期而至。受众乞丐的鼓励，潘瑞麟满怀信心地进了考场，文章作得花团锦簇一般，竟然高中二甲进士，分发河南裕州知县。

按照朝廷老例，官员赴任前，可以衣锦还乡，祭祀祖先。潘瑞麟回乡扫墓时，那群乞丐依旧紧随。

亲朋好友得知潘瑞麟做了官，纷纷前来道贺，携着厚礼。潘瑞麟当然清楚他们此时不是看中他这个人，而是看中了他手中的权，便一一谢绝。晚上，潘府张灯结彩，笙箫齐鸣，大厅里排开宴席，盛情款待护送他进京赶考的乞丐。潘瑞麟和他们推杯换盏，开怀畅饮，亲如一家。

祭过祖宗，潘瑞麟前往裕州赴任，临行前和众乞丐告别。丐头却早有打算，他们要跟潘瑞麟一道去裕州。潘瑞麟一愣，委婉地说："这次侥幸得中，并蒙朝廷分发知县，全靠诸位秉义相助，本县十分感激。此去赴任，不愿再烦劳诸位辛苦奔忙。再者，诸位一同前往，对我……也有诸多不便。"

丐头说："潘老爷，您不必担心，我等跟您赴任，并非有非分之想。到了那里，您当您的官，我讨我们的饭，决不会给您添麻烦。既然有了这个缘分，我们都希望您在任上当一个好官、清官。跟您一起去，就是想看看您到底是做个什么样的官。另外我们去了裕州，您在任上有用得着我们的地方，招呼起来也方便些。"

潘瑞麟面露愧色，就同意了。

裕州有个全国知名的城镇，叫赊店，是九州通衢的水陆码头、商埠重镇，南来北往的客商聚集于此，强盗、劣绅、小偷、刁棍也随之而生。这些人干扰正常贸易，破坏社会秩序，历任知县都很头疼。跟潘瑞麟一起到达裕州后，丐头带着众乞丐来到赊店。他们一边乞讨，一边打探这些人的情况、踪迹，并及时禀报给潘瑞麟。根据乞丐提供的线索，不长时间，潘瑞麟就破了几起大案、积案，惩治了一批惯偷、恶霸、劣绅，还端掉了盘踞七峰山十几年之久的匪窝。百姓们十分惊奇，感叹这个新来的县太爷竟有如此能耐！

补记：潘瑞麟在裕州为政三年，政绩卓著，口碑甚佳，吏部很是满意，便调他到山东任了知府。他念念不忘众乞丐对他的恩德，每年都从俸银中拿出一些给他们，成就了一段佳话。

原载《小说月刊》2023年第8期

宽　恕

陈德君

三楞回来了，他走进家门，发现自己多年不住的房屋已经不像样子了。

三楞去服刑的第二年老娘就去世了，现在家里就他一个人了，很不像个家。

村主任说："三楞，你回来就好，往后你要好好做人，好好过日子吧。"

三楞点了点头，看着村主任眼泪汪汪地说："主任，以后我不再做犯法的事了。"

村主任说："哦，知法也就不再犯法了。现在正搞普法教育，听说你的字写得好，你往村路边的墙壁上给写一些宣传标语吧，村里付给你工钱。"

三楞说："好啊，宣传法律的事我愿意做，有些人就像原来的我一样不懂法，所以才犯了错误，后悔也晚了。"

这天，三楞用涂料正在往一户人家的院墙上写"知法守法你我他，幸福平安千万家"的标语，翠花走过来了。

翠花看到墙上写的字，眼圈红红的。她用手指着三楞说："三楞，当初你把铁成的腿打残，那年夏天他去地里干活回来，眼看就要过了河，就因为腿残跑得慢被涌来的洪水给冲走了，三楞，是你毁了我好端端的家呀。"

三楞看了眼翠花，忏悔地说："翠花，对不起，关于那次铁成过河遇难的事，我回来时就听说了。唉，都怪我呀。当初铁成骂我几句就骂几句吧，反正骂人也不疼，可是爱动手的我一下就失去了理智……我，我以后赎罪吧！"

"赎罪，你怎么赎？现在我男人没有了，我一个女人拉扯着儿子生活得很辛苦。现在儿子还小我还能扛得住，可是等以后我可就吃不消了，你让我一个女人咋办？"

"翠花，是我害了你，实在对不起。虽然铁成已经不在了，但是以后你家的事，我不会袖手旁观不管的。"

一天，三楞又拎着漆料桶往墙上写标语，刚写完"学法知法懂法事事讲法，守法用法护法人人普法"，翠花又从地里干活回来了。她看到墙上的字，脸唰的一下就变了："三楞，没经过我允许咋往我家墙上乱写？"

三楞说："写了又擦不掉，你说咋办？"

"那，那你拿钱呗！"

"拿多少？"

翠花用手指数了数墙上的字说："一个字五十，二十字一千块！"

三楞说："我刚服刑回来哪来的钱？这样吧，我帮你家干活抵账行不？"

"那……抵账也行。"

于是三楞每天都去给翠花家干活。

人们说，三楞倒霉啦，如果两家不是冤家，往墙上写几个字也没啥妨碍。于是村主任就去找翠花解释说情，可翠花说："这事和你这个主任无关，我就冲三楞说。"

翠花的儿子从寄宿学校放假回来了，他看到有个男人每天都来他家地里干活，于是就问："妈妈，那人是谁呀？为啥来帮咱家干活？"

翠花说："他呀，是从小和你爸爸一起光屁股长大的三楞叔，他对咱家有亏欠，所以用干活来偿还。"

有几次，一些想说的话来到翠花的嘴边，可是她却不想让儿子知道那些事情。

翠花本想告诉儿子，这个男人就是他们家的仇人。那年他还没有出生，他爸为了争夺自留地边界的一棵杨树，两人便打起了架，就是这个三楞动手打残了他父亲的腿。

翠花家的农活忙完了。三楞没想到，翠花塞给了他一千块钱。

翠花说："这是给你的工钱。"

三楞说："不是说好抵账了吗？"

翠花说："这事就算了吧。往墙上写点标语，搞普法宣传本来就是好事嘛。

唉，那年你也是不懂法才对铁成下手，这几天我终于想通了，冤冤相报何时了，难道一辈子都不宽恕你吗？你能真心改过比啥都重要。"

"你真这么想？"三楞惊喜而又感动地说。

"嗯。"翠花坚定地点了点头。

三楞心里像开了扇门，就说："翠花，这工钱我不要了，你一个人带孩子过也够难的，以后你家有啥困难我都会帮你！谢谢你支持搞普法宣传！"

后来，翠花帮三楞打下手，两人在村里的墙壁上写了很多普法宣传标语。三楞想，光这些还不够，于是他还购买了一本《民法典》，并和翠花俩人建了个"学法知法懂法微信群"，把村里的好多人都拉进了群里。

原载《小说月刊》2023年第2期

姐姐的工作

文丽俊

房门紧闭。我轻轻推开，溜了进去。

姐姐坐在书桌前，戴着耳机在看书，桌上堆着厚厚的一摞资料。

我奔过去，送给她一只粉红色千纸鹤。

姐姐挤出一丝笑容，把我抱在怀里。我顺势搂住她的脖子，亲了亲她的脸。

妈妈说，姐姐考研二战又差了几分，心情不好，不跟他们说话。我是爸妈派过来的小间谍，专门打探情报的。

"姐姐，为什么一定要考研？"

姐姐愣了愣，捏了捏我的小脸蛋，说："学历高好找工作呀。"

"那，以后接着考吗？"

"不考了，我想通了，准备考公。"

我蹦蹦跳跳地飞跑到爸爸妈妈的房间，把这个情报告诉他们。

只见爸爸妈妈对望了一眼，似乎松了口气。

晚上，妈妈做了一顿丰盛的晚餐。我看见姐姐露出了久违的笑容，爸爸也打开酒瓶。酒花溅入酒杯，与爸爸的笑脸相映成趣。

姐姐每天还是照常看书、背书、刷题。我的作业有时不会做，爸爸让我去问姐姐。姐姐随便瞧几眼，一下子就能讲出解题方法，姐姐真厉害。

一晃，我上三年级了。难过的是，姐姐两次考公都没上岸。家里的空气又开始紧张起来。爸爸苦口婆心地劝姐姐出去找工作，妈妈唠叨着让姐姐去相亲，姐姐呢，谁也不搭理，关起门把自己锁在房间里，有时吃饭也不出来。

于是，我的特殊使命又来了。

这次，我拿着跟妈妈一起做的油炸虾饼串串进去了。

"姐姐，为什么一定要考公？"

姐姐愣了愣，抚弄着我的小辫儿，说："工作稳定，待遇好啊。"

"那，以后接着考吗？"

"考，一直考下去！"

当我把这个情报传递给爸爸妈妈时，我看见妈妈叹了口气，爸爸也叹了口气。

晚上，妈妈做了一顿丰盛的晚餐。爸爸把酒瓶拿起放下，放下又拿起，对姐姐说："既然你铁了心要考试，要不这样，从现在起，你每天为家里做几件事，我给你发工资。"姐姐有些吃惊，望了望妈妈和我后，点了点头。爸爸这才把酒倒满酒杯，慢慢品。

姐姐每天有三项工作：打扫房间卫生，做饭洗碗，辅导我做作业。爸爸每个月1号给她发工资。

转眼我上五年级了。姐姐似乎适应了这份工作，工作完成后就看书学习。

一天，我无意中发现爸爸的头上有了好多好多白发，还躲在阳台上一根又一根地吸烟。

又有一天，我看见妈妈在抹眼泪，爸爸神色凝重。我隐约听到了"肺癌"两个字。

爸爸叮嘱我不要告诉姐姐。爸爸戒了烟和酒。

忍了一个月，我还是忍不住把这消息告诉了姐姐。

姐姐不信，她跑去问妈妈。妈妈说有病治病，一切都有命数。

姐姐不出声，眼睛红红的，泪水在眼眶里打转。我的心也突然难受起来，抱着姐姐大哭。

一夜之间，姐姐仿佛变了个人。

我发现姐姐穿着职业装照镜子，桌子上还有一本《面试技巧》的书。

姐姐很快就找到工作，是一家物流公司。上班后，姐姐常常一回家就累得上床睡觉，第二天一大早又满血复活地出门。

姐姐用第一个月的工资，买了蛋白粉和燕窝送给爸爸，还说，她现在干得挺好，过一段时间还有奖金。爸爸的嘴角弯成一道好看的弧线，眼睛闪着异样的光亮。

姐姐的工作很顺心，没几个月就升为部门主管。她常买各种各样的滋补品给爸爸，说是提高免疫力，当然也给我买了新衣服。不知是这些滋补品起了作用，还是爸爸心情好了，爸爸去医院的次数越来越少。

爸爸的生日到了。晚上，妈妈做了一桌丰盛的菜，等着加班的姐姐回来。姐姐一回家，就递给爸爸一个精美的袋子。爸爸打开一看，顿时眉开眼笑，原来是两瓶他以前最爱喝的酒。

我皱皱眉，正要埋怨姐姐乱买东西。只听爸爸清了清嗓子说："那次体检说我疑似肺癌，后来去了省医院检查，证实只是肺部炎性结节，吃药就可以治愈。上个月复查，已经没事了。"

我激动地鼓起掌来，转身想拥抱姐姐庆祝，却见她脸上很平静。姐姐伸手把酒瓶子打开，一股醇厚绵甜的酒香弥漫在饭厅。

"爸，我早知道了。"

"爸爸向你道歉！"

"应该道歉的人是我。你忍了这么长时间没喝酒，今天就痛快喝吧。"

原载《春城晚报》2023 年 8 月 11 日

将军的手谕

黄政芳

民国二十三年深秋，闵家场四周的田野里到处都是忙着收割的乡亲，劳作的号子此起彼伏。在泗渡水廖家山庄，拥有着百亩良田的廖老爷正衔着长长的竹烟杆，眯着眼坐在院子里，悠闲地享受着深秋的暖阳。

"啪啪！"突然，寨门口传来两声清脆的枪响。廖老爷连忙站起身来，跑到院子门口，用手遮住阳光向着进寨门的方向打远望。不一会儿，便看见两个头戴斗笠、身背背篓的行人从寨门口往廖家大院奔来。廖老爷退回院内，刚想关上大门，那两人已跑进院来，焦急地拉住廖老爷的手说："老乡，不要怕，我们是红军……是穷人的队伍，敌人追来了，赶快找个地方让我们躲一躲吧……"

廖老爷看着眼前的两个青年，尽管衣服已被烂刺挂得巾巾吊吊，甚至有个青年的脚上跑得只剩下一只草鞋，但是炯炯有神的眼里充满着坚毅、真诚和善良。

廖老爷连忙关好院门，把两人带进一间厢房，藏在用来装红苕的地窖里。

刚藏好，外面就传来了"嘭嘭……"的捶门声。等廖老爷打开门，乡丁便带着几名凶神恶煞的国民党兵冲了进来。"看见两个共匪的探子往这边跑来没有？"其中一个军官模样的人问。"老总，我的大门一直关着的，他们哪会跑我家里来呢？我隐约看见两个戴斗笠、背背篓的往山那边跑去了。"廖老爷边说边捉住院门口两只刚下蛋的干鸭子，递到军官的手中。"老总们辛苦了，干鸭子拿去下酒吧。"

廖老爷靠勤俭节约和灵活经营起家，仗义、正直，是个非常有名望的乡绅，在闵家场一带不管是乡长、保安队队长，还是一般乡丁，都非常敬畏他。周围的佃农都喜欢租种他的土地。

乡丁在国民党士兵身边耳语一阵，便拿起干鸭子往山那边追去。

等看不到人影了，廖老爷才抹去脸上的汗水，把两个红军从地窖里喊出来，煮了一大锅白米饭进行招待。

休息几天后，两个红军从附近的山上挖来两棵手臂粗的桂花树栽在廖老爷的房前，对他说："我们要走了，就让桂花树做个纪念吧。"然后接过廖老爷为他们准备的干粮，和廖老爷紧紧拥抱后，朝着石阡方向走去。

转眼到了民国二十四年的腊月，一夜之间，从廖家山庄往石阡方向出现了长长的红军队伍，三天三夜没过完。

当两个戴着鲜艳的红五角星军帽、身背驳壳枪的红军战士来到桂花树旁的廖老爷家时，没见着救命恩人，却听见了廖老爷被红军先头部队当作地主恶霸抓到石阡准备处决的消息。

两人连忙把情况向团长进行了汇报，可是派人前去已经来不及，团长当即决定采用从队伍中交替传话的方式向前方的同志通报。已押到刑场上的廖老爷被救了下来。

红军首长肖将军得知事情的经过后，紧紧握住廖老爷的手，送给他一段布匹和五块大洋，然后用毛笔写了张手谕交给他说："以后遇见我们的队伍，你只要把纸条拿出来，保你平安无事。"

廖老爷回到家的第二天，听到消息的伪乡长带着几个乡丁找上门来，用枪抵着他，要他交出红军将军写的手谕。廖老爷阴沉着脸说："哪有什么手谕，我是偷偷逃出来的，差点连命都丢了。"伪乡长一行把整个院子搜遍后，依然没见着半张纸条，就在院里住了下来，吩咐杀鸡宰鹅，好酒招待。半夜时分，天空下起了大雨，廖老爷心想拐了。等第二天伪乡长一行一走，他急忙跑到屋后的枫树旁，把手伸进树洞里。用清明纸包着的纸条完好无损，廖老爷悬着的心顿时落了下来。抬头一看，树洞的上方正好有个大大的鸟窝，庆幸不已的廖老爷小心翼翼地把将军的手谕放进贴身的内衣荷包。

兵荒马乱的岁月走过十五载后，江城迎来了解放。突然某天，有人报告说廖老爷是廖家山庄的大地主，几个民兵身背步枪前来抓他，他拿出纸条后，民兵们转身就走了。廖老爷九十而终。临终时，他把儿子保平叫到跟前，从贴身内衣荷包里取出精心包裹着的纸条交给儿子，叮嘱道："这是我们的传家宝，你要精心收藏，不要炫耀，不要用来谋利，它定能保你平安……"

廖老爷去世第五年，孙子大学毕业一直没有找到称心的工作。有人便给保平出点子说，你拿当年红军将军的手谕去找领导呀！他把将军的手谕精心地藏在怀里去了城里，哪知他不是去找领导，而是把手谕赠送给了档案馆。

这年市里招考公务员，保平的儿子通过自己的努力考进了市直部门。那张将军的手谕被庄重地放在县里红军长征纪念馆里，供大家参观学习。

原载《传奇·传记文学选刊》2023 年第 4 期

记　认

谢志强

潘春林生于 1900 年，祖籍德清曲溪湾，到湖州街上开了家私人诊所，是有名的中医外科医生，医术高超，闻名遐迩。他在湖州从医五十载，人称其治疗方法为曲溪湾外科流派。

1949 年，潘春林开私人诊所。他和母亲相依为命，母亲有个贴身丫鬟，视同女儿。潘春林的精力都投在诊所里，他的生活有规律有条理，白天坐诊，晚上清账。他有一间书房，平时闭门，家里人从不擅自进去，他自会打扫得一尘不染，所有的书簿都摆得整整齐齐。

午饭由丫鬟送，唯有晚饭和母亲同一张桌。母亲不懂医，免不了叮咛些话，比如，百姓生活难，生了病就更为难了，一般都要拖到生死关头，才会心急慌张来治疗。穷人不生病，等于交好运。还提醒他，对交不起"郎中包"的穷人要格外体谅。

饭桌上，潘春林不说话，只是点点头。潘母生怕儿子这个耳朵进，那个耳朵出，就让丫鬟趁送午饭时多留心，多长眼，把诊所里的见闻细说一遍。然后，晚饭桌上，潘母会针对性地念叨一些话。有听没听，慈母仍要说。不过，潘春林的态度好，从未流露出厌烦的表情。

一天，丫鬟提前送饭，恰巧有两个衣衫褴褛的农夫抬着一个藤榻，榻上躺着一个呻吟的病人。病人的大腿生了一个毒疮，当地人叫鲤鱼搅子。

要动个大手术，否则性命不保。潘春林本该收八块银圆，一问病人，家境贫寒，就打了个折，要收五块"袁大头"。

两个农夫一脸茫然，悄悄商量了一阵，无奈地摇摇头，说出不起，抬起藤榻离开诊所。

丫鬟放下饭篮，回禀潘母。潘母顿足，说："饭桌上我的那些话都当耳旁风了。"

潘母拉开抽屉，取出钱盒，说："拿上五块洋钿，赶紧追上病人。"

丫鬟在街的尽头追上了藤榻，可能农夫又伤心又疲惫，步子慢了。她把潘母的原话转给农夫：要是潘先生问起怎么有钱了，就回答恰巧在街上遇见了有钱的亲戚。

当天的晚饭，潘母没像往常一样念叨，只是静静地慢嚼，也如往常一样，给儿子夹一筷菜，那是合儿子胃口的菜。

潘春林习惯了母亲的念叨，今天母亲却不出声，他反倒不习惯了，时不时瞅一瞅母亲，似乎期待着她发话。

潘母表情平静，好似没看见儿子的目光。

潘春林添了一碗饭，说："今晚的菜味道好。"

丫鬟窃笑。潘母说："味道好就多吃。"

晚饭后，潘春林一如既往，入书房，关起门，点亮灯，沏一杯清明前绿茶，端正落座，清点当日的进账。

丫鬟轻轻叩门，说："母亲来看你呢。"

潘母由丫鬟陪着进来。潘春林搬来椅子。潘母环顾了书房，似乎在查看还缺少什么。

潘春林的心还在账簿上，一时无话，却欲找话题。

潘母好像也没什么事，不经意地问这问那，属于日常话里的琐事。

潘春林要么点头，要么说是，总把潘母要展开的话煞尾。

潘母的目光落在账簿上了，就问："可有病人出不起钱治病，回头离开了呢？"

潘春林闪烁其词，说："都付清了钱。"

潘母起身，拉开桌上的抽屉，里边一堆银圆，发出清脆的响声。她挑出五个银圆，放到桌上。

潘春林反应敏捷，立即想到藤榻抬来的病人。

潘母说："可认得？"

潘春林说："银圆都由统一的模子铸造。"

潘母说："这就是患有鲤鱼搅子的病人出的银圆。"

潘春林立起，向母亲低头认错。不过，他瞥了一眼丫鬟，说："娘，你怎么知道？"

潘母说："我亲手用小刀在上面刻了个记认。"

记认就是记号。潘母曾在他的草帽、雨伞上缝过记认。那时，潘春林念私塾，他说："同学笑话我呢。"

潘春林说："病人那么快就有了银圆，说是亲戚那里借的，原来是娘赠送的呀。"

潘母说："幸亏小英追得快，追回了一条性命。"

潘春林要将五块银圆归还给母亲。

潘母说："留作纪念，记住教训，郎中治病，人命关天。"

珍藏了刻有记认的五块银圆，潘春林将母亲的记认铭刻在心。

原载《金山》2023 年第 7 期

关门弟子

弓　雨

老木匠一心想收个关门弟子，要说徒弟，老木匠也有，那就是三个儿子，只可惜，他们都半路刹车，不肯做木匠了。老木匠也曾想收外姓的弟子，但他们家有一个规矩，手艺传内不传外。

儿子们靠不住，老木匠就把心思放在了孙子们身上。三个儿子为他生了三个孙子，这点多少可以安慰下他那颗受伤的心。老木匠去跟儿子们商量。儿子们一听都直晃脑袋。

老大说："那怎么成？学木匠，多没出息啊。"

老二说："我儿子将来是要上大学的，我赚这么多钱干啥？就是为了让他出国留学的。"

老三说："您老想也别想，我生意做得这么大，得靠儿子来继承吧，学木匠，开啥国际玩笑。"

三个儿子说完，老木匠一句话也没，蹒跚着回到家中，一倒下就起不来了。

儿子们急了，商量了好几天，最终决定，只要哪个孙子考不上大学，就跟老木匠学手艺，这么一说，老木匠才算保住一条命。

有了希望的老木匠开始巴望着孙儿们快快长大。大孙子考大学了，老木匠的心提到了嗓子眼。大孙子考了全市前三，一大家人，除了老木匠，没一个不欢喜的。老木匠想，没事，还有老二老三呢，不信他们都能考上。可是，老天好像存心跟老木匠过不去，成绩一向平平的老二竟然也考上了二本。老木匠被狠狠地打击了。

下面就看小孙子了，想到小孙子，老木匠笑得有点得意。在三个孙子里，数这个小孙子的手最巧。

小孙子和他爸真的打起来了，原因是小孙子要放弃高考，他要跟老木匠学手艺。他说："两个哥哥都读了大学，我再读大学就没人继承爷爷的手艺了。"看着一心要跟自己学手艺的小孙子，老木匠是百感交集。儿子在一旁哭丧着脸说："爸，您就劝劝他吧。"老木匠对小孙子说："三小子，我知道你心疼你爷，放心吧，关门弟子我找到了，即使你考上大学我也后继有人了。"小孙子说："哪个人？我怎么没听说过。"老木匠说："就是在咱家租房的那个小金，同姓，五百年前咱是一家人呢，也算自家人。"老伴忙说："是的，是真的。"小孙子这才信了。

　　回到家里，老伴问："你真收了小金当徒弟？"老木匠叹了口气，说："三小子心眼最好，我也不能亏待他呀，不这么说，他肯听话？"

　　小金是外地人，二十多岁的年轻小伙，一年前，来到这边打工，一直租住在老木匠家的小屋内。几个月前，小金的公司倒闭了，小金却一直找不到合适的工作，每日闲在家里玩游戏。老木匠看不惯，说："你不要总玩游戏了，帮我干点体力活，我付你工钱。"小金竟然满口答应。

　　给老木匠干活，小金从不偷懒。有一次，小金和老木匠闲聊，说起老木匠收关门弟子一事，小金说："你小孙子考上大学的话，就收我当弟子吧。"说者无意，听者上了心。老木匠心里琢磨，也姓金，一个姓，人也还实诚。可是当他真正问小金的意思时，小金哈哈大笑了，说："我说着玩呢，学木匠？笑死人了。"老木匠一听虎起了脸，不再搭理他。

　　很快地，老木匠收小金当关门弟子的事就传开了。村里人问小金可真，小金也一口承认。当人问他花了多少钱拜上这高师的，小金就嘿嘿地笑。人们感叹，肯定不是个小数。

　　小孙子考上大学也是老木匠意料中的事，三个孙子里，数小孙子领悟力最高。

　　小孙子出门上大学后，小金也离开了老木匠的家，他找到了新的工作，公司包吃包住。村里人就笑话老木匠，连个徒弟也留不住。几天后，老木匠病倒了，躺在床上的他，恹恹的，谁都不肯见，饭也不肯吃。如果不是小金及时回来，估计老木匠真会大病一场的。

小金回来就说："那公司不好，还是在您身边舒服，以后就一心跟您学手艺了。"

老木匠一听："当真？"

小金说："当真。"

小金说到做到，而且比之前还要卖力，老木匠发现，小金这人确实是学木匠的料，手巧，而且一点就通。小金开始叫师父，而不是师傅。老木匠逢人就说："这是我的关门弟子，机灵着呢。"

两年后，老木匠查出胃癌，医生说不能再做体力活了。老木匠知道自己确实老了，他对小金说："你走吧，出去自立门户吧。"

临行前，小金请了一桌饭，把老木匠的一大家人都叫上了。席间，小金跪在了老木匠的跟前，说："拜师要磕头的，这个头得补上，虽然晚了点。"说着，磕了一个响响的头。老木匠慌忙扶起他，一边说不用的，瞬间老泪纵横。小金再端起一杯酒，说："这杯酒敬你们全家。"说完，他一饮而尽。最后，小金拿出了两沓钱，放在桌子中间。他指着其中少的一沓说："当年，为了让三小子考大学，师父花钱叫我当了他几个月的关门弟子。"他又指向另外一沓："这是三个哥给的，为了安慰师父，他们雇我做了师父两年多的关门弟子。"小金停了停，又说："当初，确实因为这些钱才肯做师父的徒弟，如今，我要走了，若收了这些钱我这一生不得安宁，还给你们，再说我也不吃亏，我把师父的手艺学到了啊。"说完，他又干了一杯。

瞬时，饭桌上鸦雀无声。突然，小孙子一声大叫："呀，原来当初爷是骗我的，上当啦！"说完，倒在桌子上，夸张地做了个晕倒的姿势。饭桌这才兴起波浪，轰的一声，大家都笑了。老木匠笑得最欢，眼泪大颗大颗地落下来。

原载《昆山日报》2023年4月7日

尴　尬

欧阳华丽

　　早上九点刚过，芙蓉路的人都让一连串惊天动地的鞭炮声给吸引了，原来为了丰富市民的文化生活，市书画协会群众文化艺术馆利用国庆假期举办了一个书画展。我从小爱好书画，便前去凑热闹观展。

　　随着人流进入展厅，只见门口挂着一海报，海报上有我国山水画的一流名家庄梵的艺术创作简介。我心内一喜，这么说庄老有作品参展，可大饱眼福了！

　　庄梵的山水画以其深厚的艺术造诣而闻名海内外，尤其他的泼墨山水，笔酣墨饱，或点或刷，水墨淋漓，气势磅礴，我一直很喜欢。

　　可奇怪的是，当我找到展厅最显眼处，看到庄老参展的那幅泼墨山水画，我左看右看怎么看也没看出名堂。根据我的审美，以及我对国画的了解，这幅画说得好听些，乃是不拘一格有创新，离经叛道有个性；说得难听些，完全是野路子，不但与国画正脉相去甚远，反而跟孩子的信手涂鸦没什么区别。

　　庄老是大名家，他的画前围观的人最多，停留时间最长。不一会儿，我就听到人群里有好多人对着画指手画脚，窃窃私语。有人小声说："这画的什么啊？看着像墨水倒在了宣纸上。"

　　有人就说："这你不懂了吧？是国画技法，泼墨，要的就是这个劲。"还有人干脆摇头表示看不懂，也有人戏谑道："估计是大师的画太惊艳，我们凡夫俗子欣赏不来。"

　　这时，西装革履的馆长走过来，听着大家的议论，不屑地打断他们的话："庄老出身于书香门第，是庄子的后人，小时候就聪颖过人，画什么像什么，是个极具天赋的神童，现在更是享誉海内外的山水画名家。你们啊，看不出好来，那是因为没有欣赏能力，不是庄老的画不好。"

馆长又指着展墙上的画说："你们看，这可是神来之笔啊！将中国的水墨技法和西方的透视原理融为一体，把光影山水渗入笔墨之中，用墨微妙，不见笔迹，圆润饱满又有意境，开古今未见之气，这种创新精神，给人视觉上无限的冲击。"

我听着突然怀疑起自己的艺术素养，难道我对国画真的是七窍通了六窍——一窍不通？可随着馆长手指的指点，我再一次仔仔细细、上上下下观赏，还是没看出其中的妙处。我再也无心看下去了，转身打算离开展厅时，一个清瘦的老人挎着圆画筒，额角挂着些许汗，风尘仆仆地与我迎面走过来。

正口若悬河的馆长一看，马上迎上前去握着他的手说："庄老您不是采风去了吗？特意赶过来的？感谢感谢，您看，有您的画坐镇，观展的人特别多，真是不同凡响啊！"

展馆里的人见大名鼎鼎的庄老来到现场，不约而同忍不住鼓起掌来，我也止住了脚步。

不知是刚刚赶来，还是天气炎热的原因，庄老的脸上泛着燥热。他对大家摆摆手："我首先申明一下，我小时候可不是什么神童，相反，我反应很慢，成绩也不好，呆头呆脑的，人家都叫我憨包……"

"真是名人的谦虚啊！"人们笑着发出赞叹。

停顿了一下，庄老又说："我也并非出身书香门第，我们家是普通农民家庭，我的母亲甚至没上过学，父亲也斗大的字不识几个。"

"寒门出贵子，不识字的父母能培养出一个天才，一个闻名海内外的著名画家，真是奇迹！"馆长在一旁高声赞叹。

庄老接着又说："我与庄子的后裔也是八竿子打不着，我们家祖祖辈辈就没出过一个名人，相反倒是出过一个打家劫舍的土匪……"

我忍不住扑哧一笑。

"祖上的事，那么遥远，庄老不提也罢。"馆长忙婉拒他再往下说。

"土匪家里出名人，正是可喜的事，名人家里出土匪那才可耻，有什么不能提呢？"庄老毫不在乎。

"说得真有哲理，佩服！"展馆里顿时再次爆发出热烈的掌声。

"那既然庄老今天难得来到展馆，我们这儿可谓蓬荜生辉。就有请庄老为我们讲解一下他今天展出的这幅大作。"或许是为了缓解一下有些尴尬的气氛，馆长带头鼓掌请庄老讲话。

庄老看他一眼，面无表情地问："馆长觉得这画好在哪里？"

馆长用手指了指画说："你看这山层峦叠嶂！你看这水烟波浩渺！你看这树更是无与伦比！"

庄老说："可我怎么看这山不像山，水不像水，树不像树，整个四不像呢？"

馆长笑了笑说："庄老，您别考我了，您的大作，怎么会是四不像呢？"

庄老听后，差点把鼻子气歪，他指着馆长严肃地说："如今不少画家，就是被你们这些不懂装懂的人给捧坏的。我实话告诉你，这画不是我画的。"说到这里，他从画筒里抽出一卷画说："这才是我的画。"一听这话，我和在场的人都惊诧万分。

原来为提高画展的影响力和人气，馆长邀请庄老参展。庄老当时在外写生，便让馆长去家里拿画案上新画的一幅山水画。不料，庄老的老伴见庄老画案上的画没收，怕八岁的孙子把画给毁坏，就把画收起来了。孙子趁着家里没人管，拿出一张宣纸，在画案上学着爷爷的样子画起来。可能是从小耳濡目染吧，他画完后，还学着爷爷的样子又用砚台装满墨和水同时向纸上泼洒，随即用手涂抹，间或用画笔点染。

馆长来取画时，老伴不在家，家中只有不知情的保姆和孩子，所以馆长错把案上的画取走。庄老写生回来后，发现此事，怕闹出大笑话，立马赶了过来。

原来如此！我和在场的人先是面面相觑，随后短暂地一笑，接着就鼓起掌来，长久而热烈。

此时，馆长很尴尬。

原载《北方文学》2023年第5期

反诈乌龙

赖海石

有一段时间，电信诈骗非常猖獗。"猜猜我是谁""转账到安全账户"等套路轮番上演。我在社会上摸爬滚打多年，见多识广，从未中招。如果有兴趣，我还会把骗子玩得团团转。

那次，我接到一个陌生电话，对方直呼我名："大海，忙不忙啊？"

对方声音嘶哑，我问："你是谁？感冒了吗？"

他说："我的声音都听不出来了？哎，昨晚荔枝吃太多，上火了。"

我心里已明白八九分，便想要一耍他："你在家吗？你是不是李大明啊？"——其实我的同事李大明此时就坐在我旁边的办公桌前。

"嗯嗯，我在家，我是大明，我现在遇到一点儿麻烦……"

对方是骗子无疑了。我打开了免提，示意同事们一起听。

我说："有什么麻烦，我能够帮到你吗？"

他说："我昨晚喝醉了，跟人打架，把人家打到住院了，你能不能汇……"

我打断他的话："我正想打电话告诉你呢，我上次借你的三十万元，本来说好下个月还给你的，我现在有钱了，提前还给你，今天早上已叫我老婆送去你家了。"

他停顿了一下，显然没有反应过来："你说送了多少钱过来？"

我一字一字地说："三——十——万——元，我是欠你这个数吧？"

他说："对，对，三十万。"

我说："估计现在快到你家门口了，你别走哦！领导来啦，先挂了。"

同事们哈哈大笑。

我公安局的朋友老刘，说他们最近搞警民共建，抓电信诈骗，若我有线索请配合。我问怎样配合，他说把我手机和他们系统联网……如此这般。

这天，机会来了。

我接到一个陌生来电，一接通，对方就说："大海……"

嗓子嘶哑，明显又是骗子。

我一边问"你是哪个"，一边按老刘教的方法接入他们系统。

对方说："你小子，我的声音都听不出来？"

我说："知道知道，有什么事？"

他说："我甲状腺做了手术，声音哑了，医生说三个月会正常，现在都半年了，还不见好。人家说如不赶快治好，一辈子都会哑声。听说进口的甲状腺素药有用，我想买点试试。可钱不够，你能不能寄点儿钱过来？我现在就在银行。"

我知道他编一大堆"手术""药"之类的话，目的就是要钱。而且已经在银行等着了。

这时，公安那边反馈的信息显示，骗子的位置已锁定，因骗子在外地，要协调那边的公安协助抓捕，需要时间，叫我尽量拖住，三十分钟内不要让骗子挪地，别让他溜了。

我对骗子说："钱不是问题，要多少？"

他说："两千元吧。"

我说："你不要走，我回去宿舍拿银行卡，马上回来转账。"

他说："哦，那我等等……"

放下电话，我激动不已，盼望骗子马上被绳之以法。

二十多分钟后，我接到指示，那边便衣公安已到位，要我继续通话好让他们找到骗子。于是我拨通了电话："喂，我银行卡拿来了。你报卡号过来，我这就转账。"

于是他一字一字地向我报一串数字，报着报着，听他那边吵了起来："……你们抓我干什么……"

我知道，那边收网了。

晚上，老刘打电话叫我去他单位和他一起去喝庆功酒。我驱车过去。老刘一见我，就拉着我的手走，说："花了好半天才把骗子接回，我带你去见见他。这骗子，还赖上你了，冒充是你父亲。"

我见到那人，脑袋"嗡"的一声：他真是我父亲。

我说："爸，您怎么搞起诈骗来了？"

"我几时诈骗了？我骗谁了？"父亲哑着嗓子说。

我说："爸，您嗓子怎么这样？"

父亲说："我上午不是在电话里跟你说了嘛，甲状腺，手术后就声音哑了。医生说没事，大多数人甲状腺手术后声音都会哑，一般三个月会正常，现在都半年了，还不见好。听说进口的甲状腺素药有用，可钱不够，这才叫你寄点儿钱过来。"

我说："您没跟我说，我不知道您有这病呀。"

父亲说："这两年多，你回过一次家？打过一次电话？问过我一声身体好不好？寄过一分钱？我电话号码早就换了，叫你存，你存了吗？怎么会把我当成骗子？"

我低下头，无言以对。我每天在外瞎忙，真是忙瞎了。我尴尬地看着老刘，恨不得在地下有条缝一头钻进去。

原载《参花》2023 年第 2 期（下）

德盛合鞋店

叶 星

德盛合鞋店在县城北关，名字挺响亮的，其实就俩人。

师傅姓龚，山东人，大身板，不爱说话。年轻时在京城的内联升学过徒，制鞋技艺高超，特别擅长做手工缝制、舒适耐穿的千层底圆口布鞋，连日本宪兵队山田队长都喜欢。

徒弟叫顺子，本地人，十七八岁的机灵后生，个头儿不小，但还没有长开，走路总爱弓个腰，像个大豆芽似的。

1936 年，那可是个很不消停的年代，城北山区一带活跃的抗联队伍日渐壮大，对县城构成了绝对的威胁。有时还会突然间冒出几股土匪，把日伪军吓得更加惶恐不安。日本宪兵队为此专门从城里抽调出一批由鬼子、伪军还有警察组成的小队，天天荷枪实弹地把守在北门，他们叫检查站——这是唯一可以从北边驾车通往城里的大道。

这天一早，身着便衣的山田队长便踱进了店内。和煦的阳光照在斑驳的小木桌上，上面摆放着弯锥、针锥、鸭嘴钳、老虎钳、锤子等工具。身披朝晖的龚师傅，正坐在小板凳上，垂首弓腰，两膝顶着高约两尺见方的夹板，专心致志地劈线、穿针，然后用弯锥在鞋帮底部扎出一个小圆眼，再动作熟练地用左右两根弯针从圆眼里交叉穿过，然后将麻线在针头处绕圈、盘扣、拽线、提帮、勒紧、锤平……他似乎根本没有注意到眼前这位"大人物"的到来。

顺子当然看到了，但他打心里讨厌这些平日里作威作福的东洋鬼子，甚至连给他们做鞋时都要偷偷啐上几口。师父则不然，他是个纯正的手艺人，信奉的是贴在墙上的那些祖师爷训教，什么"亲疏一致、童叟无欺"，什么"工必为之纯，品必为之精，业必为之勤，行必为之恭，信必为之诚"。无论是有钱有势的达官贵人，还是引车贩浆的平头百姓，抑或是这些嚣张跋扈的东洋鬼子，在师父的眼里都一样。用他的话讲，来的都是客，是咱们手艺人的衣食父母。

山田并不说话，只是静静地看着龚师傅做鞋，仿佛在欣赏一件精美的艺术品。就在方才，他得到消息，昨天夜里又有五辆帝国的运输车遭到伏击，损失相当严重。这么绝密的情报，这么严格的关卡，究竟是谁把它传给了山里的八路？

这时候，龚师傅才注意到山田的到来，但他并未搭话，只是示意顺子倒茶待客，甚至没有停下手中的活计。师父经常跟顺子讲，缝鞋讲究一气呵成，尤其缝到拐弯处绝不能起身休息，否则力度就不均匀，会影响成品质量，招牌就砸了。

山田倒也不介意，他并没有喝茶，两眼仍直勾勾地盯着龚师傅干活。德盛合制鞋的每一道工序都有讲究，比方说制底，就包括切底、包签、圈边、纳底、锤底五道工序。"一字底"要纳2100针，"十字底"就是4200针，多一针不可，少一针不行，就这么矫情。而且不管横看、竖看、斜看，针脚都是一条线。龚师傅出神入化的技艺，把小鬼子给看呆了。

顺子从师父手中接过纳好的鞋底，先用清水闷湿，使麻线吸足了水，然后再反复锤打。麻线经过浸湿和锤打后，逐渐变成了一个坚实的麻钉，这样的千层底磨损后才不易脱裂。顺子把锤好的鞋底依次放到窗脚下的阴凉通风处，经过两个时辰的阴干后，一双舒适耐穿的千层底布鞋就算大功告成了。或许是带着气，顺子今天锤打起来格外卖力，不一会儿，"乒乒乓乓"的声响就弥漫了整个店内。山田听出其中"送客"的意味，只好悻悻地走了。

一般来说，这些锤底的力气活儿都是顺子分内的工作，只有在极个别的情况下，比如像昨天下午老钟叔来，师父才会亲自上手。老钟叔是走街串户的货郎，也是师父在这里为数不多的老乡，又是同村，自然走得更近些。老钟叔每次路过德盛合鞋店，总会进来歇歇脚，讨口水喝。他人很讲究，不是带包茶，就是扔下盒烟，反正从不空手来。只要不忙，师父总要陪他喝喝茶，抽根烟。有意思的是，这老哥俩虽关系亲近，但都是闷葫芦，经常是二人默坐，不交一语。烟一根一根抽，茶一口一口喝，直到客人兴起告辞，自始至终没有一句话。不过临走时，师父总要把老钟叔脚下穿的千层底布鞋脱下来，亲自上手，锤锤底，有时还要补两针，这才显出他们之间与众不同的浓浓乡情。每逢这时，顺子便识趣地躲在一边，或忙自己手中的活儿，或帮着端茶递烟。

狡猾的山田并没有因此消除对德盛合鞋店的怀疑，而是派人昼夜监视店内外的一举一动。直到师父和老钟叔相继被捕牺牲后，顺子才知道，德盛合鞋店就是当年地下党设在县城的秘密情报站，寓意"得胜·和平"。师父他们当年传递情报的玄关，就在老钟叔的那双千层底圆口布鞋的鞋底儿上，也就是师父曾经亲手锤打过的地方……

我是在八十多年后翻阅县志资料时，才了解到这段史实的。清明那天，我专门约了县党史办的同志，去故地探访德盛合鞋店旧址。那里如今早已开发成了一家很大的菜市场，里面商品琳琅满目，缭绕着烟火气。当我们颇费周折地四处寻找当年鞋店的准确方位时，蓦然发现，在一家合资企业的巨型广告牌下的一张小木桌上面，赫然摆放着两双似曾相识的老式千层底圆口布鞋，旁边还有一瓶开了盖的白酒和两只纸杯，上面横着两根燃着的香烟。和煦的阳光照在斑驳的小木桌上，余烟袅袅，绵绵不绝……

原载《百花园》2023 年第 4 期

稻与稗

徐全庆

刘雨钊踱进饭馆，就看见一张熟悉的脸，面容平静，花白的头发根根直立着。是老局长。刘雨钊下意识地想躲开，但犹豫了一下，还是走过去，坐在老局长的对面。

刘雨钊和老局长一样，要了一个菜、一碗米饭，又对服务员说："老局长的账我来结。"

老局长的手做了一个下压的动作，说："我什么时候要你们结过账？"

刘雨钊的嘴角先是滑过一丝笑容，然后就呵呵地笑："您都退休了，还怕我让您犯错误？"

老局长不说话，只用目光罩住刘雨钊，然后掏出钱包，结了账。

刘雨钊被老局长的目光压得浑身不自在，他挺了挺身子，想坐直腰板，又不敢直视老局长的眼，只好躲开老局长的目光。同时心里哼一声，都什么时候了，还用现金结账。

两人就有一搭无一搭地聊着。

老局长很快吃完了，站起了身子。

"您能告诉我，我哪一点不如方九阳吗？"刘雨钊终于说出了他一直想说的话。

方九阳是刘雨钊的大学校友，他们一同毕业，一同进到局里，方九阳现在已经是局长了，可他还只是一个科长。刘雨钊不明白，自己工作能力不比方九阳差，也比方九阳会来事，时常去老局长那里走动一下，可为什么老局长偏偏就看好方九阳？

老局长重又坐下，目光越过刘雨钊的头顶，飘向远方，许久，才又落在刘雨钊身上。

"那一年发洪水，你还记得吗？"老局长问。

刘雨钌当然记得。那时，他和方九阳都是副科长。他们一起去了解灾情，路上，看到一个村子，四周被水淹了，仿佛孤岛浮在水中央。

老局长说："方九阳是蹚水进的那个村子。"

"我也是，"刘雨钌说，"这事还是我向您汇报的。"

老局长点点头，停了一会儿，又说："还记得建综合楼的事吗？招标前，有个企业给几个关键人物都送过一幅画。"

这事刘雨钌更是不会忘记。那时，他和方九阳都当了科长，有个副局长眼看就要退二线了，他正千方百计争取再进一步呢。他们都是综合楼建设工作领导小组的重要人员，企业自然也给他送了一幅画。他象征性地推辞了一下，就收下了，转眼，就上交到局纪检组。

"我不够廉洁吗？好像只有我一个人主动把画交给组织，方九阳就没有。"刘雨钌大起胆子，目光像利箭一样射向老局长的眼睛，"可你却提拔了方九阳当副局长，反而把我平调到一个没有实权的科室。"

"是的，他没有上交，因为他根本没有收。"老局长说，"这是后来纪检组调查出来的结果。"

射向老局长的利箭仿佛被什么突然斩断，刘雨钌瞬间瞪大了眼睛，随即就耷拉下了眼皮。

老局长说："我小时候种过稻子，对稻子有很深的感情。可稻田里总会长一种稗子，在拔穗前和稻子几乎一样，一般人很难区分。可惜它长不出米来，还和稻子争养分。我一旦认出它，一定会把它拔了喂牛。喂牛，它是好饲料。"

这时，服务员把刘雨钌的米饭送了上来，老局长说："抓紧吃吧，这米好呀。"

老局长起身离开，走了两步，又回过头对刘雨钌说："那次你们蹚水进村的事，方九阳从来没向我说过。"

原载《领导文萃》2023年5月下半月刊

猫不知道

张爱国

杨丽推开门，猫没有跑上来。杨丽轻唤一声，就听茶几下"喵"一声微弱的叫声——不是叫，是呻吟。杨丽跳过去，移开茶几。可怜的猫，身上被毛线给紧紧地缠着，还沾着茶几下沉积的灰尘和杂碎。杨丽赶忙来解，但毛线缠得又紧又乱，根本找不出头绪。

劲松恰好下班回来，弯腰在门口换鞋。杨丽抱着猫坐到地板上，焦急地说："快！拿剪刀。"劲松漫不经心地解着鞋带，半天才意识到她是在和自己说话，"哦"一声。

"快啊，咪咪都……"杨丽带着哭音。劲松"啊"一声惊叫，光着一只脚蹿进厨房，拿来剪刀，蹲到杨丽身边，小心翼翼地剪猫身上的毛线。

现在，大约只有这只猫才能让这两口子如此配合吧。

杨丽抱着被解脱出来的猫，坐到沙发上，好一顿抚摸和安慰。劲松跑来跑去，拿来水和猫食，蹲在杨丽面前，极尽温柔地喂水喂食。

"咪咪是怎么被缠上的？"杨丽说，还抬头看一眼劲松。"是啊，怎么缠上的？我看看。"劲松也坐到沙发上，离杨丽不远，打开手机上的监控。

早晨，劲松在楼下起床，洗漱。猫从楼上下来，劲松给它喂食后，出门上班。不一会儿，杨丽从楼上下来，已洗漱好，冲一杯奶，坐到沙发上，猫蹲在她腿上。喝完奶，杨丽见时间还早，拿起织了一半的毛衣织起来。猫在她腿上眯着眼，似睡非睡。这些是快放。直到七点半，杨丽放下毛衣和猫，出门上班。

劲松关闭快进，画面慢下来。猫在地上蹲了一会儿，跳上茶几，一团毛线球滚下去。猫一看，跳下茶几追去。猫戏毛线球，很有趣，劲松看得不由发出几声嘿嘿笑。杨丽依旧抚摸着怀里的猫，侧过脸来看。

戏着戏着，猫往地上一躺，打一个滚，毛线在它身上缠上一道。"往回滚。"杨丽盯着劲松手里的手机叫道。猫如果这时候按杨丽所说往回滚，就不会有后面的事，但它偏偏又向前滚一下，毛线再缠一道。等它从茶几边滚到电视墙下无处可滚时，身上已缠上六七道。

"快，快往回滚啊。"杨丽将身子向劲松靠近一些。猫呢？只是在电视墙下顿了顿，一个翻身，将毛线扭了一道，又向茶几滚来，于是身上的毛线又多出几道。

"往回，往回。"劲松也焦急地叫道。猫大概也觉出了问题，"喵"一声往回滚，但因毛线缠得过多，又黏结着毛，不仅没有解开，还反方向缠上几道。

猫开始急得大叫，用一只前爪去抓毛线，不巧被缠上，于是连续几个翻滚后，两只前爪都被缠住。它又边滚边伸出头，试图用嘴挑开那根可恶的毛线，但几次下来，嘴巴也被缠上。

"别动，咪咪。"杨丽一把拿过劲松的手机，恨不得把手机里的猫抱出来。劲松转头看看杨丽，倾过身，继续看下去。

足足半个小时，这只猫终于成功地把自己结结实实地捆绑进茶几底下逼仄的空间里。

"小傻瓜，一开始为什么不往回滚？"杨丽轻轻拍打一下猫，将手机丢掷到茶几上，身子往一旁移了移。劲松似乎对杨丽丢掷自己手机的动作有所不满，乜她一眼，拿起手机，把身子往另一侧移了移，想了想，起身走开。

"回一步，回一步就不会吃苦头。"杨丽继续轻轻拍打猫，"一步不回头，两步不回头，想回头也回不了了，永远也回不了了。"劲松停下脚步，回头看看杨丽，又抬脚走去。

"缠死你！缠死你才好！"杨丽拍打猫的动作竟然有些重。劲松再次停下脚步，没有回头，冷声冷气地说："说什么呢？"

"蠢货！蠢货！"还没恢复过来的猫被拍得滚到地板上，凄惨地叫。"干什么呢？"劲松还是站着没回头，声音低了许多。

"你是畜生，不知道这个理，不知道回头，不怪你。"杨丽抱起猫，轻轻搂到怀里，"人，不是猫，不是……"

劲松慢慢转过身，挨到杨丽身边坐下。杨丽夸张地侧身背对劲松，脸贴着猫，带着哭音："畜生，谁叫你不知道，不知道回头……"

劲松轻轻揽过杨丽的肩头，哽咽道："丽儿，别说了。我听你的，这就回头……"

次日晨，劲松在杨丽的陪同下，主动走进市纪委监委大院。

原载《小小说月刊》2023 年 7 月刊

感　恩

徐　剑

朱山，年约五旬，个矮，体瘦，皮皱，活脱脱一个干瘪小老头。其貌不扬的他有一个响当当的绰号——"小皇帝"。据说朱山幼时，是连续剧《末代皇帝》的超级拥趸，由于体格小，看起来比同龄人小几岁，又与后梁皇帝朱温的别名谐音，故人送此号。

朱山有皇帝名，却无皇帝命，十岁时父亲意外身亡，家境急剧直下，他不得不辍学回家，与母亲相依为命。后来，一个外地老男人入赘他家，成了他的后爹。后爹以前没结过婚，婚后也未生育，视继子为己出，使朱山有了一个清苦而幸福的童年。

大概源于营养不良，成年后的朱山依然瘦小，眨眼到了娶媳妇的年纪，可哪有姑娘愿意嫁过来呢？周围的老姐妹一个个都抱上了孙辈，朱山老娘急得头发都白了。村上人都说，"小皇帝"这个矮穷矬，恐怕得一辈子打光棍了。

可不久，大家都被啪啪打脸——朱山要成亲了。后爹不忍继子走自己的老路，年轻时讨不上老婆，老来找个寡妇搭伙，他回了趟老家，带来一个俊俏的大姑娘。

回来当日，后爹就急吼吼地为朱山操办婚事。一对新人，一个俊，一个丑，大伙儿都觉不般配。朱山喜笑颜开招呼客人，新娘愁眉紧锁一言不发。有人说，这"皇后"呀，早晚得跑。

未想一语成谶，次日老娘招呼儿子儿媳吃早饭，只有朱山一人现身。老娘以为儿媳怕羞，欲进屋，一只脚被朱山的一句话生生拦在了门槛上空——新娘跑了。

"快追呀！"

"追不上了，半夜就跑了。"

"你拦不住她？"

"我放她跑的。"

啪！一记响亮的耳刮子落在了朱山脸上。

"我找警察去！"

"别去，她是爹买来的，警察知道了，爹要遭殃的。"

老娘一屁股坐在地上，号啕大哭。

"皇后"跑了，此后也没人为朱山说媳妇，"小皇帝"继续做着孤家寡人。后爹不知是否被他气出了病，没两年归了西。生活又回到了从前，为了养活老娘，朱山挺卖命的，学瓦工，贩蔬菜，摆地摊……赚到了点钱，盖起了楼，买起了车，日子渐渐兴旺起来。

老娘过世后，媒婆们见朱山孤苦伶仃怪可怜的，便上门为他牵线搭桥，对象当然都是离了婚的或是死了丈夫的。媒婆们以为老光棍会感激涕零，谁知朱山连面都不见，一个个回绝了。气得她们背后直骂，真以为自己是皇帝了，还想娶黄花大闺女呀！

随着城市化建设的推进，村庄被列入了拆迁区。村民们个个欢天喜地，唯独朱山郁郁寡欢。大伙儿奇怪，这"小皇帝"想啥哩，放着三套房和一大笔拆迁费不要，难道守着老房等"皇后"？

直到拆迁前夕，朱山家里来了一个客人——一个异乡的年轻人，他才露出笑颜。年轻人住了一宿，次日带朱山回了老家。十天后，朱山回来了，向村上人宣布：他朱山领证了，光棍时代结束了！人们问："'皇后'呢？带出来给大家看看呢。"朱山说："还在老家，等拆迁完再请大家喝喜酒。"

不久，整村拆迁完毕。出乎大家的意料，朱山把房产全部登记在继子——那个异乡年轻人的名下。有人对他说："'小皇帝'你怎么这么傻，要是'皇后'再跑了，你不是一无所有了？"朱山嘿嘿一笑："不怕不怕，这不是为了将来省一笔过户费嘛。"

新房开始装修，朱山没地方住，又去了继子家。半年后，新房装修完成，朱山回家了，却是孤零零一人。

"'小皇帝'，'皇后'呢？"

"唉，走了。"朱山一脸哭相。

"又走了？"

"不。唉，去了另一个世界。"

朱山一个人住进了新房，照旧孤家寡人。

朱山没了"皇后"，但捡了个"太子"，晚年生活也算有了个依靠。谁知没几天，他竟搬出了新房，住进了出租屋，而"太子"不知所终。

坊间传闻，朱山人太善，上了当，继子为了骗得房产，诱使他与其身患绝症的母亲结婚，待母亲过世，便一脚将朱山踹开。唉，"小皇帝"人房两空。

再看朱山，虽说经历了丧妻之痛、失房之苦，但精神状态还行，经常串东家，去西家，不是问这家的儿子学啥专业的，就是问那家的女儿有没有工作。真是闲得慌，操哪门子心。

这年春节刚过，传来一个消息：从外地搬来一家大型企业，将大量招工。这对于拆迁小区的老村民来说，无疑是一个大利好，许多人正愁找不到工作呢。

招工结束，参加应聘的老村民竟无一例外，均被录用，而且都有了各自适合的岗位。等工厂开工，居民们个个惊得瞠目结舌——老板居然是此前消失的"太子"。

老板平易近人，经常下车间与工人唠嗑。

"老板，你为啥让后爹住出租屋，不住新房？"张三问。

"因为新房甲醛超标，暂时不能住哦。"

"老板，你为什么要把工厂搬过来呀？"李四问。

"为了感恩。"

"感恩？"

"嗯，我娘年轻时被拐骗了，卖给我后爹做媳妇。虽然当时后爹很喜欢我娘，但得知她早有了心上人，立马把她连夜送到了车站。"

"啊，原来你娘是当初那个姑娘呀！"王五惊道。

"嗯，那天他们分别时，我娘对后爹说，你真是个好人，这辈子要是还有可能，我一定要嫁给你。去年，我亲爹死后不久，我娘也查出身患绝症，便想在临走前见见我后爹，当得知后爹一直在等她，便毫不犹豫地嫁给了他。"

"真是一个感人的爱情故事啊！"大伙儿感叹。

"后爹是一个好人，没有他，就没有我爹我娘后来的事业，更没有我现在的一切。因为，是这方水土养育了后爹，所以，我要感恩，感恩这一方水土。"有两行泪，顺着老板的双颊缓缓滚落。

原载《小说月刊》2023 年第 2 期

网约"店小二"

笛 子

中午，素素呼来网约车，要去机场接亲戚。

接单司机给自己取的网名挺逗的，叫"我是店小二"。

到机场得50分钟左右。素素随口问：小二，看你中午也不休息，这么拼每月能赚不少吧？

回客官，工资加奖金，养活自己妥妥的，没问题。

素素笑笑，打了个哈欠，在舒缓的车载音乐中昏昏欲睡。她在电视台工作，昨晚赶任务熬到凌晨两点。她刚在手机上设好闹钟，就被周公一把扯进梦里——清风阵阵，素素在开满鲜花的田野上走着，流水淙淙声由远及近，她走呀走……

喂，客官醒醒，机场到啦，喂喂——

素素一个激灵醒来。机场？小溪呢？噢，原来溪水淙淙是车载音乐流出的，并没有什么田野花香。

她尴尬地笑笑，赶紧付钱下车。

素素租住在长安路的一栋公寓。这里离单位较近，交通方便，出门50米就是公车站。这天早上，素素从电梯出来，忽见一熟悉的脸：咦？店小二，你也住这？

店小二一脸茫然，显然已忘了她。素素有些尴尬，忙提示一周前曾坐他的车去机场接人。店小二笑笑：喔，好巧。

最近，因地铁开通新线路，部分公交车做了线路调整，素素上班搭乘的那路车，下月起将不再经停门口的站。租住在隔壁栋公寓的女同事建议她一起找人拼车。这时恰巧又遇店小二，素素赶紧叫住他说，有个互惠互利的机会，问他有无兴趣合作。

顺风车，双赢的事，怎样?

店小二笑笑，说好哇。于是加微信拉了个"拼车三人组"小群。

周末，三人组相约到郊区生态园摘荔枝，在车载音乐伴奏下一路欢歌。

车速突然慢下来，前面有人倒在马路上。

近前一看，受伤的是个骑电动单车的大姐。此刻她身子扭作一团，痛苦呻吟着，血不断从头部伤口溢出。素素与店小二迅速对视一眼，就要行动。

哎，会不会……我们……是不是报警或帮她打120就好啊? 谨慎的女同事迟疑着想阻止。

这里离市区有段距离，就怕耽误不起啊。素素说。

别怕，行车记录仪能证明这大姐受伤与我们无关。店小二说完，弯腰揽起大姐，素素忙跑去打开后排车门。

车子掉头驶向市区。一路上，素素半搂着伤者，拿出干净的小毛巾紧紧按住伤口。

万幸抢救及时，伤者已无大碍。三个人都非常开心，店小二还豪气地请了一顿豪华大餐，庆祝三人组的日行一善。

这天下午，素素正整理采访材料，女同事突然在群里狂呼崩溃:我生病在宿舍睡觉，楼上装修的砸墙声像打在我的脑壳上，跑去敲门要他们轻点，结果，看到有人为了多占空间，居然要打掉承重墙!

我警告他们承重墙不能拆除，否则会造成严重后果，他们根本不听，还说又不是只有他这一户这样。

混蛋!!! 店小二连发了三个暴怒的表情。

这还得了，必须投诉! 素素说。

没用的，这些拆迁户有的是钱，投诉了最后也是不了了之。同事说。

素素偏不信邪，她提议三个人一起向有关部门投诉。同事立即附议。

店小二却半天没反应。快半个多小时后终于开口，说刚才在通电话，这事交给他来办就好。

不，人多力量大，三个人一起效果会更好。素素说。

我一人就行，相信我。店小二说得跟买白菜似的轻飘，末尾还附了个吐舌的调皮表情。素素很反感，觉得他不该在这么严肃的事情上用如此轻佻的表情。

午夜，店小二在群里留言，说他近日有急事要处理，不能出车了。之后就再不见他冒泡。素素以为店小二怕惹麻烦，躲了，对他的好感直线下降。

素素和同事每天打车上下班。一天夜里，女同事突然在群里说，她遇到了自己的"专职司机"，要退出拼车三人组了。素素心里犹豫着要不要也退群，她打算去买个小电驴代步。

几天后，女同事突然扔来一个炸雷：真没想到啊，店小二居然是个隐形富豪、拆二代！而且，附近的两栋楼都是店小二家的地产。对于他为何家里那么有钱还要去当网约车司机，有的说他是无聊，为着撩妹找点新鲜、刺激、好玩，也有说他觉得当收租公不能体现自身价值才执意出去工作的，反正各种版本都有。

大家做街坊这么久，乘车也没见他给过优惠，最大方也就半路救人那次请了顿大餐。反正怎么看他都不像是家里有矿的啊。素素再三问女同事，会不会搞错了？此刻的她心里充满了意外、怀疑，还有莫名的愤怒、失落。

别忘了咱可都是吃新闻这碗饭的，没依据的事我能乱说吗？同事接着告诉素素，因为店小二决意要当网约车司机，他父母无奈，只好让他舅舅代为管理出租楼。不料舅舅为捞好处，竟默许租客私自改变房间格局。店小二得知后当即叫停，并聘请房屋安全工程人员对承重墙进行紧急修复、加固结构等，直到住建专家鉴定房屋主体结构安全。

这厮太能装了！素素说完这句，竟莫名气恼，愤然退群。

第二天，素素发现自己又被店小二掳进群。再一看，群名已从"拼车三人组"变成"店小二与客官的二人转"。

原载《羊城晚报》2023 年 3 月 1 日

过 年

亢留柱

壬戌年腊月十九早晨，大雪初晴。一尺多厚的积雪，被西北风一刮，卷起的雪粒纷纷扬扬地扑打在脸上，生疼。头顶的阳光和地上的雪光碰撞，迸射出一道道辨不清颜色的光，直晃得人睁不开眼。

豫西地区持续半年的干旱终于得到暂时缓解。但秋粮绝收，庄户人家的日子，像坐在油鏊子上一样难熬。眼看着年尽月除，家家都在为过年发愁。大人们好说，破衣粗食照样过，可孩子们眼巴巴盼了一年，不添件新衣服，不吃顿肉馅饺子，咋能叫过年呢？

平时驼铃声声、马蹄嘚嘚的商道上，一片寂寥。三五只大雁，悠闲地在道沿上踱来踱去，时不时引颈嘎嘎两声，呼唤着同类前来相聚觅食。

此时，紧靠商道的马家大院里却热闹得很。积雪已被清理干净，整个院子被土灰色篷布遮盖，东南西北和中央，各放着一个铁铸的炭火盆，火盆里炭火正旺。

院子里放着三个竹编大筐箩，筐箩里盛满铜钱，上面堆起一个塔尖。每个筐箩旁都围坐着二三十个人，每个人面前放着一个柳条小筐。他们都在手不识闲地忙碌着，没人说笑。因为，他们知道，穿铜钱这活，不仅要手快，还得心细，如果数错了，对不起马掌柜给的工钱和三顿饭。

马家是做盐巴生意的，生意做得大，有多处分号。年底回账，收回来的零钱统一用麻绳穿上，一百六十枚一串，也叫一贯。这样，方便明年开春进货使用。

腊月十三晚上，马掌柜把管家马三和用人们召集到一块儿，宣布一项决定：一、从腊月十九开始，村里和附近村民，可每家派出一人，到马家大院穿数铜钱，工钱一天五文，每天管三顿饭，工期八天，干得好了，另有奖赏；二、找五个厨艺好的厨子，来为大伙做饭，西街的张大厨一定要请到，他做的杂烩菜堪称一绝，厨子的工钱照上。

午饭是张大厨的拿手绝活——杂烩菜，还有白蒸馍、小米汤。马掌柜从屋里踱出来，对大家说：这活不重，但累人。大家放开了吃，饭后休息半个时辰，歇歇手眼再干。我得回去眯瞪会儿。说完，拿起一串穿好的铜钱，哗哗啦啦直响。他满意地说：辛苦大家了！便踱回屋里去。

饭后，大家聚拢到火盆旁开始说笑起来。他们已好久没有心情扯闲篇儿讲笑话了。人们感叹马家真有钱，马掌柜人真好，干这活真划算，这回过年有指望了……

谁也没有发现，上房屋的雕花窗后，马掌柜看着这些谈笑风生的人，自言自语道，唉，放着现成的钱都不知道拿。

人多力量大。天傍黑的时候，满满三笸箩的铜钱都被穿成串，整整齐齐地摆放在另外三个笸箩里。晚饭是肉丝面，马掌柜说，天冷，面条能把人吃热乎了。末了，又说，软饭不顶饥，回去的时候，一人发俩蒸馍带回去。

二十六，割猪肉。那天，阳光很好，地上厚厚的积雪已经消融殆尽，马家穿数铜钱的活全部完工。

晚饭后，每人领足四十个铜钱的工钱，又从管家马三手里接过二斤猪肉，喜滋滋地离开马家大院。

马掌柜目送人们离开，对马三说：荒年怕节，这回，乡亲们的年就过得去了。马三点头答：嗯。眼眶里却泪花打转，转着转着，流了下来。

大年初五早上，张大厨和马三在东大街相遇，说话间，提到穿铜钱那件事。张大厨说：老马家这几年真是发了，光收回来的零钱就有二十多笸箩。

马三摇头，说：你知道啥呀？其实马家就只有那三笸箩铜钱。掌柜进城，拿元宝换成零钱，让俺们用马车拉回来。那些天，白天，乡亲们把铜钱穿成串，夜里，掌柜的和俺们几个人，再把成串的铜钱拆散，第二天让乡亲们再重新穿一回。天天如此，那八天就是这么过来的。

张大厨先是不解，后是惊诧。最后，他慨叹道：好人，好人，好人呀！

原载《天池小小说》2023 年第 3 期

锄　奸

孙长乐

　　民国初年，余平与几个同窗远涉重洋，留学东瀛。几年后回到国内，当时正值军阀混战，余平无心求取功名，便在老家复州定居，当个私塾先生。

　　复州被日军占领后，指挥官石田得知余平通晓日语，就要他去当翻译，并威胁他，要是不从就把他一家老小全都杀光。余平不得已，就当了日军的翻译。那时，复州有几个死心塌地为鬼子做事的铁杆汉奸，其中一个就是益春堂药房的老板薛全。薛全有个表哥是抗日志士，有天他到薛全的药店买药，薛全就给鬼子报了信，结果这个抗日志士就被抓住砍了头。

　　一天傍晚时分，余平在街上的饭馆吃饭时，一个小乞丐递给他一封信："刚才有人叫我把这封信交给你。"

　　余平一脸疑惑地接过那封信："是个什么样的人？"

　　"一个穿黑长衫、戴灰礼帽的汉子。"小乞丐答道。

　　余平站在饭馆门口朝四周张望，也没看到那个人。拆开了信，见上面没有落款，只是说，益春堂药房老板薛全家里藏了一幅明朝仇英的画作《仕女焚香图》，希望余平把这事透露给石田。看完这封神秘的信，余平尽管有些摸不着头脑，可也明白写信人的用意，隐约感觉这是抗日志士要惩治薛全。

　　石田来到中国后，搜掠了很多珍贵的古玩字画，这天，他把新得到的几幅古画拿了出来，叫余平与他一起鉴赏。余平看了一阵后，说："这几幅画的确很有艺术价值，但要是跟复州一户人家收藏的《仕女焚香图》相比，可就差得远喽。"

　　石田问《仕女焚香图》是一幅什么样的画，余平告诉他，《仕女焚香图》是仇英的画作，堪称稀世珍品。石田是个中国通，知道中国明朝的仇英，曾习漆工，后拜师学画，成为绘画大师，便连忙打听这幅画的下落。余平走近石田，低声说道："《仕女焚香图》是薛全的传家之宝，就在他的手里。"

石田欣喜若狂，当即便派人去找薛全。

半个时辰后，薛全赶了过来。进到屋里后，他毕恭毕敬地鞠了一躬，小心翼翼地说道："太君找我有事吧，请尽管吩咐。"

石田操着半生不熟的汉语直截了当地说："听说你收藏了一幅《仕女焚香图》，拿来让我饱饱眼福，如何？"

薛全听了，一下愣住了。《仕女焚香图》是他家祖上传下来的，从未向外人说起过，他真不知石田是如何得知的。薛全也明白，石田既然知道了，自己要想活命，也只能老老实实送给他。石田吩咐他立即回家去取，他便苦着脸离去了。

回到家，薛全拿出那幅《仕女焚香图》，连连哀叹。他家收藏这画，打祖上就秘而不宣，外人没一个知晓的，只有几个亲戚知道，那个被鬼子杀害的表哥，曾在他家里看过一次。想起表哥，薛全不由打了个寒噤。看着那幅画，胡乱想了一阵后，薛全便包好画，出了家门。

走到半路，在一个下坡路段，突然蹿出一条大黑狗，狂吠着朝薛全扑去。薛全慌忙闪到一旁，丢下手里的画，随手捡起一根树枝，挥舞着驱赶黑狗。这时，远处有人打了两声长长的呼哨，那狗停止吠叫，转头衔起地上的画卷，往坡下跑去。等薛全缓过神来，那条狗已没了踪影。薛全满脸沮丧，发了一会儿呆，起身垂头丧气地向石田的营房走去。

看到衣衫不整的薛全满脸丧气地走进屋来，石田和余平都是一愣。石田打量着他，正要问话，薛全就带着哭腔把路上的遭遇告诉了石田。

石田听罢，逼视着薛全，冷笑几声："谎话连篇，胡说八道！"

余平用日语跟石田说道："那幅画是他薛家的宝贝，我也料想到他是不会轻易拿出来的。"

石田走到薛全跟前，揪住他的衣领，恶狠狠地吼道："欺骗皇军，死路一条！"

薛全面如土色，吞吞吐吐地说自己也不明所以。石田怒不可遏，大吼一声，双手举刀朝薛全的脑门劈了下去，薛全当即一命呜呼了。

几天后的晌午，余平刚从家里出来，一个身着黑色长衫、头戴灰色礼帽的中年男子，走近他低声说道："余先生，请借一步说话。"

在胡同的僻静处，那男子停下脚步，转身给余平施了个礼："感谢余先生配合我们抗日联军除掉了薛全。之所以选择你来配合我们，是因为我们知道，你是个有良知的知识分子。"

余平叹了口气："虽说我做日军翻译有苦衷，可是愧对先人啊！"他又以敬佩的眼神看着对方，说："看起来，你们是早就盯住了薛全，那幅画也落到你们手里了。这是如何做到的？太难以想象了。"

"我们是借助一条经过训练的猎狗拿到了那幅画。"中年男子解释道，"我们以前曾听薛全的表哥说起过那幅画，就围绕这画设了个计，那幅画已派人送到了根据地，会妥善保管的。我们这次的计划，就是让石田亲手杀了薛全，目的是让那些汉奸引以为戒，也叫他们知道，当铁杆汉奸，不只会被锄奸队除掉，也会随时成为自己主子的刀下之鬼。"男子说罢，向余平拱拱手，便匆匆离去了。

不久，余平老娘病逝。安葬了老娘后，余平便在一个黑夜里，带着妻子和一双儿女，偷偷离开了复州，在一个小镇安了家。后来，余平加入了当地的抗日组织，开始从事抗日活动。

原载《小说月刊》2023 年第 6 期

良 医

马河静

黄河医院有两个响当当的主任医师：一个西医主任，叫贾正正；一个中医主任，叫甄世英。

医院门诊就像开店卖货一样，他们两个都凭着各自的知名度，拥有固定的客户。找贾主任的大都是干部和商人。在芸芸众生中，这些人虽说占比例不大，但是有权，钱多。甄世英拥有的则是一般劳苦大众，诸如老农民、打工者，这类人尽管兜里钱少，但是人众。

两个主任性别不同，性情不一，但技术水平各有千秋，支撑起了黄河医院的高大门面。

贾正正主任长得胖墩墩的，弥勒佛样，说话慢条斯理，见人眉开眼笑，和蔼可亲。由于他治愈率高，恢复得快（下药重吧），致使有的患者千里迢迢慕名而来。为此，他的办公室墙上挂满了"妙手回春""手到病除""起死回生""神医华佗"等锦旗。也因此，他是医院创收第一人，差不多百分之五十的盈利，出自他手。自然，他一个人的提成，顶住医院其他医生的总和。

女主任甄世英长得冰清玉洁，面色不温不火，神情心平气定，处处谨言慎行。她看一个患者就是半天，号脉号了左手号右手。有时候号罢脉，好像累了一样，往座椅上一靠，双手交叉到胸前，问这问那，像政治审查，祖宗三代问个遍。然后不言不语，沉思半晌，竟底说了句，没事。还有，她对病入膏肓，眼看就要瞪眼的患者，也会说："没事，没事。"

有人问她："你是不是欺骗病人？"

她说是。她说："假如我说他活不了百天，说不定他当场就会过去呢。我说没事，说不定能活二百天呢。"

她追求的理念是：医生不靠机器诊断了病，是能耐；不开药治了病，是本事。但是，她不是神仙，做不到手到病除。对此，贾主任呵呵一笑，说她："乌托邦啊，可想不可及！"但是，她确实用古怪偏方，做到了大病化小，小病不吃药。

也由此可见，来找她的是恨不得一个钢镚掰两半花的人，哪里舍得做面锦旗送给她？加之她的这种理想追求，哪还会有提成？

没有就没有，她不攀不比，心安理得。

且说这年春天的一天，甄世英接待了一个面部沧桑的老人。只见他弯腰弓脊，拄着一根竹竿，背着一个蛇皮袋。甄世英号罢脉，又摸了老头的额头，明显发烧，差不多39度，伴随咳嗽。又询问了他，她诊断为一般流行性感冒，就说："没事，回去多喝水，多休息。"

老头说："老伴瘫痪在床，高血压还要吃药，我哪敢休息？你就给我开点药吧。"

甄世英撕了片纸，写了：生姜10g、葱白15g、白萝卜150g、红糖20g。交代老头："熬水喝，就管事。"

老头将信将疑，或许是急于病好，出了医院又勾回去，挂了西医专家贾主任的号。贾主任量了体温，39度。看了看喉咙，问道："头疼吧？"

老头说："疼。"

"喉咙疼吧？"

"疼。"

"身上没劲吧？"

"对对对。"

"酸困吧？"

"是是是。"老头觉得贾主任看得透透的。

贾主任问罢，"嗨"了一声，把老头吓了一跳，问："要紧吗？"

贾主任说检查检查再说。贾主任认真负责、一丝不苟、精益求精、保本保底。他开了血常规化验单、胸部影像、颅脑CT。各项检查回来，都显示没有多大问题。

老头问："有事吗？"

贾主任不说没事，他是被错误教训聪明了。他曾经让一个吃饱肚撑的人做了各种检查，包括磁共振成像，花了一千多块，结果啥事没有。少吃一顿，肚子空空就行了，也就没有开药。看病的人不愿意了，说，我没有病，你竟敢叫我花这么多钱？弄得他下不来台。

此刻，他给老头说："说大不大，说小不小，及时了万事大吉；耽搁了，就会诱发肺炎、肾炎、脑膜炎等，大意不得啊。"就给老头开了一大堆药，笑眯眯地说："包好，包好！"

听医生说包好，老头觉得遇到了神医，欢喜地搓着手，像个小孩。

就在这年，黄河医院一个副院长调到乡下医院当正院长了。医院准备在贾正正、甄世英两个主任中提拔一个当副院长。贾正正觉得势在必得，见人更是眉开眼笑，和蔼可亲。

组织部门来民意考察，想不到贾正正名落孙山。

更想不到，甄世英不愿当官。她说："不为良相，当为良医。谁想干谁干。"

原载《人生与伴侣》2023 年第 2 期

不要和陌生人说话

蓝 月

桃花婶正抱着宝儿转圈，门外传来敲门声。

桃花婶赶紧走到门口，猛然又停住了。

她想起了儿子的交代。儿子说，在家别开门，更不要和陌生人说话。

桃花婶吃一惊，怎么这样？你小时候，家里白天从不关门，一个村就没有人家关门的。现在也是只要有人在家，门就开着。

儿子说，城里和乡下不一样。农村人祖祖辈辈都在一个村里，知根知底。城里面人员复杂，哪的人都有，一些流窜作案的骗子专门喜欢骗你们老年人。害人之心不可有，防人之心不可无。

骗子？桃花婶心里一咯噔，那是要小心点。

儿子说的也有道理，防人之心不可无。

谁呀？

我是你家对门的。

对门确实有一家，桃花婶来了一星期了，没见对门开过门。

儿子说，可能还没卖出去，也有可能卖出去了，业主还没来装修。

儿子家住的是新小区，临近商业街，购物啥的很方便，就是家家户户关着门，上下楼是电梯，碰面都不说话，碰见次数多了，最多笑笑，点一点头，算是打招呼了。

桃花婶不免憋闷，还是乡下好，邻居之间一家人似的，借个酱油倒个醋，谁家有事吱一声，帮忙是分内的，从来不提一个"钱"字，钱买不来热乎乎的人情，热乎！

这对门的怎么主动来串门？不会是骗子吧？

桃花婶紧张起来，把宝儿放进摇床，走到门前，捂住了左眼，用右眼睛凑近猫眼。门外是一个和她差不多年纪的女人，一头棕色卷发，化着淡妆，挺得体的样子。

这人会是骗子？桃花婶不小心把心里的话咕哝了出来。

哈哈。女人笑了出来。我不是骗子，我真是你家对门邻居呀！

你别骗我，对门没见住人。桃花婶还是保持着警惕。

我们刚买下来，给儿子结婚用的，还没装修呢。你看，对门是不是开着，你从猫眼可以看到的。女人说着让开身去。

桃花婶从猫眼望过去。确实，对门开着。

看来还真是邻居。

桃花婶有点不好意思了，赶紧开了门。

你有啥事吗？

桃花婶的眼睛再次望向对门，里面还是毛坯，空空荡荡的。

大姐，是这样的，我儿子在外地，要年底才能回来，让我找人装修房子。我哪里懂呀，想看看你家的，参考一下。可以吗？

对方挺和气，也挺诚恳的，年纪也和我差不多，桃花婶想，看看就看看呗，对门邻居关系处好了，串个门啥的热闹。

桃花婶从鞋架上拎了一双拖鞋出来，笑着说，进来吧，家里有孩子，挺乱的。

你家干净的，一看你就是个干净人。女人换好了拖鞋。

宝儿在摇床里面哼哼唧唧，桃花婶赶忙走过去抱起了宝儿。

哟，宝宝好漂亮，洋团团一样，多大了？男还是女？女人探头看着宝儿，眼里露出羡慕的神情。

孙子。四个月了。桃花婶笑着答。

你福气真好，我和你差不多年纪，儿子婚还没结。

这不是要结了吗？结了就快了。呵呵。

不知不觉中两人的生分感已经消失，女人跟着桃花婶参观了所有房间。女人一边看一边夸，夸得桃花婶心里舒坦极了。

看来这是个好邻居。

儿子回来，桃花婶把这事告诉了儿子。儿子说不错呀，对门邻居和你对脾气，你也有个伴。

第二天是休息天，儿子儿媳都在家，孙子儿媳妇自己带，桃花婶负责张罗一家人吃饭。做饭对于桃花婶来说是拿手好戏，而且一家人都在家，热热闹闹的，桃花婶心里面高兴。

敲门声响起，儿子开了门。

桃花婶从厨房探出头一看，是对门邻居，就对儿子说，她就是我和你说的咱对门邻居。

阿姨好。儿子很客气地打招呼。

呀，今天你们一家子都在家呀，真好。邻居赞叹。

桃花婶擦了擦手，走到门口，去鞋柜上拿拖鞋，笑着递给邻居。

进来坐吧。

不了，谢谢。我说几句话就走。邻居笑着说。

阿姨，听我妈说你家马上要装修了，你们装修的时候动静小一点，你也看到了咱家有宝宝。

还是儿子厉害，直截了当说出了桃花婶不好意思说出的话。

那是肯定的，你放心，我会让工人小心的。

那就谢谢了，有什么需要我们帮忙的尽管说。

还真有件事情想和你们商量。

说吧，啥事？

是这样，我家装修至少要三个月，完了还要晾一下，也就是说半年之内，我们不会搬过来住。我家下面的停车位，你们要不要用？

好的呀，我家两辆车，只有一个车位，平时找车位还挺麻烦。儿子高兴地说。

那好呀，那就租给你们半年……

不好意思，我家不要车位，你找别人吧。桃花婶截住了女人的话头，哐当关上了门。

妈，你怎么啦？儿子不清楚自己的老妈怎么突然生气了。

不要和陌生人说话！桃花婶瞪了儿子一眼。

陌生人？

儿子挠了挠后脑勺，一头雾水。

原载《微型小说选刊》2023 年第 8 期

摆　渡

杨苏奋

江南，运河码头，一条小船来来回回地运送着等待过河的人。摆渡人有四十来岁，瘦瘦的，很少见他说话。摆渡人手里的船篙，不是人们常用的竹篙，他的船篙是一支闪闪发亮的铁篙。见有人在岸边等待，摆渡人就把铁篙往船头一撑，船便飞一般射向对岸。收工回来，他把铁篙往船头的圆孔中一插，船就稳稳当当地停在岸边。

岸上有一茅屋。茅屋边的马棚有一匹白马。没人过河时，摆渡人就坐下来，面对白马，默默抽烟。

清明节这天，等待坐船的人络绎不绝。天还没亮，摆渡人就忙碌起来，一刻也没停，岸边还是排起了长长的队伍。

船刚一靠岸，几个不守规矩的人抢先上船。摆渡人见了，大声说，一次八人，先到先上，并用铁篙把这些人推回到岸上。

按照顺序，有八个人上了。突然，一只大脚踩住了船头。摆渡人抬头看，只见来人头戴斗笠，身穿官服，是一位相貌堂堂的中年汉子。摆渡人见了，用铁篙挡住了他，说，一次八人，先到先上。

中年汉子道，我是官差，有公务在身。

摆渡人依然说，一次八人，先到先上。说完，拔出铁篙，用力一撑，船离开了码头。

中年汉子只能眼巴巴看船离去。

渡船回来，中年汉子背着手，挺着胸，又一脚踩住船头，威严地说，这一次我该上船了吧?

摆渡人手持铁篙说，一次八人，先到先上。见有八人上船，摆渡人用力撑篙，船已在河的中央了。

中年汉子撸一下衣袖，挺了挺身，在岸边走来走去。

渡船返回，刚一停稳，中年汉子再次脚踩船头说，这一次我必须上船，官府要事，你担待得起吗？船头被踩得接近水面了。

摆渡人见有八人陆续上船，说，一次八人，先到先上。说着，一撑铁篙，船又离开了码头。中年汉子的脚悬在那里。

少顷，船又靠岸了。中年汉子气极了，一个箭步跳到船上，夺下摆渡人手中的铁篙，两眼盯着摆渡人，双手举起铁篙，把铁篙掰成弯弓状扔到了船头，铁青着脸说，我看你吃了豹子胆了，误了大事，是要掉脑袋的！

摆渡人没说话，捡起铁篙，轻轻一用力，就把铁篙拉直了，比原来还拉长很多。中年汉子见了，惊得目瞪口呆。摆渡人还是那句话，一次八人，先到先上。中年汉子听了，没再言语，抬脚跳下船来。

终于等到中年汉子上船了，摆渡人说，稍等片刻，我把那匹马牵下来和你同上一条船。

中年汉子没好气地说，你这人，今天就是拿我过不去了。轮到我坐船了，还弄匹马来？

摆渡人纵身一跃到岸上，回头说：一次八人，这一次就你一人，多了一匹马，不打紧。

马牵上了船。摆渡人把铁篙用力一撑，铁篙几乎淹没在水中了。船到对岸时，摆渡人把铁篙插入船孔，稳固好船只，让中年汉子上岸。摆渡人随后牵马上了岸，把缰绳递给了中年汉子，说，上马吧。

中年汉子略一犹豫，跃身上马，勒住缰绳，洒脱地看一眼摆渡人，然后掉头，飞奔而去……

白马走后，摆渡人的心里一直空落落的，不再像之前那样蹲在岸边抽烟。他总是在岸边来来回回地踱着步，不停地向远处张望。

这天傍晚，隐隐听见了马的嘶叫声，他即刻放下烟管，跳出门外，向对岸望去。

只见河对岸，一个白色的影子向河边扑来，摆渡人立马跃上渡船，一铁篙撑向对岸，一看，正是他的白马。

白马归来，脖子下有一个包裹，打开看，是一包银子。

原载《天池小小说》2023 年第 1 期

鳖回头

张中杰

老王蹙眉望着儿子快递回来的老鳖，纠结了。

老伴病故，老王从县林业局退休回到清水湾。自己有肺病，老中医交代除了呼吸新鲜空气，还要多吃甲鱼，增加免疫力。儿子听到了，立马开展孝心行动。

老王排行老八，吃鳖就是吃自己。老鳖伸脑袋一上一下，像是磕头求饶。老王不忍心，退了，又怕老鳖路上捂死，即使卖家收到，结果还是被卖出去，小命不保。

老王决定放生，他找到儿时玩耍过的西北角老槐树，把鳖丢进树下的暗洞，让老鳖弃暗投明。

次日一早开门，老鳖穿一身肮脏的蛤蟆衣爬回，蔫不唧的。老王喂养，送别。老鳖又回。

纳闷的老王抱着老鳖亲自送。千米开外的清水湾位于黄河中游南岸，远观仿佛一个巨大的倒葫芦。黄河水涨可以蓄水，枯水期源头的小溪泉水可以补给，好像一对和谐的母子。

老王这一瞅，还真瞅出了问题。原来是水太脏。岸上，白的红的绿的塑料袋，飘挂在枣刺条上，像破败飞舞的"万国旗"。这哪儿是孩提时代的清水湾？分明是臭水沟！

小时候的清水湾，春来鲜草绿油油，夏天野花明灿灿，秋到瓜果压枝弯，冬日冰雪透心甜。水清见底，鱼虾须尾毕现。老王与小伙伴上树摸柿猴逮知了，下湾抓螃蟹捉老鳖，那叫一个爽！尽管他从不吃，都送给村里五保户了。如今，冰火两重天，清水湾变得像个垂暮老人，病恹恹的，让他感到陌生，心里拔拔凉。

老王急眼了。他慌忙弯下僵硬的腰，开始捡拾纸屑、空饮料瓶、用过的避孕套。他又回家找废弃电线，绕着清水湾上游外围拉上一个网，爬上高树把儿子淘汰的摄像头装上，写上"监控区，请注意文明举止"的条幅。老王满头大汗，紧张得差点儿掉下来呢。

外围干净清爽了，可是清水湾沿岸腥臊藻类繁茂。就像病人不能靠洗澡治病一样，治标不治本，得找到病根。老王索性前往侦察。好家伙，这一看，沿途挖沙抽水，倾倒垃圾，私搭乱建，乱象丛生。

老王对症下药，急慌慌跑到县生态环境局反映情况。工作人员尴尬地解释，蓝天保卫战任务重，城区治不完，清水湾偏远，人员少，哪顾得上，得往后排。

老王向工作人员要了一个志愿者红袖章，抓了一沓办公桌上的宣传页，返回清水湾，做了义务护林员。他逢人就讲，口干舌燥，对拒不中止污染行为的，当面就打电话举报。还真管用，污染行为一时销声匿迹，风平浪静。

可是清水湾水体仍呈暗红色，还有一股铁锈的刺鼻味。老王不信邪，像个卧底来回跑。咦？漏网之鱼——湾中半山腰竟然藏着一个小型轧钢厂！那些刺鼻味就是从这儿埋的深地管冒出来的。

老王扯下红袖章塞裤袋里，假装捡垃圾过了保安把门这一关。要找厂长，被办公室主任挡住。主任说，你再干扰生产我就打110。老王生气了，我巴不得呢！来了正好给咱评评理，要动手？好，奉陪到底。反正我退了，就躺厂里等你们养老了。

等到天黑，厂长也没敢露面。老王当场抓起笔写举报信，说明天见不到厂长就举报。说完，气呼呼地背着手出厂回家。

晚上八点，办公室主任带人把一个豪华按摩椅抬进老王家。老王铁青着脸拒收。僵持半天，厂长终于来了。

"表哥，你就不能放老弟一条生路？"厂长是八竿子亲戚，远房表弟。

"老弟，你不能糊涂呀。咱从小喝清水湾的水长大，她是咱母亲河的孩子啊。你把厂房搬走，放咱清水湾一条生路！我就给你开口子！"老王倔牛一般昂起头。

表弟哭巴着脸说："我们欠着银行贷款。技术改造、搬迁又需要资金……"

老王拿出 5 万私房钱，又打电话给儿子借了 5 万，交给表弟。表弟眼眶里泊着两汪温热，用力咬了下牙，才没有溢出来。

老王只要一闲下来，荒地栽冬桃，岸边植新柳，中间低洼处种上小白杨，忙得脚不沾地。搬迁后的轧钢厂经过技术改造，效益好。表弟还了老王的 10 万，又拿出 5 万感谢。老王执意不收。

这还没完。过完年，老王央求当县政协委员的小舅子，让他在两会上递交清水湾治理提案。

清水湾成了远近闻名的风景区。周末，城里的人过来休闲，络绎不绝。

老王收下放生的那只老鳖带着一群子孙，爬到老王家门前晒太阳。一排排，一只接一只，热闹壮观。

原载《莲池》2023 年第 14 期

借　水

郑红霞

大福在村后有块菜地，北面邻着土路，其他三面都住着人家。为防止猫狗进去，大福把四周都围上了玉米秸秆。菜地里还立着几捆备用的，以便更换。

这天，菜地有点旱。大福从家提水太远，就去菜地东边董嫂家的压井取水。

董嫂两口子对大福不错。当初，大福结婚刚半年，老婆得急病走了，如今三十五岁，一直没娶。董嫂曾给他找过几个，但因大福条件一般、不善言辞，都没成功。

一见大福来了，董嫂赶走压井边啄食的一群鸡，说："大福，你那青椒长得挺好，配鸡蛋好吃。你又没养鸡，鸡蛋可以随时跟嫂子要。"

大福掀起背心，擦把汗说了声"我记下了"。

浇了一半，大福去办其他事，第二天再去董嫂家取水，却怎么也喊不开门。

大福只好去菜地西边的习嫂家借水。习嫂家大门外面没上锁，里面锁着，大福喊了半天哥嫂也没人开。

大福有点挠头了。菜地南边是倪嫂家，他不好意思去，他一见到倪嫂就紧张。因为倪嫂是个独居的寡妇。倪嫂很爱吃红鱼，十二年前，男人下河打鱼，淹死了，倪嫂就没再嫁。

大福犹豫了，但不浇水青菜可能被旱死。大福深吸一口气，走向倪嫂家。

倪嫂正在大门里择菜。大福说："嫂子，我……借菜浇水，不是，借水浇菜。"

倪嫂说："舌头打麻药了？我这口压井旺，水多的是。"

大福"嘿嘿"笑着走向压井。等压满桶，他拉起背心擦汗，露出了紧绷绷的肚皮。忽然又觉得不妥，急忙转身放下来。大福看到，倪嫂偷偷瞄了一眼，抿嘴笑了。

大福取了八桶水，他打算摘几个青椒给倪嫂。刚摘一个，那几捆立着的玉米秸秆里，忽然跑出一只金黄色母鸡，"咯咯"地叫着跑了。

大福走近一看，低洼处有个鸡窝，里面有两只鸡蛋。

谁家的鸡在这儿丢蛋？管他呢，大福把鸡蛋装在兜里。

大福掐了八个青椒，出菜地还没走多远，迎面走来了董嫂。董嫂一看大福拿着两把青椒，说："这是给倪嫂送菜去？"

大福脸一红，忙说："老去你家借水，给你的，给！"董嫂接过菜，走了。

大福觉得挺遗憾的。

看董嫂进了家门，大福又掐了四根黄瓜。半路上，习嫂过来了。习嫂说："呦，黄瓜都长成了？都过了我家门儿，这是给倪嫂的吧？"

大福脸又一红，忙说："第一茬刚能摘，给你尝尝。"习嫂接过菜，也走了。

大福又觉得挺遗憾的。

但剩下的菜还没长成，不能摘了。大福觉得像欠着倪嫂点啥，总在心里记着。

不久后的一天夜里十点，下起了暴雨。大福忽然想起菜地的鸡窝。那鸡窝在低洼处，如果被冲走，鸡就不来下蛋了。

雨变小时，大福打着伞向菜地走去。

大福看到，鸡窝边也有一个人，穿着深色雨衣，正弯腰做什么。大福想喊一声，但张张嘴又闭上了。他想偷偷看看是谁。

大福收住伞，蹲在旁边的黄瓜架下，等那人经过，但左等右等不见人来。

大福起身，发现人已离开。在南侧玉米秸秆的围栏下，出现一个豁口。

大福打开手电，发现鸡窝已经被垫高了，还用几根棍子固定住，立着的秸秆上有一块塑料布遮挡着，再大的雨也不会把鸡窝淋湿、冲走了。

第二天上午，像往常一样，鸡窝里仍然躺着一个蛋。

大福想：那人是谁呢？

首先想到的是董嫂。但董嫂常说，想吃鸡蛋就跟她要，她不会偷摸地帮自己。

第二想到的是习嫂。习嫂是风风火火的性格，有事爱拿出来办，不会放在背地里。应该也不是她。

最后想到的是倪嫂。一想到倪嫂，大福眼前立刻出现那天倪嫂瞄他的神情。是不是她，得去问问，好谢谢人家。

于是，大福摘了四根黄瓜、八个青椒、六个柿子，用水桶提着，来到倪嫂家。这次很顺利，没有碰到董嫂和习嫂。

大福说："倪嫂，菜能摘了，给你尝尝。"

倪嫂看看桶，说："我的比她们多啊。"

大福没有解释，只是"嘿嘿"笑两声。

倪嫂把头发顺到耳后，说："大福，你以后喊我倪姐吧。"

大福一愣，没说行，也没说不行。然后，大福想直接问昨夜是不是她，但话到嘴边又咽了回去。大福回去了，倪嫂看着他的背影，感觉挺遗憾的，她准备好的一条擦汗毛巾也没送出去。

没几天，菜地又旱了。

大福提着桶像往常一样去董嫂家。还没进门，就听见大门里有人聊天。

董嫂说："他就是块木头，一个大男人，有想法不敢说。再来借水，我还不给开门。"

习嫂说："对，我上次也没开。以后，让他去倪嫂家借去。他借的次数多了，就敢说了。"

倪嫂说："可我家比你们都远啊，你们这是累傻小子的吧。"

董嫂说："呦，都开始心疼了？习嫂，你是不知道，那次夜里暴雨，是倪嫂把鸡窝给弄好的，要不然，鸡窝冲走，鸡就不来了，大福吃个锤子。不过，我听东边李奶奶说，她家一个金黄鸡总丢蛋，给圈起来了。这几天，肯定又是倪嫂每天去鸡窝下的蛋吧。"

说完，几个女人"咯咯"地大笑起来。

习嫂收住笑声，说："还真别说，大福今年三十五，倪嫂三十六，女大一，抱金鸡啊。虽然金鸡没了，但金蛋天天有啊！"

倪嫂说："你们两个，一个比一个坏。"

说完，三个女人又笑起来。

门外的大福脸一红，转身走了。

后半晌，董嫂、习嫂、倪嫂发现大福的菜蔫了。习嫂说："呦，大福兄弟的菜又蔫了，咱也没少吃，回家拿桶帮他浇浇吧。"

三个女人各自回家提水。

倪嫂先进了菜地。她浇完了一桶水，董嫂、习嫂还没来。这时，大福提个水桶进了菜地，浑身上下湿漉漉的。

倪嫂脸一红，刚要说话，大福把水桶递过去，憋了半天才说："倪……姐，咱俩换换桶吧？"

倪嫂不知何意，她接过大福的桶一看，抿嘴一笑，就提着桶跑了。

董嫂、习嫂在东墙头上露出脑袋，似乎在看一场戏，也捂嘴笑了。她俩知道，大福的桶里是他下河摸来的几条红鱼。

原载《乡土·野马渡》2023 年 5 月刊

龙　狗

梁柏文

那天，8 岁的小禾随小伙伴去大沙墩放牛。就在大家一阵风似的跑到山上摘野果、掏鸟窝时，小禾突然惊叫一声，他看到一只像狗的黄毛家伙从草丛中蹿出，冲着他"汪汪"狂叫。

小禾发现那家伙身后那片倒伏的草丛中隐约有个洞，就叫来孩子王小谷，一起赶走了那只黄毛家伙，扒开了草丛。那洞口不大，还十分光滑，小谷跑去找山下劳作的大伯借来锄头，借着暗淡光线便开挖。很快，他们就看见里面的几只小家伙，簇拥着，不停地低鸣。那是四只幼崽，毛色淡黄，眼睛乌亮，跟刚才那只大黄毛很像。

小谷抱起一只递给小禾，算是奖励，自己也满心欢喜抱起一只，然后又有其他两个小伙伴要了另外两只，大家心满意足地向山下走去，全然不管那只大黄毛在身后"汪汪"狂叫。

小禾回家弄来米汤喂小黄毛，但小家伙不张嘴，只是悲伤地低鸣。老爸好奇地走过来："这是啥宠物呀？"

"小黄毛。"小禾掩饰不住兴奋，"小山洞挖的。"

老爸告诉小禾，小黄毛应该是当地人称为龙狗的一种动物的幼崽。跟家狗相比，这龙狗身型略小，黄毛，嘴尖，两条前腿略短好爬山，尾巴粗长垂地，有白梢。它们通常隐居在冬暖夏凉的黄泥洞，夜晚会下山进村入屋偷吃家禽。

小禾他们村就依山而起。当夜，小禾家屋后传来龙狗的一阵阵狂叫，声音哽咽又凄厉。小禾妈听着，似乎有了心事，翻来覆去睡不着。

一大早，老妈问老爸："昨夜母亲寻儿，知道吗？"

老爸怔了一下，若有所思："应该是吧。你别想太多。"

老妈却红着眼说："不知怎的，心里好难受。我想，要不还是算了吧。"老妈用手抹抹眼泪。

老爸却霎时板起脸："算了？那这些年的心血岂不白费？"他知道"算了"是什么意思。

这时，小禾全部心思都在那小黄毛身上。他打听到伙伴们的小黄毛都不肯吃喝，便提出交由自己一起养，让小家伙们有个伴。伙伴们不舍，说："总不能白给吧？"小禾便拿自己心爱的笔盒、《西游记》连环画、电子手表，跟伙伴们换小黄毛。四只小黄毛重逢，好像很开心，簇拥着，互相蹭来蹭去。小禾又弄来米汤，特意加一只鸡蛋和红糖。但小黄毛们依旧紧闭小嘴巴，就是不吃。小禾弄得满头大汗，却不知如何是好。

第二晚，屋后山边又传来龙狗的惨叫声。那声音带着乞求与绝望。老妈再也睡不着，起身坐在床沿抽泣起来。她想起白天在镇上看见一位母亲四处张贴寻子启事，那位母亲才30多岁，头发花白，形似乞丐，靠捡破烂换取路费辗转各地，据说已四处寻子好几年了。

老爸被吵醒，不满道："你神经病啊！想那么多干啥。"

"我是感同身受……"老妈抹了一把泪，"动物都这样，何况人？"

老爸终于爬起身，去拿水烟筒："你想我怎么做？"

"认命算了！"老妈请求。

老爸吸着烟，闷头不说话。说得轻巧，假如"算了"，那他会被村里人甚至父母兄弟看不起的，俗话说无后为大，他不想放弃。

"你就不明白当妈的心吗？你要不肯，那我们别过了！"老妈亮出最后一招。

老爸不再吱声，他不想失去能干贤惠的老妈。可又能怎样？

两夫妻一夜无话，也无眠，就这样又到了早上。小禾揉着惺忪的睡眼，早早就起来去看小黄毛。小黄毛一只只都没精打采地趴着，眼睛半闭，叫声也很微弱。小禾吓了一跳。这样下去会饿死的呀，难道小黄毛只肯吃它们妈妈的奶水吗？想到这，小禾决定送小黄毛回妈妈身边。他找来一个小篮子，铺上旧毛巾，然后把小黄毛一只只轻轻地抱入篮中，上面再盖上一顶草帽就上山了。

四只小黄毛放一起可不轻，小禾拎着篮子，两只手都发麻了。他好不容易找到洞口，轻轻地抱起小黄毛，不舍地一只只送入洞巢。突然，小禾看见那天那只龙狗站在不远处紧盯着他。小禾吓得转身便往山下跑，走了几步，又壮着胆回头看，只见龙狗正一步步走近洞口，再回头朝小禾唤了几声，便一头扎进洞内。

小黄毛终于回到妈妈身边了。小禾开心地拍掌又蹦跳。

当爸爸看到满头大汗回家来的小禾时，问道："小黄毛呢？"

"送回洞里了。"小禾开心地讲起了龙狗妈妈与孩子们重逢的情景。

老爸突然严肃起来，却又态度和蔼地问："为什么呢？"

小禾迟疑了一下，嗫嚅地说："它们不吃不喝，会饿死的。我觉得，它们还是跟着妈妈会好一些……"

"孩子，你做得对。"老爸一把抱住小禾，"去换套干净衣服，一会儿爸爸带你去镇上买好吃的。"小禾有点不知所措，他不明白老爸为何会有些哽咽，又眼含泪水。

小禾屁颠颠跟着老爸出门的时候，老妈追出了门口，她望着两人的背影泪流满面。

原来，老爸有两个女儿后，总想要个儿子，可老妈一直怀不上。后来，夫妻俩到城里打工，有一天，工友抱给老爸一个孩子，说，你不是缺个男孩吗？这有一个没妈养的。老爸都没有细想，便要了孩子，还给了工友几千元感谢费。老妈抱着孩子，却觉得事有蹊跷，正要老爸去问个明白，却发现工友已经消失了。这是谁家的孩子呢？虽然他们把孩子抱回了家，取名小禾，但老妈却一直有了一块心病放不下。

终于，老爸带着小禾去了派出所，向警察讲述了当年的事情并提供了线索，他想帮小禾找回亲妈。

原载《羊城晚报》2023 年 6 月 28 日

白小白的愿望清单

孙金生

傍晚，滨河公园的长椅上。

夕阳映照白小白那苍白的小脸，在她的脸部，形成了淡淡的、金黄色的光晕。赵宇温柔的目光，望着白小白单薄的身子，默默地脱下外套，披在她身上。

白小白冷着脸，甩给赵宇一张照片："咱们分手吧！"

赵宇平静地拿过那张照片，看了几眼，那上面，是白小白和一个英俊男人依偎在一起，很甜蜜。

赵宇目光深沉地看着白小白，柔声说："不能挽回吗？"

白小白决绝地摇了摇头，随即用手捂住了前额。

赵宇叹了口气："好吧！既然你决定了，我也没有办法。可是，你要答应我一个条件，那就是我想帮你完成你在二十岁生日时许下的愿望，那是我们共同的诺言。"

白小白轻声说："没那个必要！"

赵宇坚持："这是我最后的条件，我想给我们三年相知相恋，画上一个圆满的句号。完了之后，我就放手，让你去追求你的幸福！"

白小白还是想拒绝，可是最后，却微微地点了点头。

"好的！一言为定！"赵宇伸出手，想和白小白相握。白小白却转过身去，低下了头……

愿望清单第一项：坐一次过山车。

上午，游乐园内，处处都传来人们兴奋的尖叫，园子里弥漫着欢乐的气息。赵宇背着个背包，他左手一瓶矿泉水，右手一个药瓶，笑着对白小白说："吃了吧！这是晕车药，一会儿坐上去不头晕！"

白小白白了赵宇一眼："这又不是坐车出远门，那药管用吗？"说着，却顺手接了，将药送进嘴里。

　　过山车上，赵宇不仅把白小白的安全带系好，还用自己宽阔的臂膀，把白小白搂在怀里。随着车子启动，两个人就像燕子一样，一会儿轻盈地飞上天空，一会儿又飞速地冲向地面。耳边传来呼呼的风声，心却不知飘向了哪里！

　　下了过山车，赵宇搂着白小白，她没有拒绝。白小白的脸上，很是红润，身上也汗津津的，透着舒爽！

　　愿望清单第二项：去故乡的青山顶上看日出。

　　下午的时候，赵宇就背着硕大的背包，挽着白小白，爬上了青山的山顶。他们将在这里宿营，等待明早的日出。

　　清晨，两个人早早地醒来，裹着厚厚的被子，坐在一个避风的角落里，满怀期待地看着远方熹微的地平线。

　　怕白小白睡着，赵宇给她讲他们卫生学校的趣事。讲一个实习护士，给一个老人扎针，扎了九次都没有扎准。当她再准备扎的时候，老人问她，你是不是姓李？护士问，你怎么知道？老人说，你肯定就是传说中的李十针！

　　白小白就哧哧地笑，虽然知道他是编的，但此刻，她的心很暖！

　　太阳终于出来了，红彤彤的，像个巨大的月饼。白小白小时候，姥姥就是这样形容早晨的太阳的。那时人穷怕了，看什么东西都像吃的。

　　白小白想着姥姥，蜷缩在赵宇火热的胸膛上，她觉得，日子如果永远就这样，那多好！

　　愿望清单第三项：去市里的火车站拍照。

　　火车站里，人潮汹涌，火车的鸣叫声此起彼伏。

　　这里，是白小白和赵宇最初认识的地方。本来充满了温馨和浪漫，可是，看着来来往往的人流，两个人不禁有些感慨。在情感的旅途中，也有一个个的小站，有人上来了，有人下去了。缘分，就是这样，有人惊喜，有人无奈！

　　白小白红着眼圈，任凭赵宇为她留下一张张定格的身影！

终于还是结束了！

晚上，白小白躲在被子里，任情绪泛滥，任心潮成河！

清晨，红肿着眼睛的白小白，被表姐叫醒。"你看你眼睛成什么样子了，我送你去医院。"

坐着出租车迷迷糊糊的白小白，竟然没发现，这不是去医院的路。

幸福大酒店里，高搭彩棚，宾客盈门。赵宇身穿新郎的喜服，单膝跪在满脸惊诧的白小白面前，深情地说："你可能忘了，你生日当时还有一个没有记录下来的愿望，就是嫁给我！虽然白血病很厉害，但是，咱们可以共同面对，我会想尽一切办法治好你。嫁给我吧，遵从你内心的愿望，当个美丽的新娘！"

白小白望着父母热切的眼神，看着眼前高举的鲜花和婚戒，她想哭，她想流下幸福的泪水……

原载《番禺日报》2023 年 6 月 24 日

蛇 决

田洪波

滇生是云南人，云南人多不怕蛇，见蛇见得恁多。滇生也不怕蛇，但滇生怕朝鲜的蛇。

作为志愿军一员，一九五一年春，滇生随队到朝鲜作战。本来滇生是不可以随队的，他刚满十八岁，由于堂哥是部队里的一个小官儿，就偷偷尾随。最后，木已成舟，只好被留在部队里了。滇生打仗很勇猛，正所谓初生牛犊不怕虎吧，数有战绩。大大小小的战役中，随时可见乱窜的老鼠和蛇，但它们多是仓皇的，狼狈的，在密集的弹雨中左冲右突，极力保住小命。

滇生是从战壕上滚下来取弹药箱时，与一条蛇不期而遇的。蛇盘在焦黑的土地上，头呈三角形，蛇身中央两侧并列暗褐色斑纹，左右相连成链状，斑纹下面有不规则的小斑纹，腹部灰褐色，有许多斑点。不仔细辨认，真就看不出来是一条蛇。

滇生的手一下子悬在了半空，僵持在那里。蛇扬着头颅，又短又高的上颚骨张开，露出一对可怕的弯曲的毒牙。它充满敌意的眼睛与滇生开始对峙，显然也是受到了不小的惊吓。

弹药箱近在咫尺。滇生愣怔着，一时不知如何是好，只觉得头皮一阵阵发麻，想必掩在钢盔里的头发已经根根竖起了。

此时传来连长的吼叫，死滇生，你干吗呢?! 滇生这才回过神儿来。滇生哆嗦着说，这里不是你待的地方，你……快躲开! 然后滇生呼出一口气，微闭眼睛，迅速拎起了弹药箱。意念中的袭击没有发生。连滚带爬地把弹药箱拉上战壕时，滇生才惊觉裤裆那儿已经完全湿透了。

硝烟散尽后，连长听闻，骂滇生孬种。滇生垂下头，也觉得自己在那一刻很没出息。管它中国蛇还是朝鲜蛇呢，你毕竟是云南人啊，毕竟是一名战士啊！连一条蛇都怕，还怎么在战场上打仗？

滇生向朝鲜人打听蛇的秉性，才知他遇到的蛇叫铁头，毒性大，攻击性极强。滇生不由得倒吸了一口凉气。

滇生没想到他还会遇见铁头蛇，当时他们隐蔽在战壕中，机枪手突然中弹倒下了，滇生就毫不犹豫地接过了他的机枪，就在端枪准备射击时，滇生眼睛余光发现了壕沟边诧异地盯着他的铁头蛇。它离滇生太近了，近得几乎可以听见它龇牙的声音。铁头蛇偏低着头，茫然无措地瞪着滇生。

滇生想不明白它何以不怕枪弹，脸上的肌肉不由痉挛了几下。滇生壮起胆子说，别闹，没看见这儿打仗呢吗？然后滇生斜睨一眼铁头蛇，铁头蛇平卧不动。滇生闭上眼睛几秒钟，瞅准时机，猛然用手抓住铁头蛇的脑袋，把它扔了出去。那一刻，滇生觉得右手一阵儿酥麻。

战斗结束，滇生和连长说起这事儿。连长大笑，说你就吹牛吧，我咋就没看到？想找回上次丢的颜面是不是？

滇生想了想，居然也恍惚了，觉得自己所说不像是真的。怎么可能用手抓它，还和它调侃几句？滇生也不争辩，说，反正我现在不太怕朝鲜的蛇了，以后有机会，我会让你另眼相看的。

连长说，再发生这样的事儿，你得当心，别斗蛇不成，反暴露目标，丢了自家小命。言罢狠狠瞪了滇生一眼。

的确，连长根本没拿这个当回事。及至一次匍匐行军中，一条铁头蛇也在一旁跟着伺机而动。观察许久，滇生确认无碍，对它悄声说，我说，你别总在我们这边儿捣乱行吧，你去敌人那边儿，他们才是侵略者。滇生一副面不改色的模样，连长这回才对滇生竖起大拇指。让人惊诧的是，铁头蛇似乎听懂了滇生的话，少顷，将身体扎进草丛，向着敌军的方向逶迤而去。

仗打得胶着，在围剿敌军一个阵地时，志愿军付出了代价，敌军中两名狙击手，枪法超群，让志愿军好几名战士负了伤。

滇生恨得牙痒痒，自告奋勇要冲在前面掩护。连长急忙把他拉拽在一边。滇生是不知道，连长向滇生的堂哥保证过，要让他尽量不受伤害，保全他们家的这个独苗儿。

作战的节奏慢下来了，双方都在小心翼翼，寻找各种机会试探，生怕露出任何破绽，被对方钻了空子。

渐渐地，滇生听出敌军的阻击似只剩下一个人的方位了，判断给连长，连长也夸滇生进步神速。连长只是有点儿想不明白，另一个狙击手为何突然哑火了。滇生说，不会是被蛇给偷袭了吧？

连长看着滇生说，你觉得可能吗？蛇都没袭击咱们，怎么会到那边儿就血海深仇了？话是这么说，连长末了又笑着点点头，说，也不是没可能，要真是这样，你可就太牛了。

多次僵持后，滇生他们终于包围了敌军阵地，仔细搜寻，发现敌军两个狙击手均暴毙在隐蔽的树丛中。翻过他们的身体，惊见脖颈处有蛇的明显咬痕。连长挠挠头说，这太浑球了，太不可捉摸了。滇生也摇头，惊讶着瞪大了眼睛。

原载《小说月刊》2023 年第 9 期

戏　痴

孟宪岐

热河的戏班有好几个，比较有名的是徐家京剧戏班、刘家评剧戏班、郝家河北梆子戏班。其中，名声显赫者，非郝家河北梆子戏班莫属。

郝家河北梆子戏班有俩台柱子，几乎家喻户晓。一是唱胡子生的水莲，一是唱青衣的长庚。

一般唱胡子生的都是男人，水莲是女人，但音域宽阔，音质浑厚，唱腔激昂；相反，长庚是男人，却音域华丽，音质柔美，唱腔圆润。

水莲是班主的养女。

长庚是班主的养子。

班主便是曾经在东北唱响的郝功夫。

当年班主是唱武胡子生的。

那会儿，有一传统剧目叫《观阵》，是戏班的拿手好戏。而《观阵》里的秦琼，正是武胡子生的角色。剧情里，当王周陪同秦琼观阵的时候，表演上运用了兴足齐眉（朝天镫）、单腿行走（探海）、斜跨回望（回头望月）等繁难的功架身段，表现秦琼所处的险境和激愤的心情。

要想演好秦琼这个武胡子生的角色，主要靠的是腿功，腿上没功夫是唱不好的。

班主那会儿的绝技就是能从四条摞起来的凳子上腾空翻下，就这个动作当时没人能做，也没人敢做。

班主从小拜师学艺。师傅饰演《观阵》里的秦琼，能从两条板凳上腾空翻下，已经很了不起了。但班主不满足，从两条板凳上腾空翻下，班主15岁那年就做到了。

班主自己悄悄练，先是三条板凳，他跳了无数次，挨了无数次摔，到底征服了三条板凳。

20岁那年，班主终于创造了奇迹，四条板凳摞起来，腾空翻下，赢得台下掌声如雷。

俗话说，台上一分钟，台下十年功。班主就是凭着一股子志气，凭着对戏曲的热爱，把胡子生的角色发挥到极致。

可惜，班主最后还是毁在了他对角色的痴迷上。

有一回，三江首富姚老爷50岁喜得贵子，请戏班唱三天大戏。班主正在戏班里挑大梁，很多戏迷就是冲他来的。班主也不含糊，前两天都唱得很好，只是第二天夜里发烧，上吐下泻，一宿没消停。一夜之间，班主眼窝深陷，好像换了一个人似的，走路都晃荡，真是好汉子架不住三泡稀啊！

大家都劝班主就别跳四条板凳了，就跳两条板凳做个样子得啦。

班主面黄肌瘦，摇头："要么不做，要做，就要做好！得对得起姚老爷，也得对得起台下的观众！"

结果，班主硬撑着从四条板凳上腾空翻转而下，到底是缺了点腿劲儿，落地时腿被摔折了。但班主没吭声，坚持一直把戏演完。

等散戏后，班主就再也站不起来了。

虽然，请名医把骨头接上了，但自此便跛了一条腿，再也没能重上舞台。

班主就收养了两个穷家孩子，水莲和长庚。

正值兵荒马乱的年月，艺人颠沛流离，生活很是不易。

为了能让戏班生存下来，让这十多人能活得好一些，班主对每个人都很严厉，对每个人的唱、念、做、打都十分苛刻。

班主有一根戒尺，8分粗，2尺长，是一根油光铮亮的小木棍，戏班里的每个人都对它不陌生。

尤其是水莲和长庚，对它更是熟之又熟。

因为，都吃过它的苦头。

班主想把他的弟子们都培养成和他一样优秀的民间艺人。

水莲唱胡子生，难度很大，班主没少给她吃偏饭。

《观阵》是戏班的招牌剧目，水莲饰演秦琼，那些招式她不能不学。

为了能让水莲从四个凳子上腾空翻下，班主也吃了不少苦。

天一亮，班主就拿着戒尺招呼戏班人员出来练功。

男演员住的地方，班主直接闯进去，有没起来的，班主的戒尺就落在这些人的屁股上。

女演员住的地方，班主不好直接闯，就站在门口，一声一声喊："起来啦！起来啦！"

一直喊到女演员揉着惺忪的睡眼出来，班主才罢。

水莲练功，班主就在旁边陪练。

水莲翻上翻下，班主就扶上扶下，直累得水莲腰酸腿疼，班主也跟着腰酸腿疼。

开始时，水莲对班主的严苛很是不满，偷偷跑了。

班主就跛着一条腿四处寻找，一边找一边喊："水莲，水莲，回来吧，师傅舍不得你！"

水莲躲在暗处悄悄抹眼泪。

水莲不想走，师傅对她恩重如山。没师傅，她这个讨饭娃哪能登台唱戏？

水莲回来了，师傅依旧严厉。师傅手把手教水莲一招一式，水莲学到了很多东西。

当水莲成为台柱子时，她才理解班主的良苦用心。

师傅是恨铁不成钢啊！

长庚更是没少挨班主的戒尺。

长庚这人有个毛病，演戏分观众。在城里演戏，他认真不含糊，怕观众挑毛病。到了乡下，他就吊儿郎当，该唱好的拖腔，他就打折扣，该做好的动作，他马马虎虎不当一回事儿。

有一次在乡下演戏，被一位老者当场挑了毛病。

戏演到一半时，老者登台了，他问长庚："几天没吃饭了？"

长庚很不耐烦："现在还撑得慌呢。"

老者二话没说，把刚才长庚唱的那段戏文唱了一遍，呵呵，那声音，响遏行云，了不得了。唱罢，又把长庚刚才的动作学了一遍，呵呵，那情态，千娇万媚，也了不得了。

长庚这才知道遇到了高人，再也不敢敷衍了。

班主为此用戒尺狠狠抽打了长庚一回。那年，长庚已经23岁了，和水莲定了终身。

后来，班主病逝，这个戏班子就靠水莲和长庚的绝活撑下来，一直到全国解放。

1952年，被热河省人民政府命名为人民艺术家的水莲和长庚来到班主的墓前，双双跪倒。

若班主地下有知，一定会为他们高兴。

原载《安徽文学》2023年第3期

王二狗

阮鲁闽

东坑村是个小山村，王二狗往上数三代都没有离开过。王二狗可不想跟他们一样在山里窝一辈子，就想长大了走出去看看外面的世界。

王二狗的祖上是木匠，村子里盖的房屋大都出自王二狗的祖上。手艺精湛，结构精巧，雕刻精细，巧夺天工，飞禽走兽栩栩如生，充分展现王二狗祖上精湛的营造技艺和精益求精的工匠精神。到了王二狗这一代，怕手艺失传，就想传给王二狗。王二狗歪着脖子说："现在谁家还盖木头房。"

王二狗读完初中就开始"遨游江湖"。

王二狗先是来到一家雕刻厂打工。看到一根根村里人烧火都不烧的烂树根，在这里经过一番打磨刨光、造模雕刻、上蜡修饰后变得栩栩如生，可谓鬼斧神工，价格更是不菲。尤其是王二狗看着老板点着厚厚的钞票，嘴里更是直流口水。

王二狗先是在雕刻师旁边打下手。也许身上有遗传基因，他悟性极高，入行也特别快，雕刻师看着满意，老板也看在眼里。随着时间的慢慢推移，王二狗的工资也跟着逐渐增长。王二狗也慢慢琢磨出一个道理：根雕的价格跟材质有很大的关系。黄花梨自然不必说，单是红豆杉就已是天价，雕出的红脸关公不用上色就红彤彤的油亮亮的，一尊不大的根雕就能卖上好几万元。这种木头在王二狗家村子后山有一片。

王二狗决定回小山村去。要走的时候，老板有点舍不得，就问："是嫌工资少吗？"王二狗就说："不是，打工到头一场空，我也想跟你一样做大老板，我要跟你合作，给你提供货源。"老板听王二狗这么一说，就开始对王二狗刮目相看了，拍着胸脯说："你提供的货源有多少我收多少。"

王二狗在外面的世界捞到了"金鱼"，可谓衣锦还乡。王二狗回到小山村做的第一件事就是翻盖祖屋。村里有淳厚的乡风民俗，谁家有什么事，尤其是盖屋、红白喜事，全村每家每户都自发去帮忙，何况是王二狗要盖砖瓦楼，盖别墅，更让村子里的人羡慕。他们一边忙着手里的活一边向王二狗取经，也想有一天能像王二狗这样翻盖祖屋，盖别墅，光宗耀祖。王二狗说："等楼房盖好了就带大家一起赚钱。"大家听王二狗这么一说，心花怒放，干劲更足了。工期提前了两个月，别说工钱，光伙食就节省了不老少。

完工那天，王二狗特意置办了好酒好菜款待大家，大家吃得开心喝得也尽兴。吃归吃喝归喝，大家的心思可没有在这里，他们心里想的是怎么样才能赚钱。其实王二狗也知道。等大家吃饱喝足了，王二狗就说："这次出去才知道，咱们祖祖辈辈是守着金元宝要饭吃啊！"大家听王二狗这么一说，一下没有转过弯来，都瞪着眼看着王二狗。王二狗看大家的眼神，就像是狗闻到了骨头的味道，也就不藏着掩着了，就说："你们知道我这几年是怎么赚的钱吗？想不想知道？"王二狗见大家摇着头，又点着头，就说："咱们村后山的那片树林，在咱们这里不值钱，一旦到了外面就跟金条一样，光一个树根就值好几万。"王二狗见大家听得眼睛都直了，又说："虽然值钱，但咱们村百十口子人喝水可全靠这片树林。"这时就有人站起来说："没有水喝可以挖井，咱总不能守着金元宝过苦日子吧。"经这么一说，大家也仿佛是开了窍，就说："对啊，总不能守着金饭碗要饭。"

一开始，老辈人坚决反对，年轻人就说："你们总不能眼睁睁看我们一个个娶不上媳妇打光棍吧，要不然我们也跟王二狗一样出去打工。"一个个娶不上媳妇那不是要绝后了，如果他们都出去打工了，家里老老小小可怎么办？老辈人听年轻人这么一说，也就没有再说什么。

既然老辈没说什么，就是默许了。大伙就开始找王二狗，王二狗就把电话打给了老板。老板近日连续接了几个大单，正为货源发愁，听王二狗这么一说，马上就说过来看看。老板那天来到村子里，顾不上休息，马上让王二狗带着爬到山上。望着那一根根如圆桌面大的红豆杉，老板眼都红了，抱着一棵棵树就像抱着亲娘老子，心里想：这哪里是木头，这可是金条啊。老板临走，从随身带的皮包里拿出一沓红红绿绿的钞票递给王二狗，说："这是定金，有多少要多少，要快。"末了又说了一句："树根要挖深一点。"大家看着王二狗手里的钞票，一个个搓着手心里痒痒的。

老板走的第二天，王二狗就带着大家上山了。把树砍倒了，又把树根一个个从地里挖出来。

大家手里有了钱，也学王二狗翻盖祖屋，盖起了别墅。通往村外的山路也拓宽了整平了，一座座红墙绿瓦别墅，在山里格外醒目，吸引了众多的游客前来拍视频做抖音，甚至还有网友美其名曰：新时代的"布达拉宫"。

这个被世人遗忘的小山村一下就出名了。王二狗也成了新闻人物，一夜之间成了农民致富带头人，还被村民选为村干部。

正当大家享受生活的时候，王二狗没想到隔壁村人眼红，就把他们如何致富的事情举报到了上面。这件事很快引起了上面的重视，就召集相关部门开会研究处理这事。没想到连日暴雨，大家都把精力投入到了抗洪抢险里，就把这事搁下了。更没想到连日暴雨，引发山体滑坡，泥石流从后山冲下来，整个村子一夜之间就被淹没了。

那晚，整个村子里的狗都在叫。王二狗心里想：今晚啥情况？就穿上雨衣走出别墅，就听到村子后山也伴随着隆隆雷声发出吱嘎吱嘎的声音。一道闪电，王二狗看到后山裂开了一道道口子，喷出红红的血水。王二狗这下真是吓坏了，忙狂敲着一家家的别墅门，大声喊着："大家快跑啊，山要塌了。"嘶哑的叫喊声夹在狗吠声里很快被雷声淹没了。新时代"布达拉宫"一夜之间消失了。

第二天，当救援的人把王二狗从泥土挖出来的时候，他们发现王二狗的眼睛是睁着的。

原载《短篇小说》2023 年第 4 期

六块银圆

李学文

竹篙村的牛老根又和老婆及儿孙辈闹僵了，这个一百零五岁的老红军像个小孩一样撒着气，咋呼着不跟后辈过了，卷着铺盖要往外走，说要去乡敬老院生活。这哪行啊，这么大一家子，五世同堂啊，传出去，村民怎么想，政府怎么想？但大家又做不好他的思想工作，只有请公家的人劝说了。

村主任王宝来到牛老根家，远远地看到他双手撑着手杖，气呼呼地坐在门口台阶上，身边放着变形的军用水壶和脱漆的军用茶缸等用具，褪色的军用被子打得方方正正。王宝也是名退役军人，他知道牛老根十分怀念部队生活。他跑步向前，在台阶下立定，举手敬了个军礼，说："老兵同志，新兵王宝前来报到！"

牛老根一见这架势，立即丢掉手杖，颤颤巍巍地站起来，两脚靠拢立正，中气很足地回话："请稍息！王宝同志，你不来，我也会去找你的。"

"老兵同志，我想跟你聊聊，可以吗？"

"同意，入座。"

王宝走上台阶，嬉皮笑脸地说："老兵又要出远门哪？"

牛老根脸一黑："请严肃一点，有事说事，没事滚蛋。"

牛老根的老婆和儿孙们看到王宝来了，纷纷从里屋走出来。他老婆说："王宝主任，你是一村之主，你要好好说说这个倔老头。一大家子，儿孙辈又孝顺，一个小事儿，他就闹别扭要去敬老院生活，国家给我们'双定'补助了，他进敬老院，后辈的脸往哪搁呀？"

"老太婆，新兵王宝来了，他三两下军事动作，让我什么都忘了，你这一说，又把我的气给激出来了。"牛老根说。

王宝拍拍牛老根的手："老兵，别气坏身体，你为革命做出了巨大贡献，是国家的宝贝呀。"

牛老根老婆白牛老根一眼，说："有什么气哟？小事一桩！不就是最小的曾孙子要结婚了，按我们的风俗，要拿几块银圆给曾孙媳妇作见面礼，想你奉献一下压在箱底的六块银圆吗？不给就不给嘛，还像小孩一样闹着要出走，铺盖都卷好了，你说气人不？"

"都怪我，我那六块银圆'潜伏'了八十多年，躲过了三个儿子、五个孙子和六个曾孙的结婚，可还是在最小的曾孙结婚前几天暴露了！老太婆硬是打上了那六块银圆的主意，逼我交出银圆，好在我有敢打必胜、视死如归的信念，才守住了我这块阵地。"

"有这么严重吗？还'视死如归'，六块银圆值多少钱？小气就小气嘛，我九十多了，没见过这样的男人。"牛老根老婆尽抠牛老根的痛处。

牛老根气得白胡子倒竖。

王宝说："阿婆，有话好好说。"

牛老根老婆像是没听见，继续按自己的剧本走："倔老头，你想搂着那六块银圆进土哇？"

牛老根猛击了一下手杖："你出口伤人哪！叭出来的话比连环爆炸药还厉害，还专攻我的侧翼和后背，用兵太狠太刁钻了。"

"专攻什么侧翼和后背？我要黑虎掏心，直捣你的司令部，让你的大脑指挥失灵。"牛老根老婆和他生活了几十年，也学会不少军事术语。她连珠炮似的数落着："说穿了，你就是小气鬼、守财奴嘛。要去敬老院生活就去呀，不去是叛徒！"

王宝赶紧劝牛老根老婆别说得那么难听，怕刺激出牛老根的心脏、血压等问题来。牛老根儿孙也帮忙劝："不拿就不拿，现在的年轻人不兴这一套，别气坏了老人家身体。"也有后人说："我们结婚，家里没给银圆，不也一样娶妻生子，生活美满幸福。"

牛老根气得颈脖子的血管暴突，扬起手杖想打人。王宝赶紧夺下手杖，安抚他坐下。"老兵，别激动，阿婆也是说到气头上刹不住车，口不对心，别在意。"

"什么压在箱底？这银圆天天就放在我身上。"牛老根从身上摸出那六块银圆。"新兵啊，你不知道，这六块银圆，就是我六个兄弟。"他翻看着，"这是张老四，这是黄财生……"牛老根一块一块递到王宝手中。

王宝接过那六块银圆，仔细察看，上面有用锐器刻过的模糊名字。他看完，又把银圆传递给牛老根老婆和儿孙们看。

牛老根眼圈红了："他们都是我的战友，我们都知道，自己的脑袋系在裤腰带上，随时都可能掉地上。长征途中，大家把积攒的津贴兑换成了银圆，每人都在攒的银圆上刻了自己的名字，好让活着的人日后把银圆送到家人手中。"他哽咽了，说话断断续续："他们都在长征中牺牲了，全班就我一个人活着，银圆都传到了我手上，其他人的银圆我都亲手送给了他们父母，就这六人的老家地址不详，一直找不到他们的家人哪，银圆就由我保管着。我怎能把银圆送给儿孙呢？八十多年了，六个兄弟一直陪伴在我身边。"

牛老根老婆一听，脸上有了笑容，嗔怪道："老头哇，你不说，我还真不知道哇，我再傻，也不会分开你们生死兄弟。"

牛老根老泪纵横："都牺牲了，就我活着！1949年后，我走遍了大半个中国，也没找到他们的后人，战友托付的任务没有完成，我心里难受哇。轻易我不敢说这事，说起来都心痛。"

牛老根最小的曾孙说："太爷放心，这事交给我，我在网上发起寻找烈士后人的公益行动，相信一定能找到你战友的后人。"

王宝看到牛老根的脸舒展开来，啪地一个立正："老兵同志，人员和用具是否带回，请指示。"

"带回。"

王宝立即搀扶牛老根进屋。

原载《安徽文学》2023年第3期

老榆树下

张　瞰

院门口的老榆树七八十年了，巨伞一样的绿荫遮了半个院，树干两个人才能抱过来。它的枝丫上系满了红布条，总有人在遇到高兴或不高兴的事时，往树枝上系一条，许个愿，仿佛从此就心想事成。

老于搂着树干，脸贴在嶙峋的树皮上。他听得到老榆树无声的啜泣，他摸了摸树皮上渗出的点点黄色树胶，仿佛是一滴滴眼泪，让他的心隐隐地疼。老于叹了口气，一屁股坐在树下的石凳上，点着一支烟，猛吸了两口，呼地吐出一口烟雾。他将手插进本就不多的头发里，抓了两把，狠狠地又吸了口烟，一脚扔到地上踩扁。

征地开发，邻居们陆续签字搬走了。老于的小院，能分两套房，给儿子一套，自己住一套。现在老于却迟疑了，不敢抬头看家人期盼的目光。

老榆树怎么办？开发商的人再次登门时他又问道。办公的人说，都说过了，它不是名贵树种，本身也不成什么材，树身子都有洞了，八成也空心了，怎么算也不值钱的。别人家的树赔一两百，你的树，我们给你争取到了一万块，够意思了吧！

老于说，我是说这树怎么处置。

这块地要起高楼，肯定得推了呀！老于鱼泡一样的眼袋同脸上的肌肉一起抽搐着。他乞求道，给它一块地吧，只要它活着就好，我不要赔偿。

一个夹着烟卷，烫着偏头的愣头青说，见好就收吧，别蹬鼻子上脸，叽叽歪歪的不还是为了要钱吗？你以为它是紫檀啊？你这破树也就是个烧锅的料！赶紧签字吧。别耽误我们工作。

老于指着愣头青骂道，小兔崽子！轮得着你来教训老子！烧锅？我看你像一根废柴！想动我的树，五百万！没有五百万免谈！滚！

老于早已问遍了市里的公园和大公司，想给树找个归宿。可是树太大了，挪运的成本高达几万，还不一定保证它能成活。老于的心就像有一把小刀在深处绞着挖着，他知道没有人会赔偿他五百万，他只想保住这棵树。

一天下午，一个和老于年纪相仿的男人惊讶地张开双臂环抱着大树，一阵感叹。他问老于，这么粗的树，很值钱吧？

老于苦笑，怎么说呢，它的价值没法用价钱衡量，这是一棵树，也不是一棵树。只要能给它一块地方好好地活着，我就满足了。可是你说怎么那么难呢，我只是想让它活着。男人看着老于说，我听说过它啊，没想到这么壮观！它是大自然创造的精灵，应该好好活着。

老于点头笑着，笑着，眼睛就湿了。老兄你知道吗，这棵树是我父亲参加抗美援朝志愿军前和我一起栽下的。那一年，我刚四岁，他嘱咐我好好照顾这棵树。他给我量了身高，还在树上刻了一个印。我父亲强壮着呢，他用一只手就能举起我来。我笑，小榆树也跟着笑。他的胡子扎着我的花脸蛋，他说，等我回来时，看看你和树谁更壮，看看谁长得快！

老于清了清哽咽的嗓子，沉默了。

那么，后来呢？男人小心翼翼地问。

老于双手搓了一把脸，低声说，后来，有人送来一只满是弹孔的军用水壶和一捧焦土。那场仗打了两天两夜，真惨烈啊！敌人最后用了燃烧弹，天地顷刻化为火海……我的母亲抱着水壶哭了三天三夜，她将那捧土埋在这棵榆树下，为的就是抬眼就能看到他。你说它只是一棵树吗？

男人站起来，满脸泪痕，他握住老于的手拍了拍，默默地看着老榆树，深深地鞠了个躬，转身离去。

开发商的人又来了，这次还带来了图纸。他们将图纸摊在桌子上，指给老于看。老于家的这片土地，按原来的规划是一栋楼。现在，那栋楼将少盖两个单元，为大榆树留下生长的空间，还要给它立上牌子安上围栏保护起来。

天翻地覆的改变，老于难以置信。他反复地看着图纸说，你们可别欺负我老头没文化，骗我签字。

放心吧，伯伯，我们董事长专门为您起草的合同。

董事长？老于瞪大了眼睛。

董事长的父亲也是抗美援朝志愿军。当年走后，杳无音信。我们董事长年年都到鸭绿江边，喊他回家……

原载《微型小说月报》2023年第2期

第一个顾客

夏兴初

上午十点过，服装店的年轻女老板打开卷帘门。临近春节，许多务工者都回老家了，生意有些冷清。她刚准备整理一下店里的衣服，一个农民工模样的中年男子就轻轻地走了进来。

女老板立即笑脸相迎，"欢迎光临"脱口而出。待她抬头看清中年男子的模样时，中年男子已走到右边一排衣服前，端详着。

中年男子细细地碎着步，在每件衣服面前一一停留，目光专注，还不时用粗大的手指捏一捏衣袖，手微微有些发抖。

女老板见中年男子的神态，忍不住想笑。但在她面前的是今天第一个进店的顾客，不能马虎，只好悄悄抿抿嘴，然后热情地走到中年男子面前，给他一一介绍衣服的材质、款式。每介绍一件衣服，中年男子都连连点头，说："好，好！"

看完右边那排衣服，女老板正要引领中年男子到中间那排衣服前，中年男子轻轻地问："妹子，我、我不看了，你这里有没有穿着又年轻又帅气的？"

"又年轻又帅气？"女老板一愣。她重新打量了一下站在面前的中年男子，一身泛白的劳保服上满是尘垢，忍不住又想笑，但职业原因没让她张开笑口，只抿了抿嘴，满脸笑意："有啊！"接着带着中年男子往左边那排衣服走去。凭直觉，她估摸中年男子在工地上遇上了"第二春"。

中年男子来到左边衣服前，又用手轻轻地捏衣袖。女老板熟练地拿过一件衣服，取下衣架，递给中年男子，说："去试一下。"

中年男子接过衣服，连牌子也不看一下，就往试衣间走去。

女老板苦笑着摇摇头，心想：这单生意黄了，五百多块，舍得买吗？

不一会儿，中年男子穿着衣服走出来，女老板眼睛大亮："啊，大叔，果真又年轻又帅气呢！"

"真的呀？"中年男子笑容满面，站在镜子前左转右转，上看下看。

"这衣服像是给大叔定做的，穿上确实年轻、帅气，起码年轻了十岁！"女老板上前，笑着为中年男子整了整衣领，拉了拉衣袖。

"那我可以在门外看一看吗？"中年男子小心翼翼地问女老板。

女老板心里咯噔一下：不会跑了吧？接着转念一想，人来人往的，谁敢？于是点点头，说："可以，去门口展示一下。"

中年男子站在镜子前，用手认真地捋了捋花白头发，又扯了扯衣领，拉了拉衣摆，然后大步走向门外。

女老板紧跟出门，只见中年男子已端端正正站在门口，掏出手机，点开微信"视频通话"键，对着镜头说："老婆，你好吗？我很好！今天是我的生日，你看，我买了一件新衣服呢，穿起来又年轻又帅气。你不是说我不爱打整自己吗，你看看，我一打整，就年轻帅气多了。好了，不说这些了，顺便告诉你一声，娘生病欠下的债，今年终于可以还清啦。"

中年男子说完，关了手机，走进店，然后脱下衣服，双手递给女老板，轻声说："妹子，谢谢你！"

"这件衣服大叔穿着很合身，买去吧。"女老板说。

"对不起，妹子，我、我没那么多钱。"中年男子说道。

"大叔，只要五十块，你拿去吧。"女老板说。

中年男子怔怔地看着女老板，怀疑是不是听错了。

女老板笑着说："真的只要五十块，大叔。你是今天店里的第一个顾客，享受一折优惠。"说着，她快速地把衣服包装好，塞到中年男子手里，接着问："有一件女式羽绒服也打折，五十块，大叔要不要给阿姨带回去？"

中年男子眼眶湿漉漉的，点点头。他颤抖着手接过女老板递过来的衣服，摸出一张皱巴巴的百元钞，放在柜台上，转身快速离去。

女老板看着中年男子离去的身影，眼里不知不觉噙满了泪。静坐一会儿，她掏出手机，拨了号码："妈，你和爸还好吗？我的店今天打烊了，明天一早买车票赶回去，好想吃你亲手包的饺子呢！"

原载《参花》2023 年第 5 期（中）

回家的理由

刘洪文

二狗是个小偷，游手好闲，经常四处瞎转悠，见啥方便就拿点啥。

人们常说"兔子不吃窝边草"，可是二狗不管这些，他连自己居住的小区也不放过，只要有机会，便"贼不走空"。

有一天，二狗见楼下的马老太出门了，可能是因为年纪大了，她居然忘了锁门。

这个马老太独居，几年前她老伴因病去世了。马老太还有一个儿子叫马冬阳。马冬阳大学毕业后在省城找到了合适的工作，也就在省城安了家，平时基本不回来，只有年节才会回来一趟。

这可是天赐良机。于是，二狗偷偷溜进屋。

马老太家装修简单，一张大床，两个床头柜，外加三个壁橱，二狗几乎没费什么周折，就在左侧的床头柜里发现了二百元现金。这年头，科学技术大进步，小偷这行业也不好干，平时大家都是手机支付，想弄点儿钱哪那么容易，现在难得见着一点儿现金，蚊子再小也是肉，二狗岂能放过……

二狗不敢长时间逗留，马老太一般不会走得太远，只在楼下转一圈就会回来。他也是见好就收，抓紧开溜。

为了避开马老太，二狗还特意出了趟门，跑到狐朋狗友那玩了两天。

回来后，二狗上下楼总是暗中观察马老太。这老太太平时花钱谨慎，年纪大的人都一样，丢了二百块钱还不跟要她命似的，至少也得大病一场。可是意外的是，马老太竟然没啥反应，每天照旧大大咧咧地出门遛圈儿，而且还是时常不锁门。

二狗想：这老太太，可真是不长记性，看来我发财的机会又快来了。

一个月后，趁着马老太出门，二狗又一次光顾了她的家。二狗直奔上次放钱的床头柜，意想不到的是又发现了二百元现金，看来这老太太真是脑子坏了。

这次二狗可没那么容易满足，他决定仔细翻翻，万一再有什么别的收获呢！可是，让他失望的是，翻了半天，再也没有什么值钱的东西，二狗骂骂咧咧地踹了一脚床头柜，准备离开。

就在这时，马老太却从外面回来了。一时间四目相对，二人都愣在了原地，有些不知所措。马老太家住的是二楼，外面是缓台楼梯，此时，透过窗户就可以看见两名保安正朝这走来，只要老太太大喊一声，后果可想而知……

二狗已经做好了最坏的打算。他在考虑是否要拼死一搏。可万没想到的是，马老太看看二狗，既没喊也没叫，反而乐呵呵对二狗说："你还不赶快走！"

时间紧迫，不容多想，二狗慌忙夺门而去……

回到家后，二狗越想越不对劲，因为他知道自己这样的惯犯，要是被抓到意味着什么！虽然单次作案金额并不多，可累计起来也够判个三年五载的。谁都知道坐牢的日子不好过。二狗忽然良心发现，看起来这是老太太给我机会呀！

二狗决定把老太太的钱还回去。只有这样才能被老太太原谅，不至于暴露自己。

二狗想着转身又下了楼，见马老太的房门依旧半开着，她正在收拾满地狼藉，表面上看她和平时没有什么两样。

二狗大着胆子走上前说："马大娘，对不起。这钱……还给你吧！"

可是，马老太竟然坚持不要。她说："你还是拿走吧，我这么大岁数了，平时也花不了多少钱，我不缺这二百块钱！"

二狗一听就急了："您这是啥意思？刚才放我走，现在是不是又后悔了，想举报我？留下罪证，还想报警抓我是不是？咱们楼上楼下住着，不要把事情做得太绝了！"

马老太听后叹了一口气："唉！我哪里是想举报你。实话跟你说吧，上次我家里被小偷偷走了二百块钱，我儿子破天荒地回来看了我一趟，安慰完我，还给我买了不少吃的用的东西。一转眼过去一个多月了，我又有点想他了，希望他能再回来一趟……"

马老太太说着，眼泪扑簌簌地落了下来。

二狗在原地愣怔了半天，默默地收起二百块钱，转身走了。

一周后，马老太收到了"跑腿公司"送来的一个大礼包，里面装了足有四五百块钱的东西。对方的署名是：您的儿子——马冬阳。

原载《通辽日报》2023 年 5 月 4 日

郑 獬

郑武文

我们郑氏一家，虽然百家姓中排名第七，可是几千年风云中名人达士并不很多，几乎屈指可数。只在大明一朝有下西洋的郑和与收复台湾的民族英雄郑成功，却又都有皇帝赐姓一说。有人牵强附会，认为朱元璋也可能本来姓郑，只因被蒙古人烧了族谱，以讹传讹，后又不好更改，才沿用朱姓。君不见我们族谱大都是从明朝开始？前不可追。

单说郑家出的另外的名人，却又把名字都取一个"谢"音。一个郑燮，号板桥，做过潍县县令，为江南八怪之首，其时是清朝，咱只讲"宋青州"历史，因此说另一个郑獬。郑獬，字毅夫，号云谷，今湖北安陆人。三十岁的时候，进京会试，张榜一看：全国第五，可以安心参加殿试了。他却不屑一顾，在给主考官的答谢信中说："李广事业，自谓无双；杜牧文章，止得第五。"横扫匈奴的李广，写出《阿房宫赋》的杜牧，那都是举世无双的人物，都应该得第一的，却给个第五。郑獬以此表白自己：跑在我这匹宝马前面的，都是些劣驹驽马……

主考官也是一位认为级别到了本事就到了的自我感觉良好的干部。他认真研究了郑獬的文章风格和笔迹，殿试卷子凡是认为与其相近的一律判作不及格。他心里一定一边咬牙切齿一边骂娘，一定要把这不知天高地厚的狂妄小子赶出朝堂，要不以后还真是不好共事。谁知御批以后，揭开状元糊名一看：郑獬。

这样的人果然不好共事。在朝中磕磕绊绊干了十几年，功劳立了不少，犯错也是接二连三。公元1069年，47岁的郑獬被贬杭州，继而来到青州。

一日，益都县一枯井内发现一具女尸，显然已经死亡多时。虽是中秋天气，依旧炎热难耐，蚊虫鼠蛇横行，尸体已经严重腐烂。县令发出文书，让各处有失踪人口者前来相认。附近李家庄李缓根据衣饰认出是其母刁氏。县令怒斥李缓："你母亲既然失踪半月有余，你竟然不闻不问，也不去寻找？还在此哭哭啼啼，实为不孝之子！"李缓唯唯诺诺，并不敢答话。县令又找来村里乡民问询，都道虽然李缓为人忠厚老实，其母刁氏却是仗着有个兄弟在京为官，平时骄横放纵、蛮不讲理，经常辱骂欺压乡邻，而且行为极不检点，因为寡居多年，在周围村庄有多个姘头，经常彻月不归，儿子怕遭受辱骂，也不敢说，也不敢问，也不敢管。

县令派人把案宗呈给郑獬，结论是深夜行走不慎落入枯井，无人发现救助继而身亡。郑獬合上案卷，发现并无疑点，准备月底一块上报。谁知益都县县令又急匆匆跑来，说："刁氏一案，请先别结案，今有李村村民李有田前来投案自首，说刁氏是他杀的。"

郑獬立即命人提审李有田，李有田战战兢兢，并不敢有半句隐瞒，详述了杀人经过：那日李有田正与妻子在自家地里收割谷子，刁氏从村外走来，看到谷子长势喜人，就撒泼说谷子是她家的，并从地头找出私挪的界石做证。李妻与她理论，虽说旁边的地块是刁氏家的，可这些谷子的确是李有田家的。刁氏蛮横，又说当初播错了种子，误种到李家田里，自然收成归她。

旁边也有劳作的乡邻给李有田做证，怎奈刁氏自恃其弟在京城做官，平时又撒泼惯了，不但不听劝告，还辱骂众人。最后她恼羞成怒，去暴打李有田的妻子。李有田前去劝架，忘记了手里拿着割谷子的镰刀，不小心刀刃正好划到刁氏脖子上，误将其杀死……最后他把尸体扔到就近一处枯井里，并盖上一些枯草等杂物，怎奈时间久了，不但恶味四散，而且被蛇鼠等啃噬尸体时弄去了杂草，才被过路人发现。李有田最后说："听说大人发现了尸体，又在侦破此案。小民日日惊心，夜不能寐，因此前来自首，还望大人可怜事出有因，网开一面。"

案子也并不复杂，郑獬还真想网开一面，判他一个监禁充军之罪，怎奈刁氏之弟在京上奏朝廷，一直要求严惩凶手，李有田终究未能逃一死。

本来案子这么判也算公平公正，虽是误伤，毕竟也是杀了人。可此时正是变法时期，根据保甲法规定：十家为一小保，五十家为一大保，五百家为一都保。

保内人犯事，知情不报者一律同罪！如此推算，当初劝架乡亲无人能免死罪。

郑獬一意孤行，压下卷宗，坚持按律治罪，不搞株连，其余人等概不追究，又因为在青州对青苗法的实施也是阳奉阴违，一心为百姓着想，故多次受到激进变法者的弹劾。

尽管皇帝爱惜其才华，偶尔给他打打马虎眼，但毕竟郑獬与主流官场的官员们性格格格不入。与其无力抗争，不如回家弄扁舟，写他的诗词文章。于是郑獬请求病退，回到自己的老家安州。

回去不久，他就积郁成疾，竟然真的病了。也许是天妒英才，因"杜牧文章，止得第五"成名的郑獬只活了五十年。而他一生清廉，不但没有积蓄，而且简直是家徒四壁，就连入土为安的钱也没有，去后只能装在一口薄皮棺材里，寄居在安州的寺院里。就这么在风风雨雨里，又静静听了十年的暮鼓晨钟，直到滕甫做安州知州时，才用自己的俸禄让他与大地融为一体。

滕甫，字元发，探花出身，也曾做过青州知州。

原载《北京文学》2023 年第 6 期

胡琴缘

顾晓蕊

阿林吹着轻灵的口哨，飞快地骑着自行车，穿过长长的小巷。他心底涌起一阵狂喜，只想赶紧回到家中，把这个好消息告诉父亲。

他的家在青石镇，一条安静的巷子深处。琴师胡月坐在院里，轻倚在藤椅上，膝上放着一把胡琴，摇晃着头，眼睛半睁半闭，咿咿呀呀地拉着琴。

进到院里，阿林急促地大声说道："爹，有人看上这老房子，说要收了去，给咱换一套新房。"他晃晃手里的钥匙，又说："她还说只要我们愿意，马上就可以搬家。"

父亲惊愕地身子一倾，琴声戛然而止。父亲瘸了一条腿，行走不便，近年又患上眼疾，眼前像蒙了雾。他侧耳听着，显然有些意外。

身后青砖黛瓦的老屋，居住已有几十年，父亲沉思片刻，而后疑惑地摇摇头，倔声回道："我不同意！这房子老旧破败，要它有何用？我想见见那个人，当面问清楚。"

阿林抬手一拍脑袋，方才只顾高兴了，细想一下，这事确实有点怪。

在此不久前，回家的路上，阿林刚走到巷子口，就遇到一位中年妇人向他问路，她问琴师胡月的家在哪里。阿林惊异地看着她，端庄的衣着，淡雅的妆容，她潭水般的眼眸中，有一抹淡淡的愁绪。

当得知他是琴师的儿子，妇人的眼睛猛然一亮，声音变得有些激动，又问他老家在哪里？家中还有何人？阿林长叹一声，讲起父亲曲折的前半生。

父亲自小居住在千里之外的南沟村，因家中突遭变故，双亲早逝，初中毕业就被迫辍学，随身携带着一把胡琴，进城到建筑工地打工。

他白天辛苦做活，到了晚上，在清清的月光下拉琴。悠扬的胡琴声，陪他挨过最难的日子。就这样过了好几年，有一天，他在施工时不慎从高处坠落，当即昏了过去。

他被工友送到医院，苏醒过来时，发现残了一条腿。那之后为了谋生，他开始游走四方，转遍大街小巷，成了一位流浪艺人。

他一瘸一拐地走着，一路辗转来到青石镇。这天，他坐在凳子上，胡琴往腿上一架，乐声从琴弦上流泻出来。那琴声低沉伤婉，时而如泉水涓涓，时而如瀑布飞溅，漾起层层伤愁的水波。

洁净的琴声，淌进一位小镇女子的心田。她名叫丁兰，自幼丧母，跟着父亲生活。她的父亲是胡琴制作手艺人，丁兰从小看父亲弹琴制琴，故而被这琴声深深打动。

她走上前与他攀谈起来，知道他苦难的身世，不禁幽幽一叹。面对她深深的同情与叹惋，他还以清水般的微笑。再后来，他留在小镇，与丁兰结婚成家，跟岳父学起了制琴。

次年，他们有了儿子胡阿林。阿林渐渐长大，外公和母亲却不幸相继去世，留父子二人相依为命。阿林在镇上开了家店铺，父亲制作胡琴，他挂在店里去售。

做一把胡琴，要几十道工序。琴筒、琴杆、蒙皮等材料由阿林四处收集、精心挑选，开料、制作、抛光由父亲手工打造，细细雕琢完成。父亲做的胡琴音声纯正，浑厚圆润，在当地声名渐起。

"有些事也是听俺爹讲的，可惜他近年眼睛患疾，大夫说一两年内会失明。而我又缺乏灵慧与耐心，制琴技艺恐要失传。唉！"阿林无奈地轻叹道。

妇人听闻，显得惊诧震动，提出去家中看看。阿林领着妇人到院门外，她探身望了望，怔怔站定，而后神色突变，忽地湿了眼眶，推说还有些事，便转身离去了。

几天后，妇人到店中找到阿林，递给他一把明晃晃的钥匙。阿林又惊又喜，这才急忙回家告诉父亲。

翌日傍晚，妇人跟随阿林走进小院。她来到胡月面前，俯身颤声道："我是小芬啊，你还记得吗？我是你小学同桌。"他听后连连点头道："声音没变，小芬，还真是你啊！"

阿林顿时怔住了，惊异地望着他们说："原来你们早就认识。"妇人转过头来，欣然一笑，跟他讲起一段往事。

时光倒转至四十余年前，尚在读小学的小芬家境贫寒，一天只能吃上两顿饭。上午听课时，她经常饿得浑身无力，软软地伏在桌上。

胡月知晓实情后，每天早晨吃过早饭离开家时，书包里塞个窝窝头，到校后悄悄递给小芬。母亲发觉后问起来，胡月只说是课间觉得饿。

胡月的父亲是位乡村说书人，胡月自幼学拉胡琴。有一天放学后，在小操场上，小芬听胡月拉琴。晚风中的琴声，宛如烟雨般潇潇落下，飘入她的心扉，腾起蒙蒙水雾。

她听得沉醉，一曲终了，好奇地问："这是什么曲子？"他说："曲名《江南好》。"她又追问："江南在哪里？"他歪头想想，回道："在很远的地方，是像天堂一样美的地方。"

两年后，家中境况有所好转，小芬跟着家人离开村庄，去外地念书。大学毕业后，小芬去了向往的水韵江南，从打工做起，后来拥有了自己的公司。

其间，她多次回家乡打探胡月下落，却都无果。无意间听人说起，相距千里外的青石镇，有位民间手工制琴匠人名叫胡月。她心中一震，一路寻访到小镇。

还有件她未曾说出的心事，便是那日得悉胡月近况，原想给他一些帮助，又担心他不肯接受，才有了这番误会。

她这次来，又有一个新想法。她望向胡月，认真而郑重地说："我想同你商量下，我们公司要推进非遗文化发展，恳请你们父子俩来做技术指导，将胡琴制作技艺传承下去。"

见胡月面露喜色，她又接着说："在你失明之前，我还想为你录制琴曲，将乐谱保留下来，你看行吗？"

在灿烂的夕阳下，小院陷入一阵沉寂。片刻之后，三双手紧紧地交握在一起。

原载《小说月刊》2023 年第 8 期

2023 年选系列封面绘图画家介绍

　　黄少鹏 中国油画学会学术委员会委员、广西美术家协会油画艺委会主任、漓江画派促进会副会长、国家一级美术师、硕士生导师。

《艺圃·廊与湖》 黄少鹏　80 cm×100 cm　2018 年

黄少鹏画作短评

　　如果说印象派的条件色体系关注的是物象的光色变化，少鹏在意的则是色彩的文化属性。这种属性是古迹在岁月浸润过程中残留下来的永恒色泽。少鹏崇尚魏碑的雄强古拙，这铸就了其艺术强悍的风貌，具有表现主义的性质，又因为书法运笔入画而兼有写意的蕴含。油画讲究画面的结构性和层次感，中国画则以骨法用笔见长。他汲取两者所长，兼具表现主义的强烈情感表达和中国传统写意画的文人内蕴，呈现出一种既粗犷又含蓄温润的个人风格。

——汪鹏飞（油画家）

图书在版编目（CIP）数据

彼岸花：2023 中国年度微型小说 / 作家网选编；
冰峰主编 .-- 桂林：漓江出版社，2024.1
ISBN 978-7-5407-9653-2

Ⅰ. ①彼… Ⅱ. ①作… ②冰… Ⅲ. ①小小说—小说
集—中国—当代 Ⅳ. ① I247.8

中国国家版本馆 CIP 数据核字（2023）第 228843 号

BI'ANHUA：2023 ZHONGGUO NIANDU WEIXING XIAOSHUO

彼岸花：2023 中国年度微型小说

作家网　选编

冰峰　主编

出版人：刘迪才
责任编辑：黄彦
书籍设计：石绍康
责任监印：张璐

出版发行：漓江出版社有限公司
社址：广西桂林市南环路 22 号　邮编：541002
发行电话：010-85891290　0773-2582200
邮购热线：0773-2582200
网址：www.lijiangbooks.com
微信公众号：lijiangpress
印制：北京中科印刷有限公司
[北京市通州区宋庄工业区 1 号楼 101 号　邮编：101118]
开本：690 mm×1000 mm　1/16
印张：19.75　字数：271 千字
版次：2024 年 1 月第 1 版
印次：2024 年 1 月第 1 次印刷
书号：ISBN 978-7-5407-9653-2
定价：45.00 元